AF206611

Reni Weller
Der Orden des Animalus
Seelenhunde

Der Orden des Animalus - Seelenhunde

1. Auflage
©2024 Reni Weller
Lektorat: Lektorat Mitternachtsfunke | Anna Klenke
Korrektorat: Korrektorat Lynx | Christine Dreyer
Buchsatz: Fabula Design | Juliana Fabula –
http://julianafabula.de/grafikdesign
Coverdesign: MostlyPremade | Nadine Most
Unter der Verwendung von Stockdaten von stock.adobe.com
(gojalia, Behemoth Digital, Анастасия Гевко, Kirill, Pixzot)

Impressum
Renata Weller
Wernitzgrüner Str. 52
08258 Markneukirchen
reniwellerbooks@gmail.com

Herstellung und Verlag
tolino media GmbH

Bibliografische Information der Deutschen Nationalbibliothek:
Die Deutsche Nationalbibliothek verzeichnet diese Publikation in der Deutschen
Nationalbibliografie; detaillierte bibliografische Daten sind
im Internet über http://dnb.dnb.de abrufbar.

ISBN: 978-3-757976927

Herstellung und Druck über tolino media GmbH & Co. KG,
Albrechtstr. 14, 80636 München. Printed in Germany.
Fragen zu Produktsicherheit an: gpsr@tolino.media.

RENI WELLER

DER ORDEN DES ANIMALUS

1

SEELENHUNDE

Triggerwarnung:

Diese Geschichte enthält Themen und Szenen, die Gewalt gegenüber Tieren darstellen.

Quellen: www.chemie.com / www.bmel.com

Liebster Papa,
dir widme ich mein erstes Buch. Ich bin mir sicher, du bist
Carlos genauso verbunden wie ich, teilen wir beide nicht nur
die Liebe zum Lesen, sondern ebenso die Liebe zu Hunden.
Unsere Vierbeiner haben stets einen besonderen Platz in unseren
Herzen, sowie du auch bei mir. Ich freue mich auf die Zukunft,
die Geschichten, die wir lesen oder selbst schreiben werden —
auf unsere Fellnasen und Abenteuer, die uns begegnen.
Ich hab dich lieb.

EINS

Büchern wohnen Zauber inne,
stärken und beleben Sinne.
Eine Sammlung wertvollstes Papier,
Gold und Leder dienen als Zier.
Wandeln und bannen Fantasie,
ein Leben voller Poesie.
Lesen lässt die Seele glänzen,
doch auch Magie hat ihre Grenzen.

Nachdenklich hebe ich den Kopf und tauche zurück in die Realität. Die Worte des Gedichtes hallen in meinen Gedanken nach.

Heute ist es angenehm warm und sonnig, deshalb nehme ich auf der Treppe der Sporthalle Platz und vertreibe mir die Zeit mit Lesen. Versunken in ein Fantasybuch, blende ich meine Umwelt gänzlich aus, bis ich zwanzig Minuten später doch stutzig werde. Ich war wieder die Erste und die Tür ist verschlossen. Es ist keiner da und ich befürchte, dass der letzte Sportunterricht heute ausfällt. Es scheint so, als sei diese Information an mir vorbeigegangen, oder ich habe sie vergessen einzutragen. Was solls.

Seufzend werfe ich mir den Rucksack über die Schulter, um den Heimweg anzutreten, doch ein raschelndes Geräusch aus dem Keller lenkt meine Aufmerksamkeit auf sich. Erschrocken bleibe ich stehen und blicke in dessen Richtung. *Ist jemand dort unten?*

Lauschend umrunde ich das alte Gebäude und laufe zum Eingang des Untergeschosses. Kaum ein Auto und kein Lehrer ist zu sehen, doch die Tür zum Keller steht einen Spalt weit offen.

„Hallo, ist da jemand?", rufe ich. Die Antwort ist ein erneutes

Rascheln. Ängstlich weiche ich ein paar Schritte zurück und betrachte skeptisch die Tür, doch finde nichts Auffälliges.

„Hallo?" Diesmal etwas lauter, trotzdem sehe ich niemanden. Ein schlurfendes Geräusch dringt durch die Mauern. Dumpf, aber bekannt, als schleife jemand Kartons umher. Die Neugier packt mich.

Meine Hand greift wie hypnotisiert nach dem Metallknauf der Eisentür und schiebt sie weiter auf. Ich dränge nervös den Kopf durch den Spalt und versuche, etwas zu erkennen. Es ist staubig, dunkel und leer; keine Menschenseele zu sehen. Der Flur steht voller Kisten, an den grauen Wänden hängen Spinnenweben, ein umgefallener Stapel versperrt den Weg und wirbelt Staub auf. Ein Lichtstrahl lässt die Partikel in der Luft tanzen und die Zeit steht für einen Moment still. Mein Blick landet suchend auf dem Boden und ich atme beruhigt ein und aus.

„Ach, da sind nur ein paar Kartons umgefallen", sage ich erleichtert zu mir selbst. Schulterzuckend drehe ich mich um, um den Keller zu verlassen, da nehme ich eine leichte Bewegung aus dem Augenwinkel wahr. Bei genauerem Hinsehen erkenne ich im Schatten der Pappschachteln etwas Rundes, Flauschiges, das kopfüber in einem der Kartons steckt. Kleine Beinchen strampeln Halt suchend und bahnen sich einen Weg.

Ist das eine Katze? Sieht eher aus wie ein Babyfuchs. Er hat sicher Angst und versteckt sich vor mir oder sucht etwas zu essen. Mit der linken Hand greife ich langsam zum Rucksack, lasse ihn von der Schulter rutschen und öffne den Reißverschluss. Ich erinnere mich, dass Kekse in meiner Tasche lagern und fische diese behutsam heraus.

„Hi, Hallo. Hab keine Angst. Hast du Hunger? Schau mal, was ich hier habe, ein paar Kekse", flüstere ich ihm zu und versuche ihn anzulocken.

Es dauert nicht lange, da regt sich sein Köpfchen. Zwei schwarze, kugelrunde Augen schauen mich an und fixieren die Süßigkeit in meiner Hand. Schnell öffne ich die Verpackung auf einer Seite und lege ein paar Stücke auf einen naheliegenden, verschlossenen Karton. Sein Näschen schnuppert den Duft und findet so seinen Weg durch die Dunkelheit. Voller Neugier betrachte ich das Wesen von Nahem und stelle erstaunt fest, dass ich hier einen kleinen, hungrigen Hund vor mir habe.

„Oh je, hat man dich etwa hier eingesperrt? Du bist ja total dreckig und Durst hast du sicher auch", spreche ich die Vermutung leise aus. Vorsichtig strecke ich dem fremden Vierbeiner die rechte Hand entgegen, dass er daran schnuppern kann.

„Hallo, ich heiße Clementine, meine Freunde nennen mich Clemi und wer bist du? Ein Halsband trägst du nicht, gehörst du zu den Nachbarn?" Bei jedem Satz bewegt sich sein Köpfchen von links nach rechts und schaut mich fragend an. Seine länglichen, pelzigen Ohren wippen im Takt und mir fällt erst jetzt sein langer, buschiger Schwanz auf. Dieser ist tiefschwarz, schimmert jedoch rötlich im Licht, im Gegensatz zu seinem sonst verstaubten grauen Fell.

„Was mache ich bloß mit dir? Warte kurz hier, bin gleich zurück", versichere ich ihm und stelle meinen Rucksack ab. Die übrigen Kekse lege ich zu den anderen Krümeln auf den Karton, um ihn zu beschäftigen.

„Lass es dir in der Zeit schmecken." Auf dem Weg nach draußen vergewissere ich mich, dass der Kleine mir nicht hinterherläuft. Die Tür lehne ich an und lasse nur einen minimalen Schlitz dazwischen. Vor der Sporthalle stehend, schaue ich nach links und rechts: Wo wäre der beste Anfang? Ich laufe die Straße auf und ab, klingele an jeder Haustür, spreche die Bewohner in ihren Gärten an und frage, ob sie einen kleinen Hund vermissen. Doch leider kennt ihn keiner. Kopfschüttelnd schicken sie mich wieder weg, ich solle mal beim Tierarzt nachfragen oder auf dem Rathaus prüfen, ob am Infobrett eine Vermisstenanzeige hängt. „Der wird schon nach Hause finden", sagen die meisten und machen mir dadurch deutlich, dass sie mit meinem Problem nichts zu tun haben wollen. Eine Viertelstunde später wähle ich erfolglos und enttäuscht den Rückweg und laufe mit gesenktem Kopf zur Turnhalle zurück. Die Tür steht weiterhin so, wie ich sie angelehnt habe.

„Hi du, ich bin wieder da." Ich schiebe die Tür langsam auf und spähe in den Gang. „Hi Kleiner, wo bist du?" Ich blicke suchend in jeden Karton und in die hintersten Ecken, doch er ist nirgends zu sehen. Dabei entdecke ich lediglich meine alten Fußspuren, keine von ihm. Die restlichen Türen sind verschlossen, diese hatte ich kontrolliert. Es ist mir ein Rätsel, wie er hier herausgekommen ist. Hat ihn sein Besitzer gefunden? Der Gedanke daran beruhigt mich. So greife ich zufrieden nach dem am Boden liegenden Rucksack, ziehe den Reißverschluss zu und setze ihn auf. Die Tür bleibt angelehnt, so wie ich sie vorgefunden habe. Wenn er den Raum doch kurz verlassen hat, kommt er jederzeit wieder hinein.

Auf dem Weg zum Elternhaus besorgt mich die Begegnung mit dem Kleinen. Er wirkte so hilflos und verloren. Ich verzeihe es mir nicht, wenn er dort die Nächte allein in dem kalten Keller verbringen muss. Gedankenverloren kicke ich Kieselsteine, die auf dem Gehweg liegen und schlendere nach Hause. Wenn ich so verträumt bin, brauche ich schon mal das Dreifache der Zeit, die sonst der Heimweg dauert. Es ist keiner Zuhause. Dort warten kaum große Verpflichtungen auf mich und wichtig ist nur, dass ich heute ankomme. Gedanklich liege ich längst auf der Couch und chille. Nach einer Weile beschleicht mein Inneres eine ausgeglichene Ruhe und ich akzeptiere die Situation.

Unser Haus liegt am Ende einer Seitenstraße und ist umgeben von Wiesen und Feldern. Geschützt vor neugierigen Blicken, erreicht man die Nachbarn dennoch in ein paar Schritten. Gerade blüht alles violett und gelb und es duftet himmlisch nach Lavendel und Sonnenschein. Die Vögel zwitschern ausgelassen in den Bäumen und fliegen unbesorgt umher. Neben dem Hauseingang liegt ein kleiner Garten, der Mama mehr als Ruheoase dient und nicht zur Selbstversorgung genutzt wird.

Im Moment gleicht er eher einem Stillleben und bedarf einer fachgerechten Pflege. Früher war das Papas Bereich, dort hat er gern gewerkelt, aber jetzt ...

Mein Zimmer ist oben im dritten Stock, ich habe den ganzen Dachboden für mich allein. Vom Fenster aus schaut man bis zur nächsten Straße. Darunter teilen sich Badezimmer und Schlafzimmer die Räume und im Erdgeschoss verbringen wir die meiste Zeit im Wohnzimmer und der Küche.

Zu Hause angekommen, knurrt mein Magen und führt mich direkt zum Kühlschrank. Den Rucksack lege ich automatisch auf der Sitzbank ab und die Jacke landet im hohen Bogen auf dem Stuhl. Mit großem Appetit scanne ich die Lebensmittel im Schrank und bleibe mit überraschtem Blick an einer frischen, duftenden Lasagne hängen. *Mama, du bist die Beste!*

Ungeduldig stelle ich die Form auf den Tisch und drapiere mir ein riesiges Stück auf einen Teller. Mir läuft das Wasser im Mund zusammen, während ich kurz die kalte Mahlzeit in der Mikrowelle beobachte. Das Besteck und den Teller in der linken Hand und ein Glas Wasser in der rechten nehme ich auf der Couch Platz und schalte den Fernseher ein.

Rums- Ein dumpfer Knall reißt mich aus einer TV-Serie und ich springe auf. „Was war das?", quieke ich erschrocken. „Hallo, ist da jemand?" Mama ist es nicht, sie hat Spätschicht und ist schon lange bei der Arbeit.

Ich laufe in die Küche und sehe nach. Mein Rucksack liegt auf dem Fußboden und der gesamte Inhalt verstreut daneben. *Was ist denn hier passiert?*, frage ich mich verwirrt und versuche, alles wieder einzusammeln. Da erklingt ein schmatzendes Geräusch von links. Mein Kopf dreht sich ruckartig in dieselbe Richtung und was ich da sehe, lässt mich erstarren.

Ein kleiner Hund sitzt auf der Arbeitsplatte und stopft genüsslich die kalte Lasagne in sich hinein. Bevor ich meinen Mund vor Staunen endlich wieder zubekomme, entwischt mir ein lautes „Hi". Das kleine Fellknäuel versucht, sich vor Schreck hinter der Auflaufform zu verstecken und zittert wie Espenlaub. Das Gesicht unter die Pfötchen geschoben und den Schwanz um den Körper gewunden, sieht er aus wie ein Riesenstaubkorn. Ich wage mich bis auf wenige Zentimeter an ihn heran und tätschle beruhigend seinen Kopf.

„Tut mir leid, ich wollte dich nicht erschrecken. Wie bist du denn hierher gekommen?" Der Blick zum Rucksack am Boden lässt es mich nur erahnen. „Hast du dich etwa in der Tasche versteckt? Dann bist du ja ein echtes Fliegengewicht." Ich lächele und das scheint ihn zu beruhigen. Er schmiegt sich in meine Hand und genießt das Kraulen seines Öhrchens.

Wie konnte er nur Platz in meinem Rucksack finden, zwischen dem Buch und den Sportklamotten passte nur noch die Keksrolle, die ich vorhin aufgemacht habe.

„Du bist immer noch hungrig und die Lasagne schmeckt dir. Okay, dann setzen wir dich mal auf den Boden. Schön brav hier warten", ordne ich, mit einem erhobenen Finger an. Ich nehme meine Portion aus der Mikrowelle. Ich bin verunsichert, ob Hunde Derartiges essen dürfen, doch bestücke einen weiteren Teller mit Lasagne. Dazu fülle ich ein kleines Schälchen mit Wasser.

Mein Kopf dreht sich nach ihm um, das Geschirr in den Händen, doch mein Blick wandert ins Leere. *Wo ist er denn jetzt schon wieder?* Im Kreis drehend suche ich die Ecken der Küche ab. Nichts! Meine Arme können kaum alles halten, so stürze ich zum Couchtisch und stelle es ab. Da strahlt mich sein großes, breites Lächeln von der Seite an.

„Wie bist du so schnell hierher gekommen? Vor allem, hier hoch?" Erst jetzt fällt mir auf, dass er vorhin ohne Hilfe auf die Küchenplatte geklettert ist. Stirnrunzelnd setze ich mich auf die Couch und beobachte ihn. Seine kleine Schnauze hängt über dem Teller, er sitzt auf seinem Po und stopft sich mit seinen Vorderpfötchen die Lasagne häppchenweise in den Mund. Ich staune überrascht. *Ist er doch kein Hund? Aber was ist er dann? Und ist es eine Sie oder ein Er?* Ich betrachte das kleine Wesen etwas genauer. Er hat Pfoten und nutzt sie wie Hände. Er sieht aus wie ein Hund, eher wie ein Welpe, hat einen großen, flauschigen Schwanz und spitze Zähnchen. Er springt hoch und ist so leicht wie eine Feder. Sein Fell wirkt jetzt nicht mehr so dunkelgrau im Licht.

„Wir waschen dich." Denn so macht er alles dreckig. Mit offenem Mund starrt er in mein Gesicht, dann auf seinen Teller und wieder mich an. „Nein, nicht sofort. Lass es dir erst schmecken", verneine ich seine Befürchtung und widme mich dem eigenen Gericht, um etwas davon zu essen. Erleichtert atmet er aus und trinkt einen Schluck Wasser aus der Schale. Wohlerzogen säubert er seine Pfötchen und die Schnauze.

Anschließend hebe ich den Kleinen behutsam auf meine Arme und nehme ihn mit in das Badezimmer im zweiten Stock. Dort lasse ich warmes Wasser in die Wanne ein und gebe etwas Schaumbad dazu. Er springt auf den Wannenrand und schaut begeistert dem wachsenden Schaum zu. Nachdem ein paar Zentimeter befüllt sind, setze ich ihn langsam in das Wasser, damit er sich an die Temperatur gewöhnt. Erst die kleinen Pfötchen, dann seinen Po samt buschigem Schwanz. Bis zum Bauch im warmen Nass plantscht er strahlend im Wasser, während ich ihn mit dem Intensiv-Shampoo meiner Mutter wasche und wieder abbrause. Nach und nach zeigt sich seine richtige Fellfarbe und die ist alles andere als grau. Das Badewasser ist mittlerweile so dreckig, dass ich erneut frisches einlasse.

Nach dem Duschen sitzt ein klatschnasser, weißer kleiner Hund vor mir. Außer seinem rot-schwarzen Schwanz und schwarzen Tupfen an den Ohrenspitzen ist er schneeweiß. Sein leichtes Zittern verrät mir, dass ihm kalt ist. Schnell wickle ich ihn in ein Handtuch und rubble ihn warm. Er lässt sich seine Wellness-Behandlung gefallen und weicht nicht zurück, als ich den Föhn anschließe, um ihn zu trocknen. Sein Fell steht in alle Richtungen. Ich versuche, es glatt zu kämmen, doch fange kopfschüttelnd an zu lachen.

„Tut mir leid, jetzt siehst du aus wie eine Pusteblume, die gleich wegfliegt." Mit der Hand vor dem Mund verkneife ich mir das Kichern. Er schüttelt sich einmal kräftig und alles liegt wieder an seinem Platz. Als hätte er das extra für mich korrigiert, leckt er zufrieden grinsend seine Pfötchen und putzt sich seine Schnauze.

Nach dem Baden kuscheln wir uns im Wohnzimmer auf die Couch. Die Ereignisse des Tages und der volle Bauch ermüden. Ich lege mich auf die Seite und greife automatisch nach der Decke. Kaum dass ich diese zu fassen bekomme, kringelt sich das kleine Wesen in meine Kniekehle und schläft sofort ein. Fürsorglich decke ich ihn zu und bin froh über die kuschelige Gesellschaft.

Gähnend erwache ich aus dem Schlaf und strecke Arme und Beine in die Luft. Mein Mund ist trocken und schlaftrunken greife ich zum Wasserglas. Mitten in der Bewegung lässt mich eine Erinnerung innehalten. *Hab ich das alles nur geträumt?* Desorientiert schaue ich mich um. Die Couch ist leer, mein Blick schweift verwundert durch das Zimmer. Am Fenster werde ich fündig. Da baumelt der kleine Hund an der Efeutute und schaukelt fröhlich umher. Die Pfötchen krallen sich fest an den Strang und sein Blick ist nach draußen gerichtet. Seine Öhrchen wippen von rechts nach links und ein breites Grinsen thront auf seinem Gesicht.

Unser Haus erscheint ihm sicher wie ein Spielplatz, denn hier hängen überall Pflanzen. Meine Mutter hat einen grünen Daumen und sammelt solche Blumenstöcke in allen Farben und Größen. Der einzige Raum ohne Grünzeug ist der Dachboden, denn da hause ich und meine Begabung mit Pflanzen liegt eher darin, sie aus Versehen umzuwerfen.

Oh, schon so spät. 21 Uhr, in zwei Stunden kommt Mama von der Arbeit nach Hause, da sollte alles picobello sauber sein.

In der Zeit, in der ich die Handtücher aufhänge und die Wanne spüle, denke ich mir, dass es besser wäre, wenn er in meinem Zimmer wartet und ich inzwischen unten aufräume. Ich laufe nach unten und drehe mich in seine Richtung, um ihm das mitzuteilen, doch schaue ins Leere.

„Wo bist du denn jetzt schon wieder?" Ich nehme instinktiv die Treppe zur dritten Etage, gehe in mein Zimmer und siehe da, der Kleine liegt eingemummelt auf dem Bett und macht ein Nickerchen.

„Hm, woher wusstest du, wo das Schlafzimmer ist?", flüstere ich und schließe leise die Tür. *Hat er meine Gedanken gelesen?* Ich gehe nach unten, beseitige das Chaos und lasse eine Notiz für Mama da, auf der steht: „Danke Mama für die leckere Lasagne. Hab dich lieb und gute Nacht."

Ich renne die Treppe nach oben in das Badezimmer, putze mir die Zähne und schleiche in mein Zimmer. Vorsichtig spähe ich hinein, um ihn nicht zu wecken, und schließe hinter mir die Tür. Der Kleine liegt noch immer schlummernd auf dem Bett. Zufrieden und müde bewegt sich sein Bauch im Rhythmus seines Atems. Ich lege mich behutsam daneben und streichle über sein weiches Fell. Es elektrisiert in der Handfläche, doch fühlt sich unheimlich zart an.

Ich lasse mir etwas einfallen. Es wäre schön, wenn er hierbleibt. Ich weiß nicht, wie Mama reagieren würde. Ich denke, sie würde mir eine Standpauke halten, weil Hunde Geld kosten, viel Arbeit machen und ich sowieso zu selten zu Hause bin, um mich artgerecht um ihn kümmern zu können. Bisher ist er pflegeleicht und bedarf wenig Arbeit. Kein lautes Bellen im Haus oder Zerkauen von Gegenständen. Er hat eine Erziehung genossen und das merkt man an seinem Verhalten. Die Schule ist bald zu Ende und für mich wäre das jetzt eine perfekte Zeit, um mich um ihn zu kümmern. Doch wenn er eine Familie hat, werde ich ihm helfen, diese zu finden.

Müde schalte ich die Nachttischlampe ein und dimme das Licht, um ein paar Seiten in meinem Buch „Mitternachtsmarkt" zu lesen. Das Gedicht von heute Vormittag hat mir sehr gefallen und ich möchte wissen, wie es weiter geht, dabei fällt es mir schwer, meinen Blick nicht immer wieder auf den süßen Kleinen zu richten.

ZWEI

Die Sonne wirft einen Lichtstrahl durchs Fenster, direkt auf das Bett und kitzelt mich wach. Ich schaue erholt und munter zum Wecker, welcher mir verrät, dass es bereits 10 Uhr morgens ist. Das Haus liegt in völliger Stille da, von draußen dringt nur sanftes Vogelgezwitscher herein. Mein Blick schweift durch das Zimmer und ich lasse den gestrigen Tag noch einmal Revue passieren. *Der kleine Hund!* Erschrocken richte ich mich auf und suche alles ab. *Oh nein, was ist, wenn meine Mutter ihn entdeckt hat. Oder gar mitgenommen hat?*

„Kleiner? Kleiner Hund, wo bist du? Bist du hier? Versteckst du dich?" Ich schlage nervös die Bettdecke zurück und springe aus dem Bett. *Wo versteckt er sich?* Im Kleiderschrank, im Wäschekorb und am Schreibtisch werde ich nicht fündig. Gestern lag er friedlich auf der Decke. *Habe ich ihn etwa runtergeschmissen?* Schweißgebadet vor Hektik und Aufruhr falle ich auf die Knie. Unter dem Bett ist nichts zu sehen. Während ich hastig wieder aufstehe, bleibt der Blick verwundert auf der Bettdecke haften. Diese wölbt sich, als ob irgendetwas darunter liegt. Dieses Etwas bewegt sich langsam auf und ab, macht aber keinen Mucks. Mit gerunzelter Stirn und fragendem Blick, ziehe ich mit einem schnellen Ruck die Decke herunter und lasse sie auf den Boden fallen. Dort, wo die Wölbung war, liegt schützend eingerollt der kleine Hund. Mit einem langen Gähnen erwacht er aus seinem Schlaf und blinzelt müde mit seinen schwarzen, großen Augen.

„Ich hab dich überall gesucht, hast du mich nicht gehört?" Er richtet sich auf und streckt genüsslich seine Gliedmaßen der Reihe nach von sich. Den Kopf leicht zur Seite geneigt, schaut er mich fragend an. Mit tiefen Atemzügen versuche ich, mein pochendes

Herz zu beruhigen und fühle mit der Hand nach seinem stetigen Rhythmus.

„Du hast mich erschreckt", sage ich vorwurfsvoll, auf der Bettkante sitzend und halb weggedreht. Mit seiner Reaktion habe ich nicht gerechnet. Er kommt zu mir heran getappt und stupst mit seiner kleinen Nase meine Hand an, als wolle er sich entschuldigen. An der feuchten Stelle auf meiner Haut fühle ich ein sanftes Kribbeln. Ich bin sofort losgelöst von dem plötzlichen Stress und mein Puls beruhigt sich. Als sei nichts passiert, springt er vom Bett und verlässt das Zimmer. Im Türrahmen erfasst er erneut meinen Blick und wartet geduldig auf mich. Erstaunt folge ich ihm nach unten ins Wohnzimmer. Dort springt er auf die Fensterbank, erklimmt die Efeutute von gestern und schwingt wieder gedankenverloren vor sich hin.

„Wie wäre es mit Frühstück?", frage ich, während ich zur Küche laufe und drehe mich noch einmal nach ihm um. Zustimmend nickt er kurz in meine Richtung und schaukelt seelenruhig weiter. Der Griff zum Kühlschrank lenkt die Aufmerksamkeit auf eine Notiz von Mama.

Guten Morgen, Schatz. Du hast gestern schon tief und fest geschlafen. Ich habe einen Termin in der Autowerkstatt und fahre danach zur Spätschicht. Bis heute Abend. Mit einem Schulterzucken nehme ich die Information zur Kenntnis und widme mich wieder der Nahrungssuche. Eine Cornflakes-Schachtel, zwei Schüsseln und eine Packung Milch im Arm später, bereite ich das Essen auf dem Wohnzimmertisch zu und schalte den Fernseher an. Auch heute bin ich mir nicht sicher, ob das die richtige Nahrung für ihn ist. Für den Tag gestärkt, lassen wir uns von meiner Lieblingsserie berieseln.

„Heute versuchen wir, deinen Besitzer zu finden. Zuerst fahren wir zum Tierarzt, aber vorher knipse ich ein Foto mit der Polaroidkamera von dir, falls wir Suchzettel brauchen", erkläre ich ihm. Unbeeindruckt schaut er weiter die Serie und würdigt mich keines

Blickes, als sei dieser Tagesablauf vollkommen normal für ihn. Das Frühstück ist schnell aufgeräumt, die Polaroid finde ich in meinem Zimmer und nehme sie mit nach unten. Das kleine Wesen auf dem Tisch platziert, hebe ich die Kamera in Position.

„Ich zähle bis drei und drücke den Auslöser. Der Apparat druckt das Bild dann sofort aus, erschrek dich nicht vor den komischen Geräuschen."

3.2.1... knips, das Polaroid kommt direkt aus einem schmalen Schlitz unter der Linse und braucht ein paar Minuten, bis es entwickelt ist. Ich schieße gleich ein zweites hinterher und lege es neben das andere. Der Kleine klettert wieder auf die Couch und starrt beschäftigt in die Röhre. In der Wartezeit gehe ich fix duschen, ziehe mir etwas Bequemes an und binde meine Haare zu einem unordentlichen Dutt am Oberkopf.

Zurück am Wohnzimmertisch kontrolliere ich das Ergebnis und starre verwirrt auf die vor mir liegenden Bilder. Ich erkenne den Couchtisch und darauf nur einen verschwommenen weißen Fleck. Es sieht eher aus wie ein heller Schatten.

„Hm, der Film ist schon zu alt, schade." Ich runzle nachdenklich die Stirn und bringe die Kamera wieder nach oben in mein Zimmer, dort entsorge ich die Bilder im Papierkorb neben dem Schreibtisch. Ein unwohles Gefühl beschleicht mich, skeptisch schalte ich die Kamera erneut ein, drehe sie und schieße mit ausgestreckten Armen ein Bild von mir selbst. Keine dreißig Sekunden später erkenne ich mich klar und deutlich darauf. Komisch, das lag dann wohl doch nicht am Film. Der kleine Hund wirft immer mehr Rätsel auf. Von so einer Rasse habe ich noch nie gehört. In der Stadtbibliothek könnten wir in einem Buch über Rassen nachschauen. Wenn ich seine Besitzer nicht finde, werde ich mit Mama über seinen weiteren Verbleib reden und je mehr ich über ihn weiß, umso besser.

Der Rucksack steht gepackt im Flur, schnell schlüpfe ich in die

Schuhe und ziehe die Jacke über. Ich bin startklar für das willkommene Abenteuer.

Normalerweise versauere ich samstags auf der Couch, erledige den Wochenendeinkauf in der Stadt, oder helfe meiner Mama mit dem Gießen der vielen Pflanzen. Dazu gehört nicht nur das Bewässern, sondern auch abstauben, düngen, entblättern und gelegentliches Umtopfen ihrer neuen Züchtungen. Meistens ist sie aber arbeiten. Sie ist Assistenzärztin in einem Kinderhospiz und am Wochenende nie da. Unter der Woche übernimmt sie oft die unbeliebten Spätschichten für ihre Kolleginnen. Da weiß sie, dass sie sich auf mich verlassen kann.

Wenn ich mir nicht Bücher aus der Bibliothek ausleihe, laufen zu Hause geliehene Filme jeglicher Art. Am liebsten lese ich die Geschichte erst und schaue mir dann die Verfilmung dazu an. Wenn Mama abends spät von der Arbeit kommt, schmeißen wir uns mit einer Tüte Chips auf die Couch und schauen die gruseligen Sachen gemeinsam.

Bis vor ein paar Jahren unternahm ich gerne mit meinen besten Freundinnen Shoppingtouren oder Kinoabende. Beide sind in unterschiedliche Großstädte gezogen und seither nicht mehr interessiert an dem Landleben. Der Kontakt besteht nur noch sporadisch an Geburtstagen. Manchmal eine Glückwunsch-Nachricht oder eine Karte mit einem lustigen Spruch darauf. Mehr als der Anstand zum Gratulieren verbindet uns nicht mehr.

Nachdenklich blicke ich auf den kleinen Hund und überlege, wie ich ihn mitnehme. Wartet er lieber hier oder gelingt es mir, eine

Leine zu basteln? Auf dem Arm tragen oder läuft er wohlerzogen wie ein Schatten hinter mir her? Während ich so vor mich hin grübele, ertönt in meinem Kopf schemenhaft das Wort Rücken und ich schaue ihn verwirrt an. *Versuchst du, mir etwas zu sagen?*

„Im Rucksack soll ich dich mitnehmen?" Er nickt mir bejahend zu und nimmt daneben Platz. Ungläubig öffne ich meine Tasche und beobachte, wie er es sich darin bequem macht. Heute habe ich nicht so viele Utensilien darin verstaut, er sollte ausreichend Platz haben.

Die Reißverschlüsse ziehe ich so nach oben, dass sein Köpfchen herausschaut. Das scheint zu funktionieren. Vorsichtig schultere ich den Rucksack und kontrolliere ihn im Spiegel.

Gemeinsam verlassen wir das Haus und verfolgen zielstrebig unseren Tagesplan. Dieser führt zuerst zum Tierarzt und dann in die Bibliothek. Zehn Minuten Fußweg zur Bushaltestelle und eine fünfzehnminütige Fahrt später, kommen wir direkt vor dem Haus der Kleintierpraxis Dr. Reutinger an. Er ist der einzige Tierarzt in der Stadt. Ich war zuvor nie hier und bin gespannt, was mich erwartet.

Im Wartezimmer werden wir freundlich von der Arzthelferin begrüßt und nach kurzer Absprache direkt in ein Behandlungszimmer gebracht. Die ersten Untersuchungen übernimmt sie selbst. Wiegen, Länge messen, Zähnchen und Krallen kontrollieren und einmal abtasten lässt der kleine Hund lautlos über sich ergehen. Nach wenigen Minuten betritt Herr Dr. Reutinger den Raum und alles wird schlagartig still, das Fellknäuel bibbert auf dem Behandlungstisch und umwickelt sich schützend mit seinem buschigen Schwanz.

Bring mich hier weg, ertönt es in meinem Kopf. Die plötzliche Angst des kleinen Hundes ist mir nicht entgangen. Ich nehme ihn schnell auf den Arm und gehe einen großen Schritt zur Seite. Der Mann hat etwas Unheimliches an sich. Großgewachsen, dunkelhaarig, Vollbart und mit einer schwarzen Hornbrille auf der Nase starrt er auf mich herab. Die Arzthelferin erklärt ihm den Sachverhalt: Fundhund, ca. 2-3 Jahre, männlich, Besitzer unbekannt, ein ganz lieber.

Dr. Reutinger schaut sich den Hund genau an und ordnet eine Blutabnahme an. Der Kleine windet sich kaum merklich in meinen Armen und macht mir mit einem *schnell weg* deutlich, dass es ihm hier nicht gefällt.

Seine Brosche, gefährlich, flüstert es in meinem Kopf. Ich schaue freundlich lächelnd an seinem Kittel entlang und bleibe an einer Anstecknadel hängen. So etwas habe ich vorher noch nicht gesehen. Unsere Blicke treffen sich und er macht einen großen Schritt auf uns zu. Bedrohlich und fordernd baut er sich auf.

„Meine Mama sagte, dass wir für Untersuchungen, die höhere Kosten verursachen, lieber einen Termin ausmachen, bei dem sie dabei ist. Gerne ein andermal", sprudelt die Notlüge aus mir heraus. Dr. Reutinger willigt zögernd doch nickend ein und begleitet mich unbefriedigt zum Empfang. Dort überreicht er mir das Terminkärtchen, beobachtet uns genau und erklärt mit Nachdruck, „Der Bluttest ist wichtig, um innere Erkrankungen auszuschließen. Diese kommen oft bei Streunern vor und sind gefährlich. Es gibt Bakterien, die durch verdorbene Lebensmittel übertragen werden oder Krankheiten, die unbemerkt das Nervensystem angreifen und eine schnelle Behandlung mit Medikamenten erfordern. Diese lassen sich nur mit einem großen Blutbild ausschließen."

Mit seiner Erläuterung trifft er kurzzeitig einen Nerv bei mir, denn ich weiß nicht viel über Hunde und will doch, dass es dem Kleinen gut geht. Dennoch bedanke ich mich freundlich für seine Zeit und winke lächelnd zum Abschied.

Mit dem kleinen Wesen auf meinem Arm gehe ich schnurstracks und schnellen Schrittes zur Bibliothek ein paar Straßen weiter. Unwohl blicke ich mich um, ob uns jemand folgt, doch mir ist keiner aufgefallen. Immerhin laufe ich mit einem Hund im Arm herum, der nicht mir gehört und von dem zum jetzigen Zeitpunkt keiner wissen soll.

Dort angekommen, verziehen wir uns in die hinterste Ecke, ohne ‚Hallo‘ zu sagen und ich vergewissere mich erneut, ob wir allein sind. Den Kleinen setze ich auf einem Tisch ab und nehme auf dem danebenstehenden Stuhl Platz. Aufgeregt atme ich ein und aus und verschränkte die Arme vor dem Bauch. Wir starren uns eine Weile schweigend an, bis die Fragen nur so aus meinem Mund heraussprudeln.

„Wovor hattest du solche Angst? Was war das für eine Brosche?“ Mir schwirrt der Kopf und ich muss mich beherrschen, nicht zu laut zu sprechen. „Wieso höre ich dich in meinen Gedanken? Wer bist du und woher kommst du?“ Ich gestikuliere wild mit den Händen und bin aufgebracht. Mir fallen tausend Fragen ein und mein Herz rast. Mit tiefen Atemzügen versuche ich mich zu beruhigen. Er tapst zögernd zu mir heran und stupst meine Hand mit seiner kleinen Nase an. Im Nu fällt die Anspannung von mir ab und alles fühlt sich besser an.

„Das hast du schon mal gemacht“, stelle ich überrascht fest. „Du berührst meine Haut und ich entspanne mich wieder. Ist das eine Art Superkraft?“ Ich streiche mir prüfend über den Handrücken und versuche zu begreifen, was seine Berührung in mir auslöst.

Ich werde es dir erklären, rauscht es in meinem Kopf, sein gequälter Blick zeugt von Unbehagen. *Es ist an der Zeit, dass du alles erfährst.* Umgewandt vergewissere ich mich unserer Privatsphäre. Nah an ihn heran gebeugt, wappne ich mich der kommenden Geschichte und glaube kaum, was hier passiert.

Meine Vorfahren waren Seelenhunde; unser Heimatland liegt weit entfernt von deinem. Kein Mensch hat es je betreten und so soll es bleiben. Ich bin auf der Suche nach meiner Schwester, sie wurde vom ‚Orden des Animalus‘ entführt und in ihr Quartier gebracht. Die Nachforschungen haben mich hierhergeführt. Ich brauche deine

Hilfe, erklärt er mir ernst und ohne eine Miene zu verziehen. Seine Worte schwirren in meinem Kopf umher und ergeben wenig Sinn. Fremde würden vermuten, wir schweigen uns einfach nur an. Mein Blick wandert prüfend quer über sein Gesicht, seine Schnauze hat sich nicht bewegt. Mein erster Impuls ist es, wegzulaufen, doch die Neugier fesselt mich an den Stuhl.

„Was sind Seelenhunde? Und was hat dieser Orden mit deiner Schwester vor?"

Wie du bemerkt hast, bin ich kein normaler Vierbeiner. Die Kraft der Seelenhunde liegt im Lesen und Kommunizieren mittels Gedanken. Eine heilende Wirkung wird uns nachgesagt. Es gibt nicht mehr viele von unserer Art, denn der Mensch jagt uns seit Jahrhunderten für seine eigenen Zwecke. Der ,Orden des Animalus' versucht, meine Spezies zu studieren und unsere Gene mit anderen zu kreuzen. Sie wissen nicht, dass es mich gibt, und so soll es bleiben. Ich werde meine Schwester befreien und mit ihr zurück in unsere Heimat reisen. Der Kleine senkt traurig seinen Blick, sein Verlust ist förmlich zu spüren. Seine Ohren hängen schlapp nach unten, er wirkt gebrochen. Meine Gedanken kreisen wild umher und setzen sich mühsam wie Puzzlestücke zusammen. Doch die bisherigen Informationen reichen nicht.

„Was war das für eine Brosche, die Dr. Reutinger trug? Sie sah aus wie eine Muschel." Er bestätigt kopfnickend meine Entdeckung.

Ja, ich habe ihr Zeichen erkannt. Die Jakobsmuschel symbolisiert das Alter der Animalus-Tiere und ihre Kräfte. Sie wurde im 9. Jahrhundert als Symbol der Pilger genutzt. Der Orden verwendet sie zur Wiedererkennung und hat sie übernommen. Unsere Vorfahren haben stets vermieden, ihre Geheimnisse zu offenbaren, doch die Verbindung zu den Menschen hat dies erschwert. Heimatorte wurden zerstört und ganze Rudel vertrieben. Unseren Herkunftsort bewahren wir stets für uns. Heutzutage ist er auf keiner Weltkarte zu finden. Nur die alten Tafeln aus den steinernen Zeiten verweisen darauf. Der Orden ist offensichtlich an solch eine Karte oder unsere Geschichte gelangt und hat so vom Dasein der Seelentiere erfahren. Bisher bringen mich seine Informationen nicht weiter, im Gegenteil, sie werfen immer mehr Fragen auf.

„Wieso war der Arzt so gefährlich? Würde er dich wegsperren?"

Nicht sofort, doch spätestens nach dem Ergebnis der Blutuntersuchung, wenn er es geschafft hätte, eine Probe zu bekommen. Unsere DNA ist auffällig anders als die von Hunden. Mein Blut hat eine wundheilende Wirkung und wird von den Alten „Heilendes Gold" genannt. Es enthält Bestandteile, die sonst nur in der Natur vorkommen und nicht künstlich hergestellt werden können. Unsere Vorfahren versuchten, mit den Menschen zusammenzuleben, so half und akzeptierte man sich gegenseitig. Doch mit dem Wissen über uns wurde es immer gefährlicher. Viele bezichtigten uns der Hexerei, manche erhofften sich, durch uns Unsterblichkeit zu erlangen. Sie verfolgten und jagten uns, bis wir immer weniger wurden und uns dauerhaft verstecken mussten. Meine Schwester war es leid und suchte Kontakt zu anderen Wesen. Wir kommunizieren nicht nur mit den menschlichen Lebewesen per Gedanken, musst du wissen. Sie erfuhr von weiteren Seelentieren, die mit den Menschen zusammenleben. Ich habe sie viele Jahre nicht gesehen und befürchtete, sie nach unserem Auftrag verloren zu haben. Der Orden hat mittlerweile hunderte Anhänger auf der ganzen Welt verstreut und seine Spur führte mich hierher.

„Warum ich? Wie kann ausgerechnet ich dir schon helfen?", platzt es flüsternd aus mir heraus. Er muss wirklich verzweifelt sein, dass er sich an mich wendet.

Kleine Clementine, du hast ein reines Herz und deine Aura strotzt vor Neugierde und Loyalität. Charakterzüge, die viele deinesgleichen schon vor langer Zeit verloren haben. Als ich dich das erste Mal sah, begegneten sich unsere Seelen und ich wusste sofort, dass Hoffnung besteht. Seine Pfote streift über meine Hand und sein flehender Blick bohrt sich bis in mein Herz. Ich betrachte die kleine Fellnase und denke darüber nach. Er kennt mich doch gar nicht, woher weiß er, dass ich dem Ganzen gewachsen bin? Und überhaupt, wie soll das funktionieren?

„Aber wie erkläre ich das Mama? Einen Hund können wir uns nicht leisten", werfe ich als Ausrede ein.

Ich werde mich vorbildlich benehmen, sauber und bedeckt halten, wenn es die Situation verlangt. Sie wird nichts erfahren. Aber versprich du mir, dass du unser Geheimnis für dich behältst und niemandem etwas sagst. Unter keinen Umständen, denn das würde uns beide in Gefahr bringen.

Immer mehr Besucher betreten die Bibliothek und lenken unsere Aufmerksamkeit ungewollt auf sich. Er schaut mich traurig an. So unglaublich ich seine Geschichte finde, möchte ich nicht damit in Verbindung gebracht werden. Abenteuer und Mut kenne ich nur aus Büchern und fühle mich eher fehl am Platz. Seine großen schwarzen Kulleraugen starren bettelnd in meine Richtung und flehen mich an:

Bitte Clementine, ich bin so nah dran.

In was bin ich da hineingeraten? Mit geschlossenen Augen nehme ich einen tiefen Atemzug und versuche, auf mein Bauchgefühl zu hören.

„Gut, ich helfe dir, den Orden und seinen Sitz zu finden, aber beenden musst du es allein." Der Kleine umarmt mich dankend und schmiegt sein Gesicht an meinen Hals, sein langer Schwanz wirbelt fröhlich umher und sein buschiges Fell kitzelt mir in der Nase.

Ich niese leise und schnäuze schnell in ein Taschentuch aus der Jackentasche. *Gesundheit, Clemi,* ertönt es höflich in meinem Kopf.

„Oh danke, kleiner... Hm... wie lautet dein Name oder wie ruft man dich?"

Seelentiere haben keine Rufnamen, nur Bezeichnungen oder wir behalten diese, die uns die Menschen einst in enger Verbindung gegeben haben. Nenne mich gerne weiterhin kleiner Hund, erklärt er beiläufig und verzieht die Mundwinkel seitlich, als würde er grinsen. Lachend willige ich in seinen Vorschlag ein und stehe wieder auf. Während ich ihn vom Tisch hebe und auf den Boden setze, versichere ich ihm: „Aber mir fällt ein besserer Name für dich ein."

Ich schaue auf die Uhr, denn die Bibliothek hat am Wochenende nur bis 18 Uhr geöffnet. Das heißt, uns bleibt nur eine halbe Stunde und damit kommen wir nicht weit.

„Wir brauchen einen Plan, wie wir mehr über den Orden erfahren und wo der Hauptsitz registriert ist. Hier bringen wir definitiv etwas in Erfahrung, doch heute schaffen wir das nicht mehr. Lass uns nach Hause gehen. Ich bin geschafft und bei der ganzen Aufregung haben wir glatt vergessen, etwas zu essen." Mein Bauch stimmt mir deutlich durch ein lautes Grummeln zu.

Ich werfe einen Blick über meine Schulter, öffne den auf dem Boden stehenden Rucksack, damit er wieder darin Platz nehmen kann und schleiche anschließend aus der Bibliothek. Die Bushaltestelle erreiche ich mit einem kurzen Fußmarsch zwanzig Minuten später. Das Bauchgrummeln wird immer deutlicher und mit einem lauten „jippie" fällt mir wieder ein, dass Wochenende ist. Samstags ist Pizza-Tag und wenn Mama Spätschicht hat, habe ich die Erlaubnis mir eine vom Einkaufsgeld zu bestellen.

Ich habe großen Hunger, erklingt es in meinem Kopf und ich renne voller Vorfreude zum Haus zurück. Rucksack runter, Jacke aus und mit dem Telefon in der Hand, lasse ich uns zwei große Champion-Brokkoli-Pizzen mit extra Käse bringen. Keine halbe Stunde später werden diese geliefert und wir nehmen gemütlich auf der Couch Platz. Der Kleine sitzt wieder auf dem Tisch und isst genüsslich Stückchen für Stückchen mit seinen winzigen Pfoten. Während ich meine schon verputzt habe, schafft er nur eine Hälfte.

Den Rest stelle ich in den Kühlschrank und hinterlasse Mama einen Zettel, dass etwas zu essen übrig ist. Vollgegessen stöbern wir durch das TV-Programm und bleiben bei einer Komödie hängen.

Die Ablenkung zieht uns kurzerhand in ihren Bann und es gibt keine Möglichkeit, die Kommunikation von vorhin weiterzuführen. Worüber ich froh bin.

Pünktlich zum Filmende, eine Stunde später streckt sich der kleine Hund und gähnt erschöpft vor sich hin. Wir schleichen wortlos nach oben in mein Zimmer. Er springt direkt auf meine Matratze, kugelt sich ein und verabschiedet sich mit einem *Erholsame Nacht, Clementine*, bevor ihm die Äuglein zufallen.

Der Tag hat mich geschafft. Die vielen neuen Informationen drohen aus meinem Kopf zu purzeln und lassen sich nur schwer verarbeiten. Der Gedanke daran, was für einen weiten Weg der Kleine hinter sich haben muss, beschäftigt mich. Hätte ich gewusst, welcher Gefahr ich den Kleinen beim Tierarzt aussetze, hätte ich diesen Ausflug vermieden. Andererseits hat es ihn davon überzeugt mir die Wahrheit über sich zu sagen. Zumindest einen Teil davon. Alles Weitere steht womöglich nicht in meiner Macht. Während sich meine Überlegungen wie ein Karussell im Kreis drehen, sag auch ich: „Gute Nacht".

DREI

„Guten Morgen, mein Schatz", strahlt mir Mama entgegen und steht plötzlich mitten in meinem Zimmer. Im Augenwinkel nehme ich wahr, dass der Kleine Not hat sich rechtzeitig unter der Bettdecke zu verstecken.

„Ich hab Frühstück vorbereitet, leistest du mir Gesellschaft, bevor ich wieder arbeiten muss?" Bei ihrem ansteckenden Lächeln bleibt mir nichts anderes übrig, als zuzustimmen.

„Ich mache mich nur schnell frisch und komme dann runter." Ich schäle mich aus dem Bett und schlüpfe in die Hausschuhe, die mich sanft in das Badezimmer tragen. Mama läuft wieder in die Küche und wartet geduldig am Frühstückstisch auf mich.

Schnell schaue ich nach dem Kleinen, frage ihn, was er morgens gerne isst, und schließe die Tür hinter mir, bevor ich Mama Gesellschaft leiste.

„Na meine Kleine, was habe ich bisher vom Wochenende verpasst?", fragt sie neugierig, doch ich kann ihr leider nichts berichten. So bleibt es bei den typischen medialen Nachrichten und Tratsch aus dem Krankenhaus. Zirka eine Stunde später sind wir zufrieden und satt und haben das Wichtigste der Woche bequatscht. Mama hat bisher nichts bemerkt und es ist besser für alle Beteiligten, sie in dem Unwissen zu lassen.

„So, mein Schatz, ich muss los. Mach du dir einen schönen Sonntag und geh ein bisschen raus", ermutigt sie mich zu einer Aktivität außerhalb des Hauses. Ich drücke ihr einen Kuss auf die Wange und lächle. Während sie zur Arbeit fährt, gehe ich wieder nach oben. Dort finde ich den Vierbeiner wenig überraschend erneut eingemummelt auf meinem Bett.

„Ich hab dir ein Brötchen und ein Glas Mandelmilch mitgebracht", wispere ich ihm ins Ohr, um ihn zu wecken. Das Tablett stelle ich auf dem Schreibtisch ab und setze ihn sachte daneben. Er schlürft zufrieden seine Milch und beißt mit einem großen Happs in sein Brötchen. Er ist schon echt putzig und bringt mich zum Schmunzeln. Lächelnd schlurfe ich ins Badezimmer und ziehe mir etwas Alltagstaugliches an. Die Haare flechte ich zu einem seitlichen Zopf. Mit ein bisschen Mascara auf meinen oberen Wimpern fühle ich mich gleich wohler und sehe nicht mehr so müde aus.

Wieder oben, schleckt er sich genüsslich die restlichen Krümel von den Krallen und säubert seine Pfötchen. Ich habe Lust auf Musik und schalte den Radiowecker ein. Das Fenster öffne ich einen Spalt weit und lasse frische Luft herein. Mit rhythmischen Bewegungen und wesentlich besserer Laune als gestern, räume ich mein Zimmer auf und erledige die Hausarbeit.

Der Kleine hopst die Treppen nach unten und begibt sich schnurstracks zum Fenster. Sein Stammplatz an der Efeutute wirkt auf mich nicht mehr so befremdlich und ich bin froh, dass er hier einen Ort gefunden hat, an dem er sich geborgen fühlt.

„Ich habe mir schon überlegt, wie wir heute in der Bibliothek vorgehen. Sie öffnet von 13-18 Uhr. Bis dahin ist Zeit, um sich zu beratschlagen. Vor Ort könnten wir ein paar Stichpunkte notieren, damit wir nichts vergessen." In der Küche sammele ich die notwendigen Schreibutensilien zusammen und lege sie in meinen Rucksack. Da wir gestern lange unterwegs waren, packe ich etwas Proviant und für jeden eine Flasche Wasser ein. In einer halben Stunde fährt schon der Bus und wir beschließen, uns doch lieber vor Ort zu besprechen. Der Kleine klettert unaufgefordert in meine Tasche und bleibt die ganze Busfahrt brav darin liegen.

Pünktlich um 13 Uhr stehen wir vor der Bibliothek und werden freundlich lächelnd von der Bibliothekarin begrüßt.

„Hallo Clementine, wenn du Hilfe brauchst, ich bin am Empfang. Wird heute sicher ein entspannter Tag. Lass dir Zeit." Ich lächle zurück, verziehe mich schnurstracks in die hinterste Ecke und hole den kleinen Seelenhund aus dem Rucksack. Obwohl ich hier schon Jahre ein und aus gehe und zur Stammkundschaft gehöre, bevorzuge ich es, meine Ruhe zu haben. Viele Kunden oder Besucher kommen oft nur zu einem Plausch vorbei und erzählen den Klatsch und Tratsch der Nachbarschaft. Ich genieße die Distanz und Stille hier und möchte daran nichts ändern. Würde in unserem Haus das Internet funktionieren, würde ich meine Recherche dort durchführen. Schnell vergewissere ich mich unserer Zweisamkeit und schaue nach möglichen Störfaktoren.

„Alles ok bei dir?" Er streckt und reckt sich, schüttelt genüsslich seinen Pelz und lächelt mich müde an. Ich kann mir nicht vorstellen, dass es bequem in der Tasche ist, doch den Vierbeiner hat es zu einem kurzen Nickerchen verleitet. „Jetzt geht es aber an die Arbeit."

Mit welchem Buch fangen wir an, Clemi?, fragt er mit erst halboffenen Augen. Er scannt suchend die umstehenden Regale ab und wartet auf eine Anweisung.

„Wer ist dieser Tierarzt und was hat er mit der Organisation zu schaffen? Mit Hilfe des Bibliothekscomputers würde ich versuchen, Informationen zu Dr. Reutinger zu bekommen. Du könntest bei den Geschichtsbüchern schauen, ob du etwas über das Wappen oder den Orden entdeckst. Es gibt dort eine Abteilung, die alte Lexikotheken enthält, wie ‚Panorama der Weltgeschichte', ‚das Reich der Tiere' oder ‚Länder, Völker, Kontinente'." Mein Finger zeigt weisend in den jeweiligen Gang.

Gedanklich teile ich ihm Folgendes mit: *Achte auf andere Menschen, Hunde laufen hier nicht allein herum und wenn du Hilfe brauchst, findest du mich direkt dort hinten in der Ecke, ok?* Ich beobachte ihn dabei, wie er mir nichts, dir nichts die Beschreibung der Gänge liest und sich einen Regalmeter aussucht.

Er studiert interessiert die Hinweise auf den Buchrücken und krabbelt an einem Holzregal nach oben, als sei es das Normalste der Welt. Die auserwählte Lektüre legt er einzeln und wohlüberlegt auf dem Boden ab und widmet sich aufmerksam seiner Aufgabe.

Um diese Uhrzeit ist die Bibliothek leer und wir haben den ganzen Nachmittag für uns. Jeder folgt seinem Vorhaben und verschwindet in den jeweiligen Gang. Mein Weg führt mich direkt zum Computer und ich wähle eine der Online-Suchmaschinen aus. Dort gebe ich den Namen Dr. Reutinger und dazu das Wort Tierarzt ein. Es öffnen sich zuerst viele Suchergebnisse, die nur die Öffnungszeiten und Telefonnummer der Praxis enthalten und ich scrolle eine Weile durch.

Auf Seite sieben werde ich fündig und schaue mir den darunter vermerkten Link genau an. Es ist ein alter Zeitungsartikel über eine Tierpraxis, welcher über einen Umbau und eine Erweiterung der Laborgeräte dank einer großzügigen Spende berichtet. Darüber ein Bild vom Tierarzt und daneben ein alter Herr, dessen Arm hinter der Schulter von Dr. Reutinger hängt. Der Artikel ist vier Jahre alt. Ich drucke ihn aus und lese erneut nach. Die Spendengelder wurden von einem Biopharmazeutikinstitut namens ‚BPI‘ und der Firma ‚Transgen Green‘ gespendet.

Über den Tiermediziner erfahre ich nichts weiter, nur dass sein Hobby Golfen ist und er sein Leben der Medizin verschrieben hat. Zum ‚Orden des Animalus‘ finde ich gar nichts. Weder einen Link, eine direkte Onlineseite oder Bilder, nicht einmal eine Erwähnung.

Die anderen Firmen jage ich ebenfalls durch die Suchmaschinen und notiere Namen und Adressen, die ich bei meiner Recherche finde. Informationen, die ich für wichtig erachte oder schwer zu verstehen sind, werden ausgedruckt und was ich zum Teil dort lese, gefällt mir gar nicht. Unbehagen macht sich in mir breit. Mittlerweile habe ich herausgefunden, wer der Mann neben dem Tierarzt in dem Zeitungsartikel ist. Er scheint mit an der Spitze oben zu stehen. Den Namen habe ich mir mit Großbuchstaben auf der ersten Seite notiert und dreifach unterstrichen:

Magnus Biel.

Mir schwirrt der Kopf. Diese Firmen haben riesige Labore und bedienen die Teilbereiche: pharmazeutische Gesundheitsforschung, Enzymologie, Zoologie und Gentechnik. Manche liegen sogar hier in der Umgebung und auf den Online-Bildern sehen sie aus wie abgeriegelte Bunker. Keiner kommt dort uneingeladen hinein, geschweige denn wieder heraus.

Unter weiteren Suchbegriffen wie ‚Seelenhund' finde ich eher Artikel über Haustiere.

„Als Seelenhund, bezeichnet man jene Haushunde, die an das Leben mit Menschen gewöhnt und angepasst sind. Für viele Besitzer sind ihre Hunde mehr als nur Haustiere. Sie sind Kamerad und sogar Familienmitglieder, Vertrauter bis hin zum Seelenverwandten. Ein Schutzengel auf vier Pfoten."

Oder emotionale Texte von Tierschutzorganisationen, die Biopharmazeutische Institute aufgrund von praxisbezogenen Versuchsreihen im Teilbereich Zoologie und Gentechnik im Visier haben. Widerwillig lese ich Artikel und Berichte zum Thema Tierversuche:

„In Deutschland wurden 2018 etwa zwei Millionen Wirbeltiere und Kopffüßler in Versuchen eingesetzt. Diese Anzahl wird vom Bundesministerium für Ernährung und Landwirtschaft erhoben. Insbesondere die Qualitätskontrolle oder toxikologische Sicherheitsprüfungen erfordern die gesetzlich vorgeschriebenen Tierversuche. Dabei werden die Wirksamkeit und Unbedenklichkeit von Arzneimitteln untersucht, bewertet und bestätigt. Doch nicht nur die Versuche an sich belasten die Versuchswesen, ebenso die Art der Tierhaltung. Der lieblose Umgang mit den Tieren, die fehlende

Einrichtung des Käfigs und die soziale Vereinsamung hinterlassen Spuren. Viele sterben bei den Experimenten oder werden im Nachhinein getötet."

Egal, auf welchen Link ich klicke, es weist immer in die Fachrichtung: Tierforschung, Pharmaindustrie und Gentechnik. Das hört sich alles falsch an und verstört mich. Ich brauche eine Pause! Schnell die letzten Textseiten drucken und auf den Info-Stapel damit.

Ich greife nach meinem Rucksack, hole die Brötchen und die Getränke heraus und nehme einen großen Schluck. Der Kleine sitzt im Gang über einem Stapel aufgeschlagener Bücher, wie ein kuschliger Teddybär und liest vertieft in einem Text.

„Hast du schon was gefunden?", flüstere ich und schlendere zu ihm. Ich reiche die Wasserflasche und das Käsebrot hin und setze mich auf den Boden neben ihn. Er zeigt mit seiner rechten Pfote auf ein altes vergilbtes Buch, die linke greift schon nach dem Brötchen.

Die Organisation scheint geheim zu sein, erklärt er und gönnt sich einen großen Bissen. *Mein Informant nannte mir nur deren Namen ,Orden des Animalus' und das Bundesland, in dem sie tagen. So führte mich meine Spur hierher nach Hildesheim.* Ich schaue mir die Aufzeichnung genauer an. Viele alte Wappen, die alle eine sogenannte Jakobsmuschel aufweisen. Dort steht, dass sie seit dem Mittelalter als Wappentier vorkommt und Pilgermuschel genannt wird, inklusive die Namen der letzten bekannten Pilgerväter. Pilgermuscheln gelten laut ihrer Namensgebung als Nachweis der Pilgerschaft, welche früher oft mit Verschwörungen und geheimen Bunden in Verbindung gebracht wurden.

Wir stoßen zusätzlich auf eine andere Geschichte; eine ältere Legende. Diese erzählt von einem tapferen Retter, der im Meer versank und es auf wundersame Weise wieder an Land schaffte, eingehüllt von Muscheln, die seither als Schutzzeichen gelten. Nach dem, was ich bisher gelesen habe, ist es alles andere als ein schützendes Zeichen. Gedankenverloren greife ich nach dem vergilbten Buch und gehe zum Drucker, um die Namen zu kopieren. Fünf Seiten später laufe ich wieder in den Gang, in dem der Kleine sitzt, und lege das Buch zurück.

Grübelnd lehne ich am Regal. Ich bin verwirrt. Das ergibt doch alles keinen Sinn. Was hat der Orden mit seiner Schwester vor und wer ist der Strippenzieher in der ganzen Geschichte? Mein Kopf qualmt und ich bin so damit beschäftigt, das Rätsel zu lösen, dass es mir nicht einmal komisch vorkommt, dass hier ein kleiner, lesender Hund sitzt, der seine Bücher selbstständig aus dem Regal holt und zurückstellt.

Ich befürchte, ich bin verrückt und merke es nur nicht. Der Kleine dreht sich zu mir um und antwortet in meinem Kopf:

Nein, bist du nicht Clemi, du bist schlau und wissbegierig. Das alles verwirrt mich ebenso und deswegen werde ich Licht ins Dunkel bringen. Das Ganze macht mir unheimliche Angst und ohne deine Hilfe werde ich es nicht schaffen.

Er klettert auf meinen Schoß, macht es sich auf den Beinen gemütlich und ich streichele ihn eine Weile. Das haben wir beide gebraucht. Wir sind erschöpft und überwältigt von den vielen Informationen. Zudem macht stupides Lesen echt müde.

Ein plötzliches Rascheln hinterm Regal erschreckt uns und blitzschnell versteckt er sich hinter meinem Rücken. Die Bibliothekarin linst um die Ecke. „Ich schaue nur nach, ob alles ok bei dir ist." Sie starrt auf die am Boden liegenden Bücher und sieht dann wieder mein Gesicht an. „Sieht nach einem großen Projekt aus, Clementine, wenn du Hilfe brauchst, weißt du ja, wo du mich findest. Du hast eine weitere Stunde."

Ich lächle freundlich zurück und lehne dankend ab. „Nur ein paar Kopien und dann bin ich schon fertig für heute", rufe ich schnell, bevor sie wieder hinter dem Regal verschwunden ist. Die Zeit ist regelrecht davongerannt.

„Lass uns die Bücher wegräumen und die Kopien durchsehen, ob wir mehr Lektüre benötigen. Einen Duden nehmen wir zusätzlich mit, denn ich habe so viele Wörter gelesen, von denen ich noch nie etwas gehört hab." Ich hebe den Kleinen hoch und gehe zurück zum Computertisch. Dort setze ich ihn ab und lege die Blätterstapel übereinander. Überwältigt von der Masse an Informationen und Papier, schüttele ich verzweifelt meinen Kopf.

„Die durchzusehen, wird Tage dauern. Gehen wir nach Hause." Am Computer lösche ich den Suchverlauf und verwische alle Spuren, die ich hinterlassen habe. Eine Lektion, die eine Mitschülerin nach dem Informatikunterricht am eigenen Leib zu spüren bekam und sich in meinem Kopf eingebrannt hat. Mitschüler können grausam sein und vor allem unheimlich neugierig.

Die übrigen Bücher stellen wir zurück ins Regal, räumen auf und packen alles zusammen. Der Kleine hat kaum Platz in dem Rucksack und quetscht sich zwischen die Notizen. Am Empfang teile ich die Anzahl der Kopien mit und bezahle, während die Mitarbeiterin den geliehenen Duden in meinen Bibliotheksausweis einträgt. Sie verabschiedet sich wie immer sehr freundlich und ich verlasse die Bibliothek und laufe anschließend zur Bushaltestelle.

Auf dem Weg nach Hause sind wir beide still, die Stimmung ist getrübt. Ich stelle meine Tasche auf den Sitz neben mir an das Fenster. Der Kleine schält sich mit seinem Köpfchen durch die Reißverschlüsse und späht gedankenverloren nach draußen.

Die Informationen kleben wie Schmutz an mir und ich versuche, sie gedanklich von meiner Haut zu waschen. Normalerweise liebe ich Bibliotheken, den Geruch alter Bücher, den diskreten Charme, die enorme Vielfalt, diesen Tempel aus Buchstaben und deren Geschichten. Hier flüchte ich in fremde Welten, führe ein anderes Leben und bin unendlich mutig, ohne etwas beweisen oder erklären zu müssen. Hier stellt niemand Erwartungen an meine Person und hier interessiert mich nur, was ich will und nicht, was dem Alter oder Geschlecht entspricht. Heute wünschte ich mir, nicht dort gewesen zu sein.

Schweigend bringen wir die Busfahrt und den Fußweg zum Haus hinter uns. Im Eingang werfe ich Jacke und Schuhe in die Ecke und stapfe, mit ihm im Rucksack, die Treppe nach oben in mein Zimmer. Dort lassen wir uns müde auf das Bett fallen, schließen erschöpft die Augen und schlafen sofort ein.

„Clem, Clemilein, wach auf", haucht jemand meinen Namen. „Hey, Schlafmütze." Ich öffne verschlafen die Augen und starre Mama direkt ins Gesicht.

„Wo hast du dich denn heute herumgetrieben, dass du schon so zeitig und in Klamotten einschläfst?" Ich schaue verwirrt im Zimmer umher und suche den Kleinen, taste dabei unbemerkt das Bett ab. Mama hatte Mittelschicht und ich habe sie nicht nach Hause kommen hören.

„Hallo Mama, wie war dein Tag?" Ich reibe mir die Augen und versuche abzulenken.

„Ganz ok. Ich schalte schnell die Wäsche ein und dann setzen wir uns gemütlich auf die Couch. Ich habe wieder einen Film mitgebracht." Ihr Finger zeigt dabei hinweisend auf den Haufen unter meiner Bettdecke.

„Bringst du mir deine Schlafsachen, dann wasche ich die gleich mit", bittet sie mich freundlich und läuft hinunter in die Waschküche. Unter der Decke wird der kleine Hügel mobil und kriecht bis zum Fußende, lugt langsam hervor und fragt, ob die Luft rein ist.

Puh, das war knapp, ich habe die Eingangstür gehört und mich flink versteckt. Jetzt bin ich aber wach!

Dem Kleinen stehen die Haare zu Berge und sind Zeuge des vorigen Schrecks.

„Wie lange haben wir denn geschlafen, ist es bereits nach 8 Uhr?",
fragend suche ich meinen Wecker und versuche, mich zu sammeln.
„Ich sollte runter, sonntags schauen wir immer gemeinsam einen
Horrorfilm. Ich hole dir schnell etwas zu essen und zu trinken.
Brauchst du sonst noch was?" Sein Blick wandert zum Rucksack,
aus dem er vorhin erschöpft herausgekrabbelt ist.

*Wenn du mir die Notizen zurechtlegst, werfe ich schon mal einen
Blick darauf.* Der Kleine macht es sich auf dem Fußboden bequem,
während ich die Zettel aus der Tasche fische. Ich versuche, sie nach
Themen zu einzelnen Stapeln zu sortieren, und lege den Duden
daneben. Anschließend renne ich in die Küche und bereite ihm
einen geschnittenen Apfel, ein Avocadobrot, Orangensaft und eine
kleine Flasche Wasser für später zu. Ob das, das Richtige für den
kleinen Streuner ist, bin ich mir nicht sicher. Bisher hat er sich
nicht beschwert und auf seiner Reise hier her, hatte er bestimmt
eine weitaus schlechtere Auswahl.

Ich würde gerne vermeiden, dass er sieht, auf welche Hinweise
ich gestoßen bin, obwohl er sicher bereits weiß, in was für Machenschaften der Orden verstrickt ist.

Den Snack stelle ich auf meinem Schreibtisch ab, schließe leise
die Tür und springe voller Vorfreude auf den Filmabend, die Treppe
hinunter zu meiner Mutter.

VIER

Gestern Abend bin ich spät ins Bett gegangen. Im ganzen Zimmer lagen Zettel verteilt, der leere Teller stand mittendrin. Mein flauschiger Freund lag auf dem Fußboden und ist mit dem Kopf direkt auf dem aufgeschlagenen Duden eingeschlafen. Vorsichtig legte ich ihn auf das Bett, verschwand noch einmal im Badezimmer und kuschelte mich, mit dem Arm über seinem Bauch, daneben.

Der Filmabend mit Mama hat geholfen und für ein paar Stunden für Ablenkung gesorgt. Ich genieße unsere Routinen und weiß, dass Mama sich ebenso immer darauf freut.

Heute Morgen hatte ich nur einen kurzen Plausch mit dem kleinen Hund. Er saß nachdenklich auf dem Fensterbrett und schaute nach draußen. Er hat seine Sorgen nicht mit mir geteilt, aber ich kann mir vorstellen, was ihn beschäftigt. Dennoch musste ich ihn bitten, zu Hause auf mich zu warten, bis ich zurückkomme. Zumindest so lange, bis Mama zur Arbeit fährt. Jetzt da ich weiß, welche Ziele diese Organisation verfolgt, sorge ich mich.

Die Schule dauert heute bis zur 6. Stunde und es dreht sich alles um Bewerbungen und Universitätseinschreibungen. Ich habe die schriftlichen Prüfungen letzten Monat und die mündliche Prüfung letzte Woche gut hinter mich gebracht, so sitze ich nun meine Zeit nur noch ab. Morgen gibt es endlich Zeugnisse und ich freue mich, das Kapitel Schule abzuschließen, auch wenn ich der Zeit danach ehrfürchtig entgegenblicke. Meine Mitschüler sind teils schon komplett durchgeplant, was die nächsten Wochen und Monate angeht, doch ich denke nur an heute. Ich kann es kaum erwarten, am frühen Nachmittag wieder nach Hause zu kommen, doch nicht ohne dem Kleinen eine kleine Freude zu machen.

Der Vierbeiner wartet schaukelnd im Wohnzimmer auf mich und sieht mich schon vom Fenster aus die Auffahrt hochlaufen. Er winkt mir ausgelassen von der Efeutute aus zu und grüßt lächelnd, als ich das Haus betrete.

„Na, du bist ja heute gut drauf", stelle ich fest und hebe ihn von der Pflanze herunter. „Ich hab uns Torte von meinem Lieblingsbäcker mitgebracht", trällere ich fröhlich und gehe in die Küche, um Teller und Gabel zu holen. Wenn ihm die Lasagne geschmeckt hat, wird ihm dieses süße Gebäck sicher gefallen.

Die Leckerei drapiere ich triumphierend auf dem Wohnzimmertisch und beobachte seine großen Augen, die gierig dem Teller folgen. Genüsslich schieben wir uns Stück für Stück die Süßigkeit in den Mund und lassen uns die Süße auf der Zunge zergehen. Der Kleine sitzt still neben mir wie ein Teddybär und hat bisher nichts erzählt, doch er scheint wesentlich besser drauf zu sein als heute Morgen. Ich zappe durch das TV-Programm und stoppe bei einer Quizshow, denn ich halte die Stille nicht mehr länger aus.

„Jetzt erzähl schon, ich merke doch, dass da was ist." Er dreht sein kleines Köpfchen zu mir, dabei wippen seine Ohren leicht mit der Bewegung.

Es gibt gute Nachrichten, nickt er bejahend und beginnt breit zu grinsen.

Ich habe etwas herausgefunden. Ein Vögelchen hat mir gezwitschert, dass es hier im Gewerbepark eine unheimliche Halle gibt. Kein Vogel traut sich dorthin, denn alle Tiere, die man dort hinbrachte, kamen bisher nicht wieder heraus. Mittlerweile hat er sich hingestellt und beobachtet meine Regung.

„Oh", entwischt es mir alarmiert. „Das klingt nicht gut, aber es ist ein Anhaltspunkt. Konntest du in Erfahrung bringen, welches Gebäude genau damit gemeint ist?"

Ja, die im Gewerbepark am stärksten bewachte Halle. Stacheldraht-zaun, Kameras und Eingangskontrollen. Sie besteht aus verschiedenen, kleinen Arbeitsbereichen, man übersieht sie nicht. Es gibt nur eine Auffahrt und ringsherum befindet sich dichter Wald. Er nennt mir kühl die Fakten.

„Ich verstehe nicht, was dich daran so positiv stimmt. Das klingt alles eher aussichtslos."

Ja, das scheint so, Clementine. Ich habe mehr erfahren. Sie ist am Leben! Er reicht mir sein kleines Pfötchen und ich halte es einen Moment lang fest.

„Wer ist am Leben?", frage ich mit gerunzelter Stirn und kann ihm nicht folgen.

Meine Schwester. Nenn sie Aria. Sie wurde mehrmals gesehen. Sie wird in einem Käfig gehalten, aber es geht ihr den Umständen entsprechend gut. Sie wird von Mitarbeitern bewacht und ist einmal am Tag draußen, in einem kleinen, eingezäunten Gehege. Dort kommt man nicht so leicht heran. Mein gefiederter Freund versucht ihr auszurichten, dass ich sie suche. Sein Grinsen zieht sich durch das kuschelige Gesicht und sein buschiger Schwanz wedelt aufgeregt hin und her. Mir wird jetzt erst bewusst, was für eine Last auf seinen Schultern liegt. Ich bin die ganze Zeit davon ausgegangen, dass wir sie nur finden müssen. Dabei wusste er nicht einmal, ob sie noch lebt. Mit-fühlend nehme ich den Kleinen in die Arme und drücke ihn eng an mich. Fest umschlungen freuen wir uns über die Neuigkeiten und man kann förmlich spüren, wie groß die Last ist, die von ihm ab-fällt. Er springt von mir herunter und vollzieht einen Freudentanz, schlägt Purzelbäume und dreht sich fröhlich im Kreis.

Ich habe Hoffnung, sie wieder mit nach Hause nehmen zu können. Endlich!, jubelt er aufgeregt in meinem Kopf. Heimat bedeutet für die zwei etwas anderes als für uns. Ich platziere mich lächelnd ihm gegenüber im Schneidersitz auf dem Boden und schaue ihm direkt in sein flauschiges Gesicht. Zögerlich spreche ich eine Frage aus, die mir schon den ganzen Tag durch den Kopf geht.

„Erzählst du mir von deiner Heimat? Du vermisst sie sicher unheimlich." Er richtet sich verwundert auf und greift mit seinen Pfötchen nach meinen Händen. Er hält diese festgedrückt und unsere Blicke kreuzen sich. Seinen folgenden Worten höre ich gespannt zu:

Clementine, ich erwartete diesen Zeitpunkt. Du bist bereit, ich vertraue dir. Was du jetzt erfährst, schützt und bewahrst du mit vollstem Interesse und hütest dies wie dein größtes Geheimnis. Dir ist bewusst, dass du mit nur einem gesprochenen Wort mein Dasein bis hin zu einer ganzen Lebensart verrätst und förderst damit unseren Tod. Ich vertraue dir und in unserer Heimat bedeutet das alles. Du bist ein Kind der Zukunft und nur euer Verständnis und Umdenken kann die Welt der Seelentiere retten.

Er schaut mich traurig an, nimmt einen tiefen Atemzug, lässt meine Hände los und schließt seine Augen. Offen für seine Erinnerungen, tue ich es ihm gleich und tauche in eine mir bisher fremde Welt ein.

Wir leben auf einer unbekannten Insel, weit verborgen in Ozeanien. Sie liegt viele Tagesreisen vom Festland entfernt und ist auf keiner Flugroute vermerkt. In keinem Schulatlas, auf nicht einem Globus und auf keiner Karte der Welt, wirst du sie je finden. Dafür haben einst die Urväter gesorgt und so wird es bleiben.

Von außen wirkt die Insel unscheinbar und unerreichbar. Umwachsen von dichten, blätterreichen Baumkronen, verbirgt sie sich von oben. Umwoben von tiefer See und stets schlechtem Wetter außerhalb des Inselrings, wird sie von Schiffsreisenden weit umrundet. Mächtige

Schluchten und steinige Steilhänge am Rand lassen sie unbetretbar erscheinen, so bleiben alle Zugänge vor Fremden verborgen.

Die Höhlen, jegliche Wasserquellen und jeder unterirdische Gang sind auf natürliche Weise entstanden.

Die Baumkronen sind so strukturiert gewachsen, dass wir nicht einen Nagel für die Plattformen unserer Häuser nutzen. Der äußere Baumkranz der Insel besteht aus den höchsten, ältesten und stabilsten Bäumen, sie sind bis an den unteren Rand, zu einem riesigen Geflecht verwachsen und dort mit dem Seelenbaum verbunden. Das pflanzliche Gerüst schützt die anderen Bäume und die Bewohner darunter, trägt unsere Häuser, als seien sie schon immer dort verankert.

Alle haben ihren Teil beizutragen, jeder wird im Handwerk unterrichtet und spezialisiert sich im Laufe der Zeit auf seine Disziplin.

Unser Leben findet meist im inneren Kern, unter den Baumkronen der Insel statt. Dort bauen wir jegliche Lebensmittel an. Von Kartoffeln, Möhren, Kohl bis hin zu Birnen und Beeren.

Außer uns Seelenhunde, befinden sich nur ein paar Insekten auf unserer Insel, aber auch nur die, die einst ein Leben ohne Menschen suchten. Wir behüten ihr Leben und sie helfen uns, Blütenpollen zu sammeln und die Pflanzen zu bestäuben.

Wir sind in keiner Art und Weise von der Außenwelt abhängig. Selbst unser Holz, die Maschinen und Werkzeuge stellen wir durch eigenes Handwerk her. Die Insel bietet uns alles, und wir tun alles für sie.

Ein ständiges Schützen und Rücksicht nehmen vor- und aufeinander haben uns die Vorfahren von Kind an gelehrt. Die Nutzung von Heilmitteln, Wundversorgung bis hin zu Kräutertees sind in den alten Büchern der Urväter vermerkt und alle Seelenhunde haben Zugriff darauf.

Wir sind wissbegierig und gebildet, bei uns lernt jeder schreiben, rechnen und lesen. Und auch zu kämpfen wird uns beigebracht. Manche spielen sogar Instrumente, nur singen bleibt uns verwehrt.

Wie eine kleine Stadt besitzen wir eine Schule, ein Krankenhaus, *eine Bibliothek und durch Wind erzeugte Elektrizität. Wir lernen, mit Feuer zu kochen, Wasser zu filtern, und wie man die Menschen lesen kann. Auch wenn wir zu einem großen Teil autark leben, müssen wir hin und wieder in anderen Ländern Aufträge erfüllen und haben einen großen Drang unsere Neugier zu stillen. Deswegen verstehen wir verschiedenste Sprachen und sprechen diese. Wir feiern jedes Fest bei unserem Seelenbaum; unter ihm, so erzählen es die Vorfahren, sind alle einst entstanden und dies würdigen wir zu jedem Geburtentag und jeder Vermählung. Sämtliche Bewohner nehmen daran teil. Wir haben einen Hohen Rat, der alle Angelegenheiten der Gemeinde regelt, und der mit anderen Tierwesen verbunden ist.*

Wir wohnen mit der Familie zusammen, bis wir eine eigene gründen und hat sich uns eine Partnerin zugewandt, bleibt man ein Leben lang vereint. Wir pflegen unsere Alten genauso wie die Jungen.

Wir öffnen beide die Augen und schauen uns an. Ich bin dankbar für seine Offenheit und Ehrlichkeit und mir wird bewusst, wie verletzlich er sich zeigt. Ich bin fasziniert und schockiert zugleich, was für Geheimnisse unsere Erde birgt und trägt. Wie wenig wir doch wissen und wie viel es noch zu erfahren gibt. Ich lerne ihn besser kennen und versuche, sein Wesen zu verstehen.

„Was vermisst du am meisten?", frage ich ihn spontan und stelle mir die Insel samt Bewohnern bildlich vor.

Ich vermisse das tropische Klima. Bei uns scheint dauerhaft die Sonne und es ist immer angenehm warm, Jahreszeiten gibt es nicht. Ich vermisse den blumigen Geruch der Hibiskuspflanzen und Frangipaniblüten, den Geschmack von Pitayafleisch, frischer Ananas und Mangomus. Diese Erinnerungen zaubern ein kleines Lächeln auf seine Lippen, als müsste er nur kurz die Augen schließen, um vor Ort zu sein.

Ich vermisse die Gesänge der Papageien und das fröhliche Zwitschern der Zugvögel und die friedliche Stille dahinter. Die Verbundenheit zur

Natur und das respektvolle Miteinander, Zufriedenheit und Liebe, Zusammenhalt und Freunde und vor allem meine Schwester.

Das Lächeln verschwindet. Seine Sorge ist förmlich zu spüren und sein Herz schmerzt. Zurück in der Realität steht er allein da, weit weg von seinem zu Hause. Ich würde ihn gerne unterstützen und mein Entschluss bestätigt sich. Ich habe keine Ahnung wie, doch ich werde ihm helfen.

Ich nehme den Kleinen in die Arme und halte ihn eine Weile fest. Seine Glieder fallen schwer und seine Ohren hängen traurig nach unten. Er ist verzweifelt und verloren. Zuneigung und Liebe sind das, was jeder von uns am meisten braucht und im Augenblick das Einzige, was ich ihm uneingeschränkt bieten kann. Ich würde im Moment alles tun, um ihm zu helfen.

Eine lange Zeit später schreckt er unerwartet hoch und schaut mich mit großen Augen an. Die Pfötchen verdecken seinen Mund, als unterdrücke er einen stummen Schrei.

„Was ist los?", reagiere ich ebenso erschrocken und schiebe ihn ein paar Zentimeter prüfend von mir weg.

Die Jakobsmuschel, ertönt es laut in meinem Kopf. *Das Symbol des Ordens, Clementine!* Seine Pfötchen wirbeln aufgeregt vor mir hin und her und versuchen, seinen Hinweis zu unterstreichen.

„Ja, ich weiß, hast du in den Notizen etwas darüber gefunden? Oder kam dir ein Name bekannt vor?" Ich blicke ihn verwirrt an, denn ich kann das plötzliche Puzzleteil ohne weitere Hinweise nicht zuordnen.

Nein, das ist es ja, ich habe alles gelesen und habe keinen Zusammenhang erkannt. Ich war so damit beschäftigt, nach einem Anhaltspunkt zu suchen, dass ich das Offensichtliche verdrängt habe. Aber das kann nicht sein, das darf niemand erfahren. Er vergräbt sein Gesicht verzweifelt in seinen Pfötchen und schüttelt den Kopf.

„Was ist los? Was ist denn das Offensichtliche?" Ich streichele ihm behutsam über den Rücken und warte, bis er sich beruhigt und bereit ist, es zu erzählen. Traurig schaut er mich an, seine Augen kämpfen mit den Tränen. Bei dieser Erkenntnis ist seine Welt erneut zusammengebrochen.

Die Muschel wurde nicht von den Pilgervätern übernommen. Sie ist die Insel! Ich verstehe es nicht und wiederhole hilfesuchend seine Worte.

„Die Muschel ist die Insel?"

Ja! Unser geheimer Ort hat die Silhouette einer Jakobsmuschel. Man kann es nur aus der Luft sehen. Der Seelenbaum steht unten in der Mitte und alle anderen Bäume sind in Strängen mit ihm verbunden.

„Die Insel hat die Form einer Muschel." Ich folge gedankenverloren der Struktur und bastele mir das dazugehörige Abbild zusammen. „Aber woher wissen die das? Ist das nur Zufall? Gehören sie doch zu den Pilgervätern? Verlier nicht gleich den Mut, wir werden das herausfinden. Wir kommen ihnen jeden Tag Stück für Stück näher", versuche ich, seine Verzweiflung aufzufangen und greife beschwichtigend nach seinem Pfötchen. Mein kleiner Freund sitzt wie ein Häufchen verloren auf dem Fußboden und sinkt in sich zusammen. Abwesend besteigt er seine Efeutute und nimmt sich eine Auszeit. Ich gebe ihm den Freiraum, den er benötigt.

Ich suche mir eine Ablenkung und greife nach den Tellern, um sie wegzuräumen. Den restlichen Kuchen stelle ich in den Kühlschrank, dabei überschlagen sich meine Gedanken. *Wie gelangen wir nur in diese Halle und wie halte ich ihn gleichzeitig versteckt? Was würde James Bond jetzt tun?*

In Filmen und Büchern besitzt jeder Held immer ein Equipment, das aus Fernglas, Kletterausrüstung oder Bolzenschneider besteht. Ich habe ein Federmäppchen, Kaugummi und eine Haarbürste hier. Der Held dieser Geschichte bin ich dann schon mal nicht!

„Wir brauchen mehr Informationen", platzt es aus mir heraus und ich laufe erneut ins Wohnzimmer.

„Welche Firma dahintersteckt, wie wir dort reinkommen und vor allem: wieder heraus. Ich werde heute Abend Mama mal beiläufig ausfragen. Und morgen in der Schule meine Klassenlehrerin." Mir ist nicht klar, was der Plan für uns bedeutet, doch ich bin fest überzeugt, dass uns das hoffentlich weiterhilft. Und das ist ein Anfang.

„Lass uns nach oben umziehen und die Notizen durchschauen." Mein kleiner Freund sitzt schon längst nicht mehr da, wo ich ihn als Letztes gesehen habe, sondern hopst tonlos die Treppen nach oben. Schnellen Schrittes folge ich ihm in mein Zimmer, doch dort erwartet mich das pure Chaos. Gestern Abend lagen schon viele Blätter herum, aber heute scheint ein Tornado durchgefegt zu sein. „Sturmtief Carlos wütet gen Osten und zeigt kein Erbarmen", sage ich unerwartet laut und schaue mir das ganze Ausmaß aus nächster Nähe an. Er sitzt unschuldig auf dem Bett und blickt mich, mit zur Seite geneigtem Kopf an, als wisse er nicht, von was ich rede.

„Passt als Rufname gut zu dir." Ich grinse, doch sammle wenig begeistert die losen Blätter wieder ein.

Sturmtiefs erhalten weibliche Namen und die Hochs einen männlichen, antwortet er neunmalklug und grinst.

„Du bekommst gerne einen Weiblichen, wenn dir das lieber ist", kontere ich provozierend und habe wenig Lust auf Belehrungen. Doch er steht mit geschwollener Brust auf und schüttelt seinen Kopf.

Nein, warte. Carlos von Carl, Karl, abgeleitet von Kerl, Bedeutung: der Freie. Dann bleibe ich gerne bei Carlos.

„Carlos – der Freie", wiederhole ich laut und lasse den Klang des Namens über meine Lippen wandern. Zufrieden mit der Auswahl, setzen wir uns eine Stunde zu den Notizen am Boden und notieren Stichpunkte zu den Personen, die öfter erwähnt werden. Oben steht wieder der Name aus den Zeitungsartikeln: *Magnus Biel* und viele Fragezeichen dahinter.

Draußen ist es schon dunkel und als Mama von der Arbeit kommt, gönnen wir uns eine Pause. Ich begrüße sie freudestrahlend an der Tür und decke bereitwillig den Abendbrottisch. Heute gibt es Kartoffelgratin aus der Cafeteria und ich lasse mit Absicht etwas für den Kleinen, ähm, für Carlos übrig.

„Mama kennst du das Gewerbegebiet? Warst du schon mal da?", frage ich sie beiläufig, während ich mir die Gabel in den Mund schiebe, doch sie schüttelt den Kopf.

„Nein, ich denke nicht und wenn dann kann ich mich nicht daran erinnern. Warum fragst du?" Ich versuche, mit einer wegwerfenden Geste das Thema schnell wieder abzuhaken und esse hastig weiter. „Ach, nur so."

Meine Nachforschung über die große Halle ergibt nichts. Mama hat keinerlei nützliche Informationen für uns, doch das habe ich fast erwartet. Die Neugier macht sie stutzig, sie lässt die untypische Befragung aber über sich ergehen. Das Ganze wird schnell wieder mit Klatsch und Tratsch aus der Klinik überdeckt.

Die Patienten kommen und gehen, doch das Personal hält schon seit Jahrzehnten die Stellung. Über einige Kollegen weiß ich mehr als über so manchen Klassenkameraden, obwohl ich die Personen teils nie gesehen habe. Mama nennt ihre Mitstreiter ihre zweite Familie. Mit einigen hat sie sogar die Ausbildung absolviert und sie sind anschließend im selben Betrieb geblieben.

Nachdem ich heimlich den Teller zu Carlos nach oben gebracht habe, schauen wir gemeinsam einen Film. Aber nicht lange, da sie morgen mal zur Abwechslung Frühschicht hat und quasi gleich wieder aufstehen muss.

Zurück im Zimmer berichte ich ihm kurz, dass Mama keinen Bezug zum Gewerbepark hat, putze mir die Zähne, kuschle mich neben ihn und nehme mir erneut den „Mitternachtsmarkt" zur Hand.

Hin und wieder in andere Geschichten zu schlüpfen ist befriedigend und inspirierend. Diese Erzählung hier ist so abenteuerlich und abwechslungsreich, dass sie mich direkt in ihren Bann zieht.

Ein wandernder Markt, Vampire und dunkle Geheimnisse sind eine willkommene Abwechslung. Carlos schielt stirnrunzelnd auf das Papier und schüttelt müde den Kopf. Ich lese ihm ein paar Zeilen aus der Geschichte vor und erhoffe mir Verständnis für meine Leidenschaft. Doch sein Interesse liegt eher bei Sachbüchern und Zeitgeschichte, deswegen schafft er es kaum seine Aufmerksamkeit aufrechtzuerhalten.

Er überrascht mich immer wieder. Er ist nicht nur zuvorkommend und erwachsen, sondern unheimlich gebildet. Gähnend schließt er seine Augen und gibt sich der Müdigkeit hin, der ich nach wenigen Seiten widerwillig folge.

FÜNF

Heute klingelt der Wecker ungewohnt früh, es ist Viertel nach sechs. In der ersten Stunde bekommen wir unsere Abiturzeugnisse und danach findet eine kleine Veranstaltung in der Schulaula mit allen Abschlussklassen statt. Eine Abschiedszeremonie, auf die so gut wie keiner Lust hat und hofft, dass sie rechtzeitig endet.

Ich wühle lustlos meine schicken Klamotten aus dem Kleiderschrank. Eine mintgrüne Bluse mit Rundkragen, eine Modal-Strickjacke, eine Feinstrumpfhose und einen dunklen Bleistiftrock. Dazu ziehe ich nachher meine neuen Schuhe an, die ich nur zu schicken Anlässen trage, da sie so teuer waren. Ein paar Locken in die Haare drehen und die Wimpern schwarz tuschen, verlangt mir schon einiges ab. Aufbrezeln ist nicht meine Stärke, deshalb verschwinde ich fast eine ganze Stunde im Badezimmer und verplempere sinnlos Zeit.

Carlos liegt auf dem Bett und versucht weiterzuschlafen. Gelegenheit dazu lasse ich ihm nicht. Ständig fällt mir etwas runter, ich fluche leise oder stoße mich am Schrank und bei jedem Knacken schreckt er hoch. Nach fünfundvierzig Minuten ertönt ein, *brauchst du Hilfe,* in meinem Kopf und Carlos schaut mit einem Sicherheitsabstand um die Badezimmertür.

Ich bin schon fertig, danke. Schwöre ich hoch und heilig auf dem Weg ins Zimmer, doch meine Laune lässt zu wünschen übrig.

Wow, Clementine, strahlt der Kleine und setzt sich erneut auf das Bett. Verlegen betrachte ich das Outfit von oben und blicke prüfend in mein Spiegelbild. An meinem Kleiderschrank befindet sich ein hoher Spiegel an der Tür, der mir mein Gesamtbild präsentiert.

Schicke Klamotten sind sonst nicht so meins. Ich bin eher der sportliche Typ. Aber in dem hier fühle ich mich wohl. Meine Haare hängen leicht gewellt über den Schultern. Meine blauen Augen stehen im Kontrast zu meinen dunklen Augenbrauen und meine dunkelblonden Haare lassen mich heute blass erscheinen. Sein zuvorkommendes Lächeln erhellt mein Gemüt. Gut gelaunt schnappe ich mir den Kleinen und gehe mit ihm die Treppe hinunter.

In der Küche platziere ich meinen Freund auf der Anrichte, fülle uns ein Glas Orangensaft ein und schmiere uns schnell ein Toastbrot, da ein bisschen Zeit bleibt.

Er krabbelt auf meinen Rücken und lässt sich von mir wie ein Taxi chauffieren. Genüsslich schmatzend stärken wir uns für den Tag und genießen die gemeinsame Zeit, bis ich aufbreche.

Ich packe den Rucksack, ziehe meine schicken Schuhe an und verabschiede mich von meinem plüschigen Freund.

„Du weißt Bescheid, Carlos. Ich fahre zur Schule und du passt auf dich auf. Ich lasse das Küchenfenster auf Kippe, aber zum Mittagessen sehen wir uns wieder hier. Ok?" Der Kleine willigt nickend ein und verzieht sich nach oben in mein Zimmer. Schmunzelnd schaue ich ihm hinterher. Obwohl die Treppenstufen genauso hoch sind wie er, springt er diese mit Leichtigkeit hinauf und hüpft sicher direkt wieder zurück ins warme Bett. Eine Schlafroutine, die bei Hunden normal zu sein scheint.

Der Vormittag verging wie im Flug, die Zeugnisausgabe verlief problemlos und die Veranstaltung war gar nicht so langweilig, wie ich befürchtete. Zudem gelang es mir, in einer Pause mit meiner Lehrerin zu sprechen, und ich erhielt viele hilfreiche Informationen. Sie hat mich unbewusst auf eine Idee gebracht, die ich Carlos nachher unbedingt erzählen muss.

Einige der Mitschüler fangen eine Ausbildung an und der Rest macht ein Studium. Ich kann da leider nicht mitreden. Ich bin vollkommen ratlos, was meine Interessen an geht und weiß bisher nicht, was ich studieren oder lernen möchte. Mama setzt mich nicht unter Druck. Sie hat Verständnis dafür, dass ich nicht irgendetwas anfange, das ich dann womöglich wieder abbreche, weil es nicht zu mir passt. Doch ich weiß, dass sie sich große Vorwürfe macht, mich nicht genug unterstützt oder gefördert zu haben. Sie hatte ihre Leidenschaft für einen sozialen und medizinischen Beruf schon in der Mittelstufe verspürt und konnte ihren ganzen Fokus darauf legen.

Wir holten uns in einer kleinen Gruppe ein Eis und verabschiedeten uns anschließend voneinander. Viele besuchen nach dem Abschluss ihre Familien im Ausland, machen Bootstouren oder nehmen an Reitturnieren teil. Erleben Tauchkurse, reisen ihren Lieblingsbands hinterher, bekommen zum Abschluss ihr erstes Piercing oder beginnen mit dem Führerschein. Von Campen im Wald bis zum Luxusresort ist alles dabei. Die Kluft zwischen uns ist in den Ferien am größten und auch jetzt steche ich ungewollt heraus. Ich habe keinerlei Unternehmungen geplant, bin nie groß gereist und obwohl ich mit das beste Abizeugnis habe, studiere ich nicht an einer renommierten Universität. Kein Stipendium, kein erstes eigenes Auto, kein Auslandsaufenthalt. Nur ich, zu Hause, planlos und einsam.

Vor dem Haus sehe ich die Fellnase schon von weitem im Fenster. Er schaukelt an der Efeutute und begrüßt mich mit einem breiten Lächeln. Seine kleinen Pfötchen winken mir fröhlich zu. Ich gewöhne mich langsam an das Bild, dennoch bringt es mich zum Schmunzeln.

Hallo Clemi, na wie war dein Tag?, ruft er aus dem Wohnzimmer zu mir herüber und nimmt eine bequemere Position ein, um mir nachzusehen.

„Gar nicht so schlimm. Alle waren besonders nett, wer weiß, wann man sich wiedersieht. Und das Zeugnis ist besser als gedacht. Ich habe mich durch die mündlichen Prüfungen sogar verbessert. Den Abschluss hab ich in der Tasche. Das wird Mama freuen." Ich pinne zufrieden das besagte Papier, welches in einer Schutzfolie steckt, an den Kühlschrank und schlendere zu ihm. An der Couch bemerke ich den Fernseher, der schon die ganze Zeit läuft, und schaue Carlos verwundert an. Der zuckt nur schelmisch mit den Schultern und lenkt mit einer berechtigten Gegenfrage ab.

Hast du mit deiner Lehrerin gesprochen und nach der Halle gefragt?

„Ja, das will ich dir schon die ganze Zeit erzählen." Ich wühle im Rucksack meine Notizen hervor, nehme diese mit ins Wohnzimmer und verteile sie auf dem Tisch, damit er sich einen Überblick verschaffen kann.

„Diese gruselige Halle ist das ‚BPI', das Biopharmazeutikinstitut von Dr. Biel." Ich erinnerte mich sofort an den Zeitungsartikel über den Tierarzt, denn dort stand, dass von dieser Firma ein Teil der Spendengelder für die Erweiterung der Tierarztpraxis stammt. „Sie erzählte mir von einem früheren Schüler, der nach dem Abitur an einer Uni Biotechnologie studiert hat und seine Praktika im Lernbereich Biochemie und Zoologie bei den Arbeitsgruppen des Institutes ‚BPI' absolviert hat. Ich habe alles aufgeschrieben. Sie nannte mir den Namen des Chefs: Herr Dr. Biel. Da fiel mir später ein, dass das der Mann ist, der neben dem Tierarzt auf dem Bild zu sehen ist. Die Praxis und er arbeiten zusammen. Das Institut erhält sicher die Versuchstiere von ihm." Ich starre Carlos prüfend an und erwarte eine Antwort, doch sein Blick ist völlig ratlos.

Und das bedeutet was?

„Ich denke, der Tierarzt hat deine Schwester gefunden und war deshalb so an dir interessiert. Vielleicht hatte er kurz einen Verdacht. Aber da ist mehr." Carlos hängt an meinen Lippen und lauscht gespannt den weiteren Informationen.

„Jetzt ist die Schule vorbei, das heißt, ich habe eine Menge Zeit. Ich habe überlegt, mich für ein Praktikum dort zu bewerben." Ich muss zugeben, dass es mir eher spontan in den Sinn gekommen ist und ich erst kürzlich über diesen Gedanken gestolpert bin. Carlos schaut mir verwirrt in die Augen und ich muss mich selbst erst von meiner Idee überzeugen.

„Welche Möglichkeit haben wir sonst, in diese Halle zu gelangen? Ich weiß eh nicht so recht, was ich machen möchte und erkläre in der Bewerbung, dass ich über ein Studium an einer Universität nachdenke und dafür ein Fachpraktikum benötige." Er starrt mich mit offenem Mund an und seine Augen weiten sich vor Erstaunen. Man sieht ihm den Gedankenstrudel förmlich an. Seine Gesichtszüge wandern von Skepsis zu Euphorie.

Dann hättest du Zutritt zur Halle. Und kommst an mehr Informationen und im besten Falle an meine Schwester. Die letzten Worte denkt er befürwortend und grinst, bis die Ohren nach hinten klappen.

Der Plan ist geschmiedet. Wir nutzen den frühen Nachmittag, um unser Ziel zu definieren. Ohne eine Ausschreibung für ein Praktikum kann ich mich nicht bewerben und dazu benötigen wir den Computer in der Bibliothek. Ungeduldig renne ich hoch ins Zimmer, nehme zwei Stufen auf einmal und hole den Speicherstick, auf dem ich meinen Lebenslauf gespeichert habe. Diesen hatten wir, zur Vorbereitung des Abschlusspraktikums letztes Jahr, im Informatikkurs angefertigt. Damals absolvierte ich meine zwei Pflichtwochen in einem Kindergarten und ich hätte nicht gedacht, ihn so schnell wieder zu nutzen. Den ausgeliehenen Duden nehme ich gleich mit. So schlage ich zwei Fliegen mit einer Klappe.

Carlos wird mir helfen, das Anschreiben umzuformulieren. Ohne ihn hätte mich jetzt schon der Mut verlassen.

Ich packe alle Unterlagen in den Rucksack und ziehe meine Jacke über, während Carlos in sein Transportmittel schlüpft. Mit einem tiefen Atemzug und voller Tatendrang machen wir uns auf dem Weg. Ich bin skeptisch, denn ich habe vorher schon wenig Euphorie für meinen weiteren Werdegang verspürt.

Keine dreißig Minuten später erreichen wir die Bibliothek. Den Duden gebe ich fristgerecht zurück, doch beim Austragen schaut die Bibliothekarin den Ausweis genauer an. Ihr Zeigefinger ruht auf dem Stück Papier unter einem Ablaufdatum, das nächste Woche endet. Sie starrt mich abwesend über ihren Brillenrand an und ihr Blick lässt mich nervös werden. Sie ist schon etwas älter, ich denke, sie kann mit vielen Klassikern hier mithalten. Ihre Körpergröße scheint sich im Laufe der Jahre minimiert zu haben, denn ich bin recht klein, doch jetzt überrage ich sie.

„Liebe Clementine, leider bleibt mir hier kein Spielraum", erklärt sie traurig und dreht den Ausweis zu mir, dass ich ebenso einen Blick darauf werfen kann. Mir kippt die Kinnlade herunter. Es fühlt sich an, als hätte sie die Ladentür vor meiner Nase zugeschlagen und das Türschild von *offen* auf *geschlossen* gedreht. Sie spürt mein Unbehagen. „Da du geliehene Bücher und Filme zu Hause hast, werde ich ihn dir für zwei Monate verlängern, aber mehr ist leider nicht möglich." Sie greift lächelnd nach einem Stempel und dreht darauf das gewünschte Datum zurecht. Das Geräusch, das der Stempeldruck verursacht, lässt mich zusammenschrecken.

„Ich bin mir sicher, dass du bald einen Ausbildungsvertrag oder eine Einschreibung für eine Universität haben wirst, dann kannst du weiterhin von den Vergünstigungen profitieren."

Wie in Trance nehme ich den Ausweis entgegen und bedanke mich. Ich erbitte wehmütig die Nutzung des Computers und verziehe mich in die hinterste Ecke.

Ich lasse den mittlerweile zappelnden Rucksack an meinem Arm hinunter gleiten und stelle ihn auf einen Stuhl. Die Bibliothekarin ist wieder mit einem Stapel Bücher unterwegs und würdigt uns keines Blickes. Es ist menschenleer, so starten wir ungestört mit unserem Vorhaben.

Im Internet suche ich via Suchmaschine nach der Homepage vom ‚BPI‘ und finde dort einen Link, der mich zu den ausgeschriebenen Jobs weiterleitet. Es dauert eine Weile sich durch die Beschreibungen und Anforderungen zu wühlen, da viele auf Vollzeitjobs oder Studierende ausgelegt sind. Ich orientiere mich an den Begriffen und einzelnen Berufsbezeichnungen und siebe so nach und nach die Treffer aus.

Carlos schielt von der Seite aus auf den Bildschirm und zeigt hin und wieder auf eine Fachrichtung, die passt. Unsere Köpfe rauchen und die Idee ist doch komplizierter als vermutet.

Lustlos scrolle ich über die Seite und übersehe beinahe eine freie Stelle für ein Pflichtpraktikum. Es dient der Vorbereitung der Ausbildung zum Biologisch-technischen Assistenten, kurz ‚BTA‘. Nach einer fixen Analyse der Berufsbezeichnung sind wir uns des Treffers einig. Es klingt perfekt. Mit dieser Möglichkeit fasse ich hoffentlich am Institut Fuß, ohne zu tief in die Materie einzutauchen. Das Anschreiben passen wir der Notwendigkeit an und formulieren das benötigte Interesse nach deren Wünschen aus. Carlos ist gewieft und ohne seine Hilfe wäre der ganze Text nur ein Kauderwelsch. Der Lebenslauf ist fertig und bereit zum Hochladen, Vor- und Nachnamen von mir und Festnetznummer als Kontaktdaten hinterlegt, drücke ich auf den Button: Absenden. Jetzt heißt es abwarten.

Der Kleine sucht in einem nahegelegenen Regal Bücher zum Berufsbild Biotechnologie heraus, damit ich mich auf ein Vorstellungsgespräch vorbereiten kann. Neugierig scanne ich die oberen Reihen ab, doch die Auswahl der Berufsbereiche und Fachrichtungen ist riesig und verwirrt mich. Ich lese die Wörter auf den Buchrücken und bin dezent überfordert. Das liest sich wie eine eigene interne Sprache, die nicht in meinen Kopf passt.

Carlos krabbelt an den Brettern hoch und zeigt auf eine Einsteiger-Reihe. Wir wählen ein paar hilfreiche Exemplare davon aus und hoffen auf ein Wunder. Mit seiner Hilfe werde ich das schaffen.

Ich packe alle Unterlagen samt Carlos unbemerkt zurück in die Tasche, laufe mit den Büchern unter dem Arm zum Empfang und leihe sie für eine Woche aus. Mir gefällt es gar nicht die Bibliothek mit so einem unangenehmen Gefühl zu verlassen und ich sehne mich nach unbeobachteten Tagen des stundenlangen Stöberns zurück.

Wir brauchen Ablenkung und was befriedigt mehr, als ein leckerer Käsekuchen von meinem Lieblingsbäcker. Er kommt der Beliebtheit des Käsekuchenwagens schon nahe, landet bei mir aber auf einem soliden zweiten Platz. Die Schlange davor ist nicht der Rede wert und das Warten lohnt sich. Unbemerkt zähle ich dem Kleinen gedanklich die verschiedenen Sorten auf. Carlos wählt Karamellkeks und ich wage mich an eine fruchtige Himbeercreme Variante. Vorsichtig transportiere ich unser essbares Glück in den Händen zur Bushaltestelle und erreiche dreißig Minuten später wieder mein Elternhaus.

Meine Finger drehen den Türknauf, um sie zu öffnen, da klingelt das Telefon. Rennend und ohne die Schuhe auszuziehen, eile ich direkt ins Wohnzimmer. Der Kuchen landet schlitternd, aber zu meinem Glück unbeschadet auf der Couch.

„Hallo?" Halb verschluckt und außer Atem hole ich ein paarmal tief Luft, um wieder normal zu klingen.

„Guten Tag, mit wem spreche ich?", fragt mich eine unbekannte weibliche Stimme am anderen Ende der Leitung, und ich bemerke Carlos, wie er versucht, sich aus dem Rucksack zu befreien.

„Hier ist Clementine", antworte ich verunsichert und lasse die Tasche, die nach wie vor auf dem Rücken hängt, geräuschlos über die Schulter gleiten. Einarmig und unbeholfen öffne ich den Reißverschluss, damit er herauskrabbeln kann. Er greift nach meiner

Hand, die ich ihm dankend reiche, und bemerke sofort, wie ich zur Ruhe komme und der Puls sich normalisiert.

„Hallo Clementine, schön, dass ich dich so schnell erreiche. Hier ist Frau Biel, ich bin die Sekretärin vom Biopharmazeutikinstitut ‚Biel' und habe deine Bewerbung für ein Pflichtpraktikum erhalten." Überrascht starre ich Carlos an und brauche einen Moment, um darauf zu reagieren.

„Oh, hallo... So schnell habe ich nicht mit einem Anruf gerechnet." Ich drücke angespannt Carlos' kleines Pfötchen, welches ich in meiner Hand halte.

„Ja, das war perfektes Timing. Ein anderer Bewerber hat abgesagt und die Stelle ist wieder frei. Das Praktikum beginnt kommenden Montag, sofern du keine Einwände hast. Und wir brauchen eine unterschriebene Schnuppertagsvereinbarung deiner Eltern oder des Erziehungsberechtigten, die am besten bis morgen Mittag abgeholt wird", erklärt Frau Biel wohlwollend und wartet geduldig auf eine Antwort.

„Bin ich befugt, das Schreiben selbst abzuholen? Meine Mutter hat heute Nachtschicht", lüge ich, aus einem Impuls heraus und hoffe auf eine Bestätigung.

„Das ist kein Problem. Die Buslinie 120 fährt direkt vom Stadtbahnhof bis zur Auffahrt in den Gewerbepark und du findest uns rechts im Waldgebiet. Du benötigst zehn Minuten für den Fußweg. Bringe deinen Ausweis mit, um ihn auf Verlangen bei der Eingangskontrolle vorzuzeigen. Dann sehen wir uns morgen, Clementine."

„Vielen Dank, Frau Biel", verabschiede ich mich und lege den Hörer erleichtert auf. Einen tiefen Atemzug später lasse ich Carlos los, doch etwas irritiert mich.

Ob das ein Zufall ist, dass die Sekretärin den gleichen Nachnamen hat wie der Chef? Sind sie verwandt oder sogar verheiratet? Am Telefon war sie freundlich und morgen werde ich mir vor Ort eine Meinung bilden.

Einerseits froh das Praktikum bekommen zu haben, bin ich andererseits enttäuscht, meine Ferien dafür herzugeben. Bei dem Gedanken, diese Halle zu betreten, wühlt sich ein mulmiges Gefühl in mir auf. Ich bin zu euphorisch an die Sache herangegangen und dachte nicht weiter drüber nach. Selbst schuld.

Carlos hängt sich ruckartig an mein Bein und klammert sich fest. Er schaut mich von unten mit seinen großen Äuglein an und ein aufrichtiges *Danke* ertönt in meinem Kopf. Gebückt greife ich nach seinen Armen und hebe ihn hoch. Er schmiegt sich beschwichtigend an meinen Hals und einen Moment lang, genießen wir unsere freundschaftliche Umarmung. Sein weiches Fell an meinen Handflächen und seine Stupsnase unter meinem Kinn geben mir Geborgenheit und Schutz. Ich schließe die Augen und sauge seine beruhigende Wirkung wie ein wohltuendes Kräuterbad auf.

Wir brauchen es nicht auszusprechen, uns ist beiden bewusst, dass das unangenehm wird und wir diese Untersuchungen, die dort vonstattengehen, gar nicht verstehen. Das Lügengerüst hat Füße bekommen und an Ehrlichkeit meinerseits werde ich, wie befürchtet, mit absoluter Regelmäßigkeit scheitern. In erster Linie folge ich den Angaben der Ausschreibung und strenge mich an, die Anforderungen des Praktikums zu erfüllen. Was uns erwartet, ist zum jetzigen Zeitpunkt unklar, doch die Fantasie spielt mir gefährliche Streiche. Wenn seine Schwester gar nicht dort ist, trennen sich unsere Praktikumswege direkt und wir stehen wieder am Anfang. Aber eine bessere Möglichkeit haben wir nicht. Ich setze Carlos auf die Couch und stelle mich der Realität. Uns bleiben ein paar Tage Zeit, um uns den Kopf zu zerbrechen.

Carlos' Magen grummelt laut und sein gequälter Blick wandert zum Kuchen. Dieser wartet eingepackt auf seinen Einsatz und will verspeist werden. Ich nehme neben ihm Platz und präsentiere den Inhalt. Das zuckersüße Gebäck landet, ohne eine Gabel zur Hilfe zu nehmen, direkt in meinem Mund. Jeder Bissen löst eine Geschmacksexplosion aus, und wir schließen genüsslich die Augen. Schweigend und froh über die kurze Ablenkung folgen wir unserem geplanten Tagesablauf. Der Kleine nascht testend bei mir und kann sich nicht entscheiden, welches ihm besser schmeckt. Es bleiben nur ein paar vereinzelte Krümel übrig, unsere Bäuche sind kugelrund und wir satt. Jeder ist mit den Gedanken woanders und behält seine Sorgen und Bedenken einen Moment für sich.

Morgen werde ich mit Carlos über seine Gedanken sprechen, er bleibt teils verschlossen. Ich erfahre so viel wie nötig, doch um sich selbst bildet er eine Art Schutzmauer. Sicher eine Notwendigkeit, die er sich mit der Zeit angeeignet hat.

SECHS

Mama hat Frühschicht, so bewegt sich Carlos frei und unbeobachtet im Haus. Er hängt an seiner Lieblingspflanze und während ich ihn da so beobachte, frage ich mich immer wieder, wie diese das aushält. Sein Gewicht scheint ihr nicht zu schaden, er integriert sich in das Bild, als sei es das Einfachste der Welt. In seiner Heimat sicher Standard, doch ich als Mensch finde es sonderbar.

Ich bin froh heute den Tag mit ihm zu verbringen. Gestern habe ich den Abend mit Mama genossen und er hat sich allein nach oben begeben. Er hat mir leidgetan, ich hätte ihn zu gern zum Filmabend dazu geholt. Eine Vorstellung, die sich hin und wieder in meine Gedanken schleicht, doch leider nur von kurzer Dauer ist.

Ich schalte in der Küche das Radio ein und suche einen Sender mit entspannter melodischer Musik. Mich zieht es nach draußen und ich entscheide spontan, unser Frühstück auf die Veranda zu verlegen.

Carlos schaut mir skeptisch hinterher, als ich die Eingangstür öffne und mich auf die Treppenstufe setze. Es ist angenehm warm und die Sonne kitzelt auf der Haut. Es dauert nicht lange, bis er sich hinaus traut. Carlos setzt sich neben mich und versteckt sich in meinem Schatten, allerdings nicht ohne sich hin und wieder das Fell wärmen zu lassen. Ich summe leise einen Song mit, während wir uns stärken. Carlos' Näschen erschnuppert die Gerüche im Wind und starrt hin und wieder auf den Einfahrtweg vor dem Haus. Wir sind weit genug weg von den Nachbarn, um unentdeckt zu bleiben und nah genug, um andere Menschen rechtzeitig erkennen zu können. Gedankenverloren starren wir kauend vor uns hin und beobachten das Geschehen.

Früher hat meine Familie viel Zeit im Garten verbracht und ich schwelge in Erinnerungen. Hinter dem Beet standen Tisch und Stühle und daneben eine Kinderschaukel für mich. Der Garten ist nicht groß, aber er reichte zum Fußballspielen oder um Grillabende zu veranstalten. Er war immer ebenmäßig gestutzt, doch heute ist alles zugewuchert. Er bot Fläche zum Sonnenbaden und wer das nicht wollte, verzog sich in den Schatten unter dem Baum. Der Zaun trotzt seit Jahrzehnten allen Widrigkeiten und stand stets nur symbolisch an seinem Platz. Wenn die Felder blühen, duftet alles aromatisch und die Schmetterlinge tanzen im warmen Luftstrom. Heute raschelt der Wind in den Gräsern. Vielleicht schaffen wir es, dem Garten zu seiner alten Schönheit zu verhelfen. Der Kleine würde sich hier sicher wohl fühlen. Carlos blickt umher, seine kleinen Beinchen baumeln in der Luft und sein Abbild lässt mich Schmunzeln.

Ein kleiner Schmetterling, den ich einige Zeit beobachte, nähert sich uns und Carlos streckt ihm sein Pfötchen entgegen. Der hübsche Zitronenfalter lässt sich nieder und genießt sein Päuschen. Die hellgelben Flügel strahlen im Licht und drehen sich der Sonne entgegen. Eine Begegnung, die mich glücklich macht und ich nicht mehr missen möchte. Es ist schön Carlos so frei und in tierischer Gesellschaft zu sehen. Ich genieße die Zeit hier draußen, doch in den nächsten Minuten sollten wir los, damit ich es pünktlich zum Institut schaffe.

Carlos hopst in einem Satz in den Flur und klettert wie gewohnt in die Tasche. Bei der Überlegung, wie viel er von meinen Gedanken mitbekommt, beäuge ich ihn skeptisch. Entweder bedarf es weniger Erklärungen oder er ist ungewohnt unkompliziert. Viele Handlungen und Abläufe laufen zwischen uns routiniert und stillschweigend ab.

Zum Stadtbahnhof sind es nur zwanzig Minuten, anschließend nehme ich die Buslinie 120, die am Gewerbepark vorbeifährt, wie Frau Biel es mir empfohlen hat. Wir besetzen am hinteren Ende einen Zweisitzer, um ungestört zu sein. Den Rucksack stelle ich auf den freien Platz neben mir und öffne den Reißverschluss. Carlos schaut die nächste halbe Stunde gedankenverloren aus dem Fenster, während mich eine leichte Nervosität beschleicht. Mitgefahren bin ich diesen Weg schon häufiger, aber habe nie darüber nachgedacht, was sich in diesem Gebiet verborgen hält. Ich vermute Autohäuser und Händler oder Musikindustrie, die dort ihre Instrumente in Fließbandarbeit herstellt. Doch heute erfahre ich mehr.

Am Gewerbepark angekommen, laufen wir vorsichtig den beschriebenen Waldweg entlang, an dessen Ende sich das Institut verbirgt. Carlos rührt sich nicht. Es ist mucksmäuschenstill, nicht einmal ein Zirpen ist zu hören. Der Wald riecht angenehm nach Moos und Zedernholz. Sonnenstrahlen bahnen sich ihren Weg durch dichtbewachsene Baumkronen. Kurz vor dem Zaun des Mitarbeiterparkplatzes, auf dem nur vereinzelt Autos stehen, lasse ich Carlos unbeobachtet raus und setze ihn auf dem Boden ab.

„Ich werde nicht lange brauchen. Aber du schaust dich inzwischen sicher etwas um. Denk an die Kameras, halte dich die ganze Zeit bedeckt und mach nichts Unüberlegtes. Wir treffen uns nachher genau an dieser Stelle wieder." Er willigt nickend ein und dreht sich zu mir.

Erinnerst du dich an das Polaroidfoto? Summt es in meinem Kopf. Ich erinnere mich daran. Der Kleine war darauf nicht zu erkennen, zumindest nur ein Schatten seiner selbst. *Wenn ich will, erkennt man mich nicht.* Er lächelt zustimmend und verschwindet hoppelnd im Wald. Ich schaue den schwingenden Grashalmen verunsichert nach und mir läuft bei dem Wissen, ihn allein zu lassen, Gänsehaut über den Rücken. Ich hoffe, es war kein Fehler ihn hierher zu bringen, denn das würde ich mir nicht verzeihen. Von ihm ist keine Spur mehr zu sehen. Mir bleibt nichts anderes übrig, als seinem Urteilsvermögen zu vertrauen.

Auf dem Weg zum Haupteingang liegt, umzäunt und videoüberwacht, direkt davor der Parkplatz. Am Haupttor kommt mir ein Securitymitarbeiter entgegen, ich zeige meinen Ausweis und erzähle ihm, warum ich hier bin. Er öffnet das Tor und weist auf die Eingangstür zum Empfang. Dort steht eine freundlich lächelnde Frau neben dem Tresen und winkt mich mit der Hand zu sich.

„Du bist Clementine. Freut mich, dich kennenzulernen. Wir warten auf Herrn Dr. Biel, er hat im Moment eine Stationsbegehung und kommt anschließend her, um den Praktikumsvertrag zu unterschreiben", erklärt Frau Biel entschuldigend und stellt sich zurück an ihren Arbeitsplatz.

„Eine Begehung?", frage ich verwirrt und spiele nervös an meinen Fingernägeln. Ich schaue mich um und versuche, mir die Räumlichkeiten einzuprägen. Der Empfang wirkt steril und hätte der einer Praxis sein können. Wie eine Hülle blockt er das eigentliche Geschehen von der Außenwelt ab.

„Ja, das zweite Semester des Biotechnologie-Studiums tritt am Montag seine Arbeitsgruppe im Lehrbereich Enzymtechnologie an. Sie bekommen gleich ihre Laborplätze gezeigt", beantwortet sie geduldig meine Frage.

„Oh, das klingt aber interessant, hab ich das Recht, an der Begehung teilzunehmen? Wie Sie ja gelesen haben, ist es mein Wunsch, zu studieren." Ich starre sie erwartungsvoll an. Die Lüge klebt unangenehm auf meiner Zunge.

„Wieso nicht?" Sie schnappt sich schulterzuckend die Unterlagen und einen Stift und weist mich an, ihr zu folgen. Rechts neben dem Empfang gibt es einen langen Flur, der in verschiedene Räume führt und sich hinter einer dicken Glastür verbirgt, die sich nur mit einem Chip öffnen lässt. Zuerst treten wir einzeln durch eine Art Torbogen, den ich sonst nur vom Flughafen kenne. So einer der piept, wenn man Metall an sich hat. Bei uns schlägt er nicht aus und wir betreten direkt den dahinterliegenden Gang.

Die Türen links sind mit Abkürzungen und Zahlen beschriftet. Das sind womöglich Büros der Mitarbeiter, da die Räume verschlossen sind, erahne ich den Nutzen nur. Eine Metalltür rechts, führt uns in eine mittelgroße Halle, die die Aufschrift ‚Betreten nur nach Absprache‘ trägt. In diese gelangt man ebenso nur mit einem Transponder, den Frau Biel hütet, indem sie ihn am Gürtel der Hose befestigt hat. Sie öffnet geheimnisvoll die Tür und weist mich freundlich an, vor ihr einzutreten.

Vor mir erstreckt sich ein Bild von elektrischen Geräten und Sammlerstücken, fast wie eine Art Museum. Derlei Gerätschaften habe ich nie zuvor gesehen. Der Raum ist nicht unbedingt groß, aber prachtvoll. Staunend und zögerlich betrete ich das Zimmer und versuche zu verarbeiten, was meine Augen sehen. Orientalische Teppiche auf dem Boden, die dem Ganzen eine warme Atmosphäre verleihen. Ein langer Schreibtisch mit vielen Stühlen in der Ecke, der bestückt ist mit Getränken, Gläsern und einer Vase mit frischen Blumen. An den Wänden hängen Porträts und Aufzeichnungen in goldenen Rahmen und in den Regalen stapeln sich ‚Staubfänger‘ verschiedenster Art. Schmale Säulen stehen inmitten des Raumes, auf denen urige Objekte wie ein Globus, eine Analysewaage oder ein altes dunkles Buch namens ‚Infuse und Dekokte‘ verweilen. Durch Glasscheiben geschützt und vor äußeren Einflüssen bewahrt, rieselt der Staub täglich an ihnen vorbei.

„Das hier ist der ganze Stolz von Herrn Dr. Biel. Die alten Geräte sind unheimlich kostbar, wenngleich sie nutzlos erscheinen. Aber mit ihnen fing alles an“, betont sie mit vor Stolz geschwollener Brust. Sie lässt mich die Objekte in den Vitrinen einen Moment lang begutachten und ich versuche, Zeit zu gewinnen.

„Sind sie verwandt?“, frage ich sie vorsichtig und bin mir meiner Unhöflichkeit bewusst.

„Du bist voller Neugier, junge Dame. Aber das gefällt mir. Und ja, wir sind Geschwister. Unser Ur-Ur-Ur-Großvater hat das alles hier aufgebaut und wir führen die Tradition fort. Der Stammbaum reicht weit bis zu den Pilgervätern zurück. Das Institut ist eines der ältesten Familienunternehmen im Land", prahlt sie voller Eitelkeit und ist sichtlich stolz, Teil dieser Familie zu sein.

Unsere Vermutung bestätigt sich. Das klingt nach einem familiären Geheimbund. Meine Ohren hängen an ihren Lippen, ich lausche informationssuchend aufmerksam ihren Worten.

„Dieser Raum zeigt die Entwicklung der Biotechnologie und der Gentechnik für alle geltend. Hier finden Anlässe und Galas statt und repräsentieren den Wert des Unternehmens. Wir befinden uns in einer neuen Wachstumsphase und diese Wände erinnern uns daran, was alles schon erreicht wurde, ganz gleich wie steinig der Weg war. Lass uns aber die anderen suchen, sonst verpassen wir sie."

Eiligen Schrittes folgen wir den verzweigten Gängen, durch unzählige Transponder gesicherte Türen bis in eine größere Halle, in die ein Flugzeug passt. Ich verliere schnell den Überblick und fände allein nicht heraus, so folge ich ihr unauffällig und habe kaum Zeit mich umzusehen.

Die Studenten bekommen ihre Einweisung in einem kleinen Labor, auf dessen Tischen Mikroskope, Teststreifen und Reagenzgläser stehen.

Ich verweile im Türrahmen, um keine Aufmerksamkeit auf mich zu ziehen, doch Herrn Dr. Biel erkenne ich von weitem. Die Brosche, die er trägt, fällt mir direkt ins Auge. Sie gräbt sich in meine Gedanken und ich habe Mühe, den Blick wieder abzuwenden. Frau Biel übergibt ihm die Unterlagen und zeigt mit dem Finger auf mich. Er lächelt freundlich und nickt mir zu, unterschreibt den Praktikumsvertrag und wendet sich wieder an seine Studenten. Unbemerkt schaue ich mich um und frage mich, wo Carlos steckt.

Hoffentlich wurde er nicht entdeckt und findet die Informationen, nach denen er sucht.

„So, Clementine, dann stören wir mal nicht weiter." Frau Biel klappt die Mappe zu und läuft zielstrebig zurück. Ich versuche, mir so genau wie möglich die Wege zum Empfang einzuprägen. Mein Hirn arbeitet auf Hochtouren, neben dem Abspeichern der vielen Informationen, gebe ich mir Mühe, nicht negativ aufzufallen.

„Das Praktikum dauert zwei Wochen. Beginn ist täglich 8 Uhr, Dienstende 14 Uhr, inklusive dreißig Minuten Pause. Alles Weitere besprechen wir am Montag. Und denk bitte daran, die Vereinbarung unterschrieben mitzubringen." Sie überreicht mir eilig die Unterlagen und schiebt mich mit Nachdruck zur Tür. Ich bedanke mich freundlich und verlasse erleichtert das Areal zum Waldweg. Der Parkplatz ist leer, so steuere ich unbeobachtet in Richtung unseres Treffpunktes.

Gedankenverloren laufe ich immer weiter und bemerke ein Rascheln im Wald. Vor Aufregung wäre ich fast vorbeigelaufen und bin heilfroh Carlos im Gras zu entdecken.

Clemi, tu so, als ob du dir die Schuhe zubindest. Weist er mich in meinen Gedanken an und wartet, bis ich den Rucksack abstelle. Zügig springt er rein, während ich beschäftigt an den Schnürsenkeln herumfummele. Paranoid schultere ich die Tasche und laufe schnurstracks zurück zur Bushaltestelle.

„Alles in Ordnung?", frage ich und ertappe mich selbst dabei, wie ich mich unsicher umblicke.

Lass uns daheim reden, Clemi, verschiebt er das Gespräch und wartet geduldig den Rückweg ab. Ich will selbst nur noch nach Hause und versuche, der Anspannung Herr zu werden.

Fünfundvierzig Minuten später und platzend vor Neugier betreten wir unsere Auffahrt. Vorm Haus steht das Auto von Mama, das heißt, wir haben doch länger gebraucht als erwartet. Ich öffne tonlos die Haustür und schleiche geradewegs in mein Zimmer, um

Carlos aus der Tasche zu befreien. Er widmet sich dem Notizblock und beäugt mich abwartend.

„Und hast du was entdeckt?", will ich endlich von ihm wissen, doch der Kleine schüttelt verneinend den Kopf und greift nach einem Stift. Er macht sich Notizen und starrt fokussiert auf sein Blatt. Ich erzähle ihm in einer kurzen Variante, was ich gesehen habe, und beobachte ihn beim Malen. Er hört aufmerksam zu und nickt hin und wieder mit dem Köpfchen, doch aus ihm bekomme ich nichts heraus.

Er wedelt mir mit seinem Pfötchen wegwischend entgegen. Es wird Zeit das Zimmer zu verlassen, und Mama wartet sicher schon unten auf mich.

Ich schnappe mir die Vertragsunterlagen und wappne mich dafür, dass meine Mutter sogar etwas gegen das Praktikum hat. Es ist untypisch, derartige Entschlüsse über ihren Kopf hinweg zu entscheiden. In zwei Monaten werde ich 18 und müsste mir keine Erlaubnis für das Praktikum holen, wenn ich damit gewartet hätte. Den Gedanken habe ich Carlos gar nicht erst mitgeteilt und hätte für unser eiliges Vorhaben keinen Sinn ergeben.

„Drück mir die Daumen", sage ich ernstgemeint zu Carlos und laufe nervös nach unten in das Wohnzimmer. Sie ist gut gelaunt und gießt ihre Pflanzen. Sie hat uns gar nicht nach Hause kommen hören und erschreckt, als sie mich erblickt. Beschwichtigend schnappe ich mir den Zerstäuber und lauf ihr hinterher, während ich das Benässen der Blätter übernehme. Ich erzähle ihr beiläufig von dem Praktikum, wer mich darauf brachte, und schmücke die Story mit vielen kleinen Notlügen und Halbwahrheiten aus.

„Ich bin überrascht, meine Kleine, aber mir gefällt das nicht." Mama bleibt abrupt stehen und blickt mich verwundert an. Ich bin daheim selbstständig, doch derartige Entscheidungen treffe ich nie, ohne mir ihren Rat zu holen. „Bist du sicher, dass du *diesen*

Berufswunsch hegst und die Zeit nicht für ein anderes Praktikum nutzen willst?"

Ungewollt redet sie mir den Wunsch mies. Ich würde ihr am liebsten bei allen Punkten zustimmen und aufhören, ihr die gute Laune zu verderben. Doch ich muss mich durchsetzen. Die Frage nach meinem Abizeugnis soll ein Pluspunkt sein; ich war fleißig und bin alt genug.

„Ich weiß, du versuchst dich zu finden und dein Zeugnis öffnet dir viele Türen, aber ich weiß nicht so recht." Ihr gehen die Argumente aus. Ich bin jetzt nicht mehr ihr kleines Mädchen, das sie beschützen muss. Ich bin bald erwachsen und muss meinen eigenen Weg gehen, doch wie soll ich das einer alleinerziehenden Mutter erklären, die gleichzeitig meine beste Freundin ist? Sie ist stolz auf meinem Abschluss, nimmt mich fest in die Arme und drückt mir einen dicken Kuss auf die Stirn.

Ich sehe, dass sie mit den Tränen kämpft und ich weiß auch, dass sie diesen Tag gebührend feiern möchte. Doch darauf habe ich keine Lust. Ich sitze ihr so schon auf der Tasche, obwohl sie immer wieder betont, dass das nicht so ist. Wenn ich weiterhin keinen Weg für mich finde, muss ich mir einen Job suchen, der uns beide unterstützt.

„Ich unterschreibe dir den Vertrag und hoffe, dass du dir das gut überlegt hast." Sie greift widerwillig den Stift und versichert mir, dass sie nicht enttäuscht ist, falls ich das Praktikum abbreche. „Wenn es dir nicht gefällt, suchen wir etwas anderes für dich." Wir setzen uns für Tee und Kuchen in die Küche und reden eine Weile belanglos über ihre Arbeit. Ich entscheide mich, am frühen Abend und mit einem lauten Gähnen nach oben zu gehen und räume sorgfältig das Geschirr weg.

„Gute Nacht, Mama. Ich freue mich schon auf morgen. Hab dich lieb", verabschiede ich mich und umarme sie liebevoll. Schnell greife ich mir ein paar Bananen und eine Wasserflasche und steige die Treppen nach oben ins Zimmer. Der Tag war so anstrengend und das Labyrinth aus Gängen in meinem Kopf bringe ich am besten schnell zu Papier.

Carlos lehnt über seinem Schreibblock und zeichnet den Umriss der Halle des Instituts auf. Ich beobachte den Kleinen, wie er auf seinem Hosenboden sitzt, den überdimensionalen Stift in seiner Pfote balanciert und hoch konzentriert Linien zieht. Ich schnappe mir ebenfalls einen Bleistift, setze mich daneben und trage die Gänge ein, an die ich mich erinnere. Professionell wirkt es nicht, doch die Fellnase hat ganze Arbeit geleistet. Die Skizze des Umrisses stimmt mit meinen Zusätzen überein. Die Positionen des Sicherheitszaunes, des Parkplatzes und der Eingänge sind alle vermerkt. Wir gönnen uns eine kleine Stärkung und sprechen darüber, was wir vor Ort gesehen und entdeckt haben.

Carlos war stets auf der Hut und hatte durch die zahlreichen Bäume gute Möglichkeiten sich zu verstecken. Die Halle strahlt für ihn eine gefährliche Aura aus und wie ihm sein Freund mitteilte, waren kaum Tiere im Wald zu finden. Sie liegt geschützt und unauffällig in ihrem Gebiet und keiner bekommt von deren Machenschaften etwas mit. Eine halbe Stunde später begutachten wir unser Werk und was wir da sehen, ist maximal ein Zehntel der ganzen Halle. Laut der Zeichnung bin ich in der Mitte durchgelaufen, doch habe nicht ein einziges Fenster erblickt. Carlos wiederum hat von draußen durch Glas hineingesehen, hat jedoch aus der Ferne nichts erkannt.

Das ist ein solider Anfang, versucht er mich aufzumuntern. *Gestern erst beworben und jetzt haben wir schon den Grundriss des Einganges,* zählt er unseren heutigen Erfolg auf. Ich überlege, wie ich an einen Transponder für die Türen komme, ohne dass es jemand merkt, denn dieser ist der Schlüssel zum Inneren und ebnet mir den Weg.

Der Hund gähnt herzhaft mit aufgerissenem Maul und ist sichtlich müde. Seine Augenlider werden immer schwerer. Er hat heute ein paar sportliche Klettereinheiten hinter sich gebracht und sein zarter Körper scheint ausgelaugt. Wenn ich daran denke, wie ich mich vor Ort gefühlt habe, ging es dem Kleinen nicht minder so.

„Lass uns für heute Schluss machen. Das war ein anstrengender Tag", entlasse ich ihn in seinen wohlverdienten Schönheitsschlaf. Ich begebe mich ins Badezimmer, um mir die Wimperntusche abzuschminken und erwarte das bevorstehende Wochenende sehnlichst. Ich freue mich auf die nächsten Tage und bin ungeduldig und vor allem froh darüber, dass es nichts mit dem Praktikum zu tun hat.

Zurück im Zimmer finde ich das Fellknäuel eingemummelt unter der Decke. Der zuckersüße Anblick des Hundes entlockt mir unbewusst ein zufriedenes Lächeln. Ich schmiege mich sachte an ihn, ohne ihn zu stören. Meine Hand greift suchend zum Nachttisch, auf dem die Lampe steht, um das Licht zu dimmen. Ich lese eine kurze Runde in dem Buch, bevor mir, wie immer schon nach ein paar Seiten, die Augen zufallen.

Ein Traum schleicht sich in meine Gedanken und erfüllt meine tiefsten Wünsche. Egoistisch denke ich an uns und was wir brauchen, um glücklich zu sein. Ein großes, mehrstöckiges Haus, für all unsere Lieben. Einen Garten vor dem Wald und alle sind willkommen. Tiere, Menschen und alles, was das Universum noch so trägt.

SIEBEN

Carlos und ich besprechen den Ablauf der kommenden Tage und planen uns ohne Aufregung und Stress jeden Tag mindestens eine Stunde Zeit zu nehmen, um uns auf das Praktikum vorzubereiten. Als Lehrer verlangt er nicht von mir, Fachbegriffe auswendig zu lernen, doch ich soll wenigstens wissen, mit welchem Material und Gerätschaften dort gearbeitet wird. Ich versuche, mich für einen Berufszweig zu begeistern, bei dem sich meine Nackenhaare allein durch den Gedanken daran aufstellen. Doch mit ihm und der Lektüre an meiner Seite bin ich relativ zuversichtlich.

Die Abendstunden wollen wir gemeinsam verbringen, um bedeutende Neuigkeiten und Erkenntnisse zeitnah auszutauschen. Die kommenden vier Tage erscheinen unendlich lang, doch ich bin mir sicher, dass die Zeit schneller vergeht, als mir lieb ist.

Der Kleine wird in den nächsten Tagen oft allein sein und sich deshalb häufiger draußen aufhalten. Er erhofft sich mehr Informationen von seinem gefiederten Freund zu bekommen oder mit seiner Hilfe die Umgebung zu erkunden. Schließlich erfährt man nicht von seinen Nachbarn, dass sich ein weiterer Seelenhund in der Stadt aufhält. Die Chance, überhaupt je einen zu Gesicht zu bekommen, gleicht einem Lottogewinn.

Aufgrund der Gefahren, die überall lauern, habe ich ihm das Versprechen abgenommen, sich von der Halle und dem Institut fernzuhalten. So sehr ich mich über die Auszeit mit Mama freue, gefällt es mir gar nicht, Carlos unbeaufsichtigt zu lassen. Der Gedanke, nicht da zu sein, wenn er mich braucht, verängstigt mich, denn er hat nicht ohne Grund um Hilfe gebeten. Er erfährt wiederum nichts Neues, während er hier herumsitzt, und ich werde ihn nicht einsperren.

Meine Mutter hat heute Frühschicht und danach beginnen wir unser Mädelswochenende. Früher unternahmen wir regelmäßig was zu dritt, fuhren mit dem Auto in andere Städte, um uns Musicals, Konzerte und Museen anzuschauen. Wir zelteten an wunderschönen Seen und wärmten uns mit Stockbrot am Lagerfeuer. Oder fuhren an den Strand, gingen schwimmen und übernachteten in Bungalows. Seit Mama allein ist, arbeitet sie unentwegt. Ich weiß, dass sie das für uns macht, damit es mir an nichts fehlt und wir weiterhin im Haus wohnen bleiben können. Und es lenkt sie ab, denn sie vermisst Papa sicher sehr. Sie hat immer versucht, mich von allen Unannehmlichkeiten fernzuhalten, doch als Kind bekommt man mehr mit, als den Eltern bewusst ist. Ich bin es gewohnt allein zu sein, denn als Vater war er nie da. Weder zu Geburtstagen noch zu Feiertagen. Er war immer auf Dienstreise und wochenlang unterwegs. Ich komme mit der Situation klar, denn ich hatte jahrelang Zeit, mich daran zu gewöhnen. Dennoch rede ich nicht gerne darüber.

Mama ist seitdem traurig, obwohl es so viele Jahre her ist. Ich hoffe, dass sie ihr Herz irgendwann erneut öffnen wird. Sie würde gerne wieder reisen und auf ihrer Bucketlist stehen einige Länder, die sie sehen will; Buchlesungen und Konzerte in entfernten Städten, Märkte und Kirmes und andere Feierlichkeiten im Jahr. Sie wünscht sich jemanden an ihrer Seite, das spüre ich. Ihre Tochter werde ich immer bleiben und würde meinen, dass wir Freundinnen sind. Doch ein Austausch auf Augenhöhe ist etwas anderes. Ich bin mir sicher, dass Carlos was Positives bewirken könnte, wenn er offiziell hier leben würde. Er würde meiner Mutter helfen und ihr die Augen öffnen. Sie würde einen verbalen Schlagabtausch gegen ihn nicht gewinnen. Er hätte sicher eine Idee, wie wir Arbeit und

Freizeit so kombinieren können, damit nichts zu kurz kommt. Und Mama ihre Träume nicht nur träumen, sondern auch erleben kann.

Als ich das Haus verließ, saß Carlos vor dem Fernseher und schaute eine Quizshow, bei der er euphorisch mit rätselte. Überrascht über sein scheinbar unbegrenztes Wissen schüttele ich meinen Kopf. Wie ein Schwamm saugt er alle Antworten auf, die er nicht kannte und erfreut sich an neuen und dazu gelernten Kenntnissen. Er saß an der Kante der Couch und ließ seine kleinen Beinchen nach unten baumeln. Ein lebendiges Kuscheltier, das schlauer ist als mancher Mensch. Ich habe mich schon oft dabei erwischt, wie ich mir in den Handrücken kneife, um zu testen, ob ich träume. Doch das ist real. Carlos ist echt. Ein Tier, das per Gedanken mit mir kommuniziert und ausgerechnet meine Hilfe braucht. Klingt ganz schön surreal, wenn man es laut ausspricht.

Mir kommt die Vorstellung, dass andere Menschen mit einem Seelenhund zusammenleben und es nur nicht wissen. Viele Haustiere teilen sich auf ihre eigene Art und Weise mit und Besitzer schwören, dass ihre Fellfreunde sie verstehen. In meinem Kopf sitzen Mensch und Tier zusammen, unterhalten sich, spielen Brettspiele und besuchen gemeinsam das Kino. Eine wirklich schöne Vorstellung. Ich schüttele die Überlegung buchstäblich aus dem Kopf. Menschen gehen mit dem Unbekannten negativ um und fühlen sich bedroht. Sie handeln meist ohne Rücksicht auf Verluste und zu Lasten anderer. Gerne hätte ich noch Zeit mit ihm verbracht, doch ich musste los.

Zuerst nehme ich den Bus zur Bibliothek, um uns Filme für das Wochenende auszuleihen, danach treffe ich Mama im Kaufhaus, um Lebensmittel zu shoppen.

Die Bibliothek ist ungewöhnlich voll, so schlängele ich mich genervt zwischen den Massen zu den DVDs durch und stöbere bewusst nahe der Kasse in den Neuerscheinungen. Ich liebe diese kleine Bibliothek und ihr teils noch veraltetes Angebot. Wir lassen uns lieber von den Empfehlungen leiten, anstatt den ganzen Tag durch einen Streamingdienst zu scrollen. Solange unser DVD-Player noch funktioniert, wird er gerne genutzt.

Ich wähle unterschiedliche Genre und lasse mich von den Titelbildern leiten. Schnell sind drei Filme gewählt und ausgeliehen, wobei ich mir in Erinnerung rufe, diese auch nur maximal 2 Monate zu behalten und Mama über meine Ausweisfrist zu informieren. Ich bin so fix wieder draußen, dass ich gar nicht weiß wohin mit der übrigen Zeit. Eine volle Bibliothek ist wie Popcorn im Kino, wichtig für die Verkaufszahlen aber lenkt alle anderen unheimlich ab.

Auf der Straße schaue ich mich grüblerisch um und blicke zum Himmel. Die Sonne strahlt heute mit den Schaufenstern um die Wette und lädt zum Spazierengehen ein. Durch den Prüfungsstress der letzten Monate hatte ich mich regelrecht in meinem Zimmer verkrochen, und den Weg zum Kaufhaus bin ich ewig nicht zu Fuß gegangen. Es fühlt sich an, wie eine kleine Entdeckungstour. An einige Läden erinnere ich mich gar nicht und presse meine Stirn gegen die Scheibe, um den Inhalt zu erhaschen.

Ein kleines Café hat es mir besonders angetan. Ich betrete wie hypnotisiert den Eingang und sehe mich mit offenem Mund um. Überall baumeln Pflanzen von der Decke bis zum Boden, an den Wänden hängen Moosteppiche und Farne und tauchen den gesamten Raum in ein angenehmes Grün. Carlos könnte sich hier richtig austoben. Die Gäste sitzen in bequem wirkenden, übergroßen Sesseln, an denen verstellbare Tische angebracht sind. Manche arbeiten gedankenverloren an ihrem Laptop und schlürfen Kaffee, andere Lesen entspannt ein Buch. Im Hintergrund läuft melodische, instrumentale Musik und schafft eine gedämpfte Atmosphäre.

Es riecht fruchtig nach Tee und der Kuchen in der Anrichte lässt mir das Wasser im Mund zusammenlaufen. Hier bin ich auf jeden Fall nicht das letzte Mal gewesen.

Als Belohnung für mein bestandenes Abitur gönne ich mir ein Cookie für unterwegs und nasche genüsslich mein handgroßes Plätzchen, während ich meinen Spaziergang fortsetze. Die Vögel fliegen zwitschernd von Ast zu Ast und die Sonnenstrahlen hüllen uns wärmend ein. Selten beschleicht mich ein derart wohliges Gefühl und ich frage mich in Gedanken, warum ich mir nicht öfter mal Zeit außerhalb des Hauses nehme.

Der Parkplatz am Kaufhaus ist leer und Mama wartet schon mit verschränkten Armen am Eingang.

„Na, Bummellieschen, da bist du ja." Nimmt sie mich lächelnd in den Arm, um mich kurz zu knuddeln. „Bist du etwa zu Fuß hier?" Ich nicke ihr bestätigend zu.

„Ich war in der Bibliothek und habe anschließend das Wetter genossen. Es hat sich doch einiges verändert in der Gegend", stelle ich nachdenklich fest und blicke in die Richtung, aus der ich gekommen bin.

„Da hast du recht. Die Stadt schläft nie." Meine Mutter zwinkert mir zu und schiebt mich zum Eingang. Wir schnappen uns einen Wagen und arbeiten die Einkaufsliste systematisch ab, ohne großes Tamtam, denn der Kinofilm fängt bald an. Wir parken das Auto zwischen dem italienischen Restaurant und dem Kino, um nachher nicht noch einmal einen freien Platz suchen zu müssen. Heute erwartet uns ein Actiondrama, das auf einer wahren Begebenheit beruht.

Die Geschichte handelt von einem geglückten Juwelenraub. Der Täter gestand nach fünfzehn Jahren den Diebstahl, wurde wegen Verjährung jedoch nicht mehr verurteilt. Seine traurige Vergangenheit zieht alle Zuschauer in den Bann und schafft eine unerklärliche Sympathie mit dem Täter. Der Film löst eine regelrechte Diskussion unter den Gästen aus und sorgt erfolgreich für Gesprächsstoff. Wir verlassen mit der angeregt debattierenden Meute den Saal und schlängeln uns an den Gruppen vorbei zum Ausgang.

Bei Mamas Lieblingsrestaurant bekommen wir immer einen Platz, denn der Besitzer und sie sind alte Freunde. Sie blüht dort richtig auf und ich erfahre an solchen Abenden eine Menge lustiger Sachen über sie. Die zwei haben ihre Jugend miteinander verbracht und sind nach der Schule Freunde geblieben. Viele Bekannte kommen und gehen, so bleiben immer genügend Gesprächsthemen. Er hat sich mit dem Restaurant einen Lebenstraum erfüllt und meine Mutter hat hier früher sogar mal einen Sommer lang gearbeitet.

„Sie hat mit ihrem Charme immer das meiste Trinkgeld bekommen." Ist eine Anekdote, die er mir immer wieder erzählt. Mama wird jedes Mal rot dabei und schiebt ihn freundschaftlich von sich.

Sie nutzt die Gelegenheit, während wir auf das Essen warten, und quetscht mich aus. „Was ist die letzte Woche so passiert, mein Schatz? Die Schule ist vorbei. Du und deine Mitschüler hattet euch sicherlich einiges zu erzählen." Doch viel habe ich nicht zu berichten, obwohl mir sofort eine Geschichte schwer wie Blei auf der Zunge liegt.

„Nein, nicht wirklich. Die meisten gehen weg und haben mit sich selbst zu tun. Aber das ist auch in Ordnung." Sie schaut mich mitfühlend an und greift nach meiner Hand. Sie schämt sich oft dafür, so wenig Zeit zu haben, denn dann müsste sie nicht immer fragen, was sie verpasst hat. Doch ich zucke nur kurz mit den Schultern.

„Erzähle mir etwas über das kommende Praktikum, mein Schatz. Ich freue mich über dein Interesse, und dass du offen bist, etwas Neues auszuprobieren. Aber wie bist du auf den Praktikumsplatz gekommen?" Ich weiß vor Schreck gar nicht, wo ich anfangen soll. Unruhig falte ich meine Finger unter dem Tisch ineinander und fühle mich ertappt.

„Also ich dachte mir, da gibt es ja viele Berufs- und Qualifikationsmöglichkeiten. Ich habe in einer Dokumentation mal etwas über Meeresbiologie gesehen, das klang sehr interessant, dort wurden histologische Arbeiten an botanischen und zoologischen Objekten betreut." Mama hört mir aufmerksam zu, jedoch kann sie das durch Skepsis erzeugte Kräuseln ihrer Stirn nicht verhindern. „Dort ging es unter anderem um physiologische Untersuchungen von Pflanzen und Tieren", erkläre ich ihr in ein paar wenigen Sätzen weiter und achte darauf, sie nicht anzulügen. Ihr Blick bleibt der gleiche. „Also es gibt die Möglichkeit eine Ausbildung zu machen, in den Themenbereichen Pharmazie oder Biologie oder ein Studium. Dort kann man sich in unterschiedlichsten Bereichen qualifizieren." Ich bin bestrebt, mein Vorhaben schön zu reden, doch ihre Begeisterung hält sich in Grenzen und sie kauft mir das auch nicht ab. Das sehe ich in ihrem Blick.

„Lass mich da mal reinschnuppern, Mama", versuche ich sie zu besänftigen. „Ohne es auszuprobieren, weiß ich nicht, ob es etwas für mich ist." Meine Handflächen liegen bettelnd aneinander, doch sie schüttelt leicht ihren Kopf.

„Du weißt, mein Schatz, ich möchte nur das Beste für dich." Sie greift erneut nach meiner rechten Hand und streichelt sie beschwichtigend. „Doch mir wäre lieber, du findest einen Berufszweig, der dir wirklich liegt und nicht einfach irgendetwas." Aus ihrem Blick spricht die pure Verzweiflung. Ihre Hand, die eben noch meine hielt, greift nach einer daneben liegenden Serviette, die nun von ihren nervösen Händen durchgeknetet und malträtiert wird. Uns beiden ist das Thema sehr unangenehm, doch Mama lässt nicht locker.

„Clemi, ich weiß, es ist schwer, sich in deinem Alter schon entscheiden zu müssen, was man später arbeiten möchte. Das ist auch nicht das, was ich von dir verlange. Du hast später genug Möglichkeiten in andere Berufe zu schnuppern oder Zusatzqualifikationen zu erlangen. Du solltest dir eine Aufgabe für den Start in die

Berufswelt suchen, die du fühlst und hinter der du stehen kannst. Etwas Naheliegendes. Etwas, wo es sich lohnt, ein paar Jahre zu investieren, dessen Forderung dich weiterbringt und du wachsen kannst. Und das muss auch nicht hier in unserer Stadt sein." Damit trifft sie einen wunden Punkt. Ein Thema, das wir vorher nicht besprochen hatten. Ein Thema, dem ich vehement aus dem Weg gegangen bin. Wegziehen!

Ich hatte mir als Kind geschworen, Mama nie allein zu lassen und nie wegzugehen, so wie Papa es tat. Ich weiß, dass sie allein zurechtkommt und sehe das heute mit meinen fast 18 Jahren auch anders, aber wohl fühle ich mich damit immer noch nicht. Ich denke auch nicht, dass mir das Wegziehen allein solche Bauchschmerzen bereitet sondern eher das, was danach passiert.

Papa hat sich eine neue Familie aufgebaut und uns ausgetauscht. Was ist, wenn meine Mutter das Gleiche tut. Einen neuen Partner findet und mich austauscht. Was ist, wenn ich hier dann nicht mehr willkommen bin und mein Zuhause verliere. Meine Gedanken überschlagen sich. Das Gespräch entwickelt sich in eine Richtung, die mir gar nicht gefällt und ich will auch nicht weiter drüber nachdenken. Mama bemerkt mein Unbehagen, doch ich bin mir sicher, dass es ihr ähnlich ergeht und auch sie sich Gedanken darüber macht, wohin es mich ziehen wird.

Mamas Kumpel unterbricht unser Schweigen mit zwei riesigen Tellern Pizza und setzt sich eine Weile zu uns. Ich bin sehr froh über die Ablenkung und kann mich wieder etwas sammeln. Er spendiert Schokoeis mit Karamellsoße und Schlagsahne und gönnt sich selbst eine Portion. Ich lasse ihnen einen Moment zum Reden, bis ich quengelnd und müde den Heimweg einläute. Die zwei verabschieden sich herzlich mit einer Umarmung und ich lächele dem Team freundlich und dankend zu.

Vor dem Haus verlasse ich das Auto mit einem lauten Gähnen. Ich bin satt und müde und kann kaum die Augen auf halten.

„Clemi, warte kurz", stoppt sie mich unerwartet vor der Haustür und zieht mich in ihre Arme. Eine lange Umarmung, die wir beide sehr genießen, bis sie mich einen Schritt breit wegschiebt und an den Schultern festhält, um mir in die Augen sehen zu können.

„Mein kleines Mädchen." Sie grinst mich an und versucht sich ein Tränchen zu verkneifen. „Du wirst immer mein kleines Mädchen bleiben. Du wirst mutig durch die Welt ziehen und auch ohne mich viele tolle Dinge erleben." Ich sehe, wie sie mit den Worten ringt. „Du wirst liebevolle Menschen kennenlernen und atemberaubende Orte bereisen. Du musst eigene Erfahrungen sammeln und Fehler machen, um aus ihnen lernen zu können. Doch egal, was das Leben bereithält, ich bin immer für dich da, hörst du?" Jetzt kämpfe auch ich mit den Tränen. Wir nehmen uns erneut in die Arme und lassen unseren Gefühlen freien Lauf. Die Tränen kullern an unseren Wangen hinunter, als tauften sie mich zur Eingliederung in das Erwachsensein. Worte, die stärken und doch endgültig sind. Für mich beginnt ein neuer Lebensabschnitt, ob ich will oder nicht. Ich weiß, dass Mama immer an meiner Seite ist.

Carlos sitzt wartend auf dem Bettchen und streckt seine Ärmchen nach mir aus, als ich das Zimmer betrete. Froh ihn zu sehen, schließe ich den Kleinen knuddelnd in die Arme und schmiege meine Wange an sein kuscheliges Fell. Er spürte schon von weitem meine Zerstreutheit und hat uns sicher auch belauscht. So schön und langersehnt der Tag war, so kaputt bin ich jetzt. Emotionale Ausbrüche rauben mir jegliche Kraft. So viele offene Fragen und kein Hinweis der mir den Weg zeigt. Erwachsenwerden tut weh und ist alles andere als einfach. Es kommt so vieles auf einen zu, während man selbst kaum Zeit für sich hat. Ich versuche, es Schritt für Schritt von einem zum nächsten Tag zu schaffen.

Wieder einmal bin ich dankbar für Carlos' Unterstützung. Für seine Nähe und Bereitschaft, mir eine Last zu nehmen. Mich aufzufangen und meinen traurigen Gedanken zu lauschen. Mir derartige negative Gefühle zu entziehen und sie mich trotzdem spüren zu lassen. Er ist genau das, was ich im Moment brauche. Mit Lernen wird das heute nichts mehr. Verständnisvoll verschiebt er es auf morgen. Wir beschließen, unseren Plan in den nächsten Tagen wieder zielstrebiger zu verfolgen.

Der Kleine war die letzten Stunden unterwegs, ist Anhaltspunkten nachgegangen und hat Ausschau nach anderen Seelentieren gehalten. Er hat aber keine Neuigkeiten zu berichten oder behält diese lieber für sich.

Ich weiß nicht, wie er durch die Straßen irrt, ohne entdeckt zu werden, oder ob er sich immer nur im Schatten der Häuser und Gärten versteckt bewegt. Es ist schwer, ihm zu vertrauen, dabei ist er schon so viel älter und weiser als ich. Auf mich verlässt er sich bedingungslos. Was ist, wenn ihm das bei jemandem passiert, der das ausnutzt oder ausgerechnet Kontakt zu Leuten aus dem Institut hat. Er hat hier jederzeit einen Platz und ist immer willkommen, ich kann jedoch nur auf ihn achtgeben, wenn er in meiner Nähe bleibt.

ACHT

Meine Augen öffnen sich widerwillig. Draußen ist es hell und die Uhrzeit mag ich nicht wissen. Carlos liegt eingerollt neben dem Kopfkissen und schwebt tief und fest auf Wolke sieben. Ich drücke mein Gesicht an sein weiches Fell und schließe erneut die Augen. Ein surrendes, monotones Geräusch reißt uns nach einiger Zeit aus dem Ruhemodus und lässt mich aufhorchen. Mama hat mit der Hausarbeit begonnen und donnert mit dem Staubsauger laut gegen die Ecken. Augenrollend werfe ich die Bettdecke zum Fußende und richte mich auf. Die Fellnase will von der Aufweckaktion nichts wissen und dreht sich genervt wieder um.

Unmotiviert und zerzaust steige ich im Schlafanzug die Treppe nach unten und stelle mich dem morgendlichen Störenfried. Sie tänzelt gut gelaunt durchs Wohnzimmer und legt mit dem Staubsauger einen Walzer aufs Parkett. Der Frühstückstisch ist gedeckt und die Kaffeekanne steht parat. Ein breites Grinsen huscht über ihr Gesicht, als sie mich erblickt und sie beendet bereitwillig ihr Kardiotraining.

„Guten Morgen Sonnenschein. Du bist ja schon wach?" Sie zwinkert mir zu und bringt mich zum Schmunzeln. Ich drücke ihr einen Kuss auf die Wange und flitze ins Badezimmer, um mich zu erfrischen. Mama befüllt derweil den Tisch mit weiteren Leckereien. Danach schieben wir uns plaudernd alles von dem herzhaften und fruchtigen Buffet in den Mund, bis kein Krümel mehr hinein passt.

Heute besuchen wir den Kreativmarkt in der Nachbarstadt, doch bevor wir losdüsen, bringe ich Carlos einen kleinen Snack nach oben. Er liegt auf dem Rücken, alle vier Beinchen von sich gestreckt und sein Kopf versteckt sich unter dem Kissen. Kopfschüttelnd über seine Position verkneife ich mir ein Lachen, suche meine Kleidung zusammen und bereite mich für den Tag vor, jedoch nicht ohne über sein weiches Fell zu streicheln.

Mit dem Auto fahren wir fast eine Stunde. Bei der Parkplatzsuche haben wir Glück und stehen nicht lange an der Einlasskasse an. Von dem gestrigen ernsten Gespräch zwischen uns ist heute nichts mehr zu spüren. Meiner Mutter kribbelt es in den Fingern und sie steuert schnurstracks ihre Lieblingsstände an.

Der Kreativmarkt ist eine Mischung aus neuen handgefertigten und alten wiederaufbereiteten Gegenständen, die der Dekoration und Verschönerung dienen. Teppiche, Vasen, Makramee, Apothekerflaschen, Bilderrahmen, Pflanzenständer und weiteres Zubehör lassen das kreative Herz höherschlagen. Um den Aufenthalt möglichst bequem und lang zu gestalten, sind allerlei Verpflegungsmöglichkeiten vorhanden. Frisch gepresste Säfte, Kaffee aus Peru, polnische Piroggen, Flammkuchen oder Fleisch vom Grill. Alles, was das Herz begehrt und den Magen füllt.

Mama stupst mich in die Seite und kichert, als hätte sie was ausgeheckt. „Ich habe uns heute als Überraschung einen Friseurtermin organisiert", schmunzelt sie und streicht sich eine Strähne hinter das Ohr. Wir begeben uns schnurstracks in die Innenstadt und lassen uns aufhübschen.

Der Laden befindet sich in einem hippen Viertel, das Haus ist außen bunt bemalt und innen strotzt die Dekoration nur so vor Gold. An jedem Platz stehen frische Blumen und internationale Zeitschriften für den Zeitvertreib. Mama bekommt helle Strähnchen in ihre dunkelbraunen Haare und ich einen neuen Schnitt.

Ich bin froh, dass ich mich im Wartebereich hinter einer ‚Geographic' Zeitschrift verstecken kann, bis Mama fertig ist und beobachte das Prozedere an den anderen Kundinnen nur aus den Augenwinkeln. Mama genießt die Aufmerksamkeit, doch ich bin hier fehl am Platz und freue mich auf zu Hause. Carlos bereitet sicher schon unsere Lehreinheit vor oder geht einer seiner Lieblings-beschäftigungen nach: ‚schaukeln und schlafen‘.

„Puh, wie anstrengend so eine Beautyeinheit ist“, flötet Mama, während wir den Salon verlassen und betrachtet zufrieden ihr Spiegelbild in den Schaufenstern. Unser Tagesausflug war ein voller Erfolg.

Daheim angekommen, bringt sie die erworbene Dekoration ins Haus und platziert sie stolz auf dem Küchentisch. Morgen kommen die neuen Tontöpfe zum Einsatz und bekommen einen festen Platz zugewiesen, doch bis dahin wird erstmal entspannt. Mama macht es sich auf der Couch bequem und bittet mich zu sich.

„Setz dich mein Schatz. Ich habe über unser Gespräch gestern Abend nachgedacht.“ Sie drückt nervös ihren Rücken durch und faltet die Hände ineinander, während sie wartet, bis ich Platz nehme. „Magst du ein Praktikum bei meiner Arbeitsstelle machen? Irgend-wann?“ Während sie mich fragend anblickt, bleibe ich reglos sitzen. „Ich hab meine Berufung gefunden, aber nie darüber nachgedacht, ob du dasselbe soziale Interesse teilst. Bisher wollte ich dich eher immer davor beschützen, doch was, wenn ich dir damit im Weg stand?“ Ich starre sie mit verwundertem Blick an. Mama lässt mich gar nicht zu Wort kommen und rechtfertigt sich. Ich weiß nicht, woher plötzlich diese Gedanken kommen und sie verwirren mich.

„Ich habe immer versucht, möglichst nichts von der Arbeit mit nach Hause zu nehmen, allerdings ist davor niemand gefeit. Es tut mir leid, wenn ich dir unbewusst die Entscheidung für einen sozialen Beruf abgenommen oder ein unschönes Bild vermittelt habe.“ Ihre Stimme wird brüchig und eine Träne bahnt sich ihren Weg. „Es tut mir leid, das ich dich ausgeschlossen habe und somit selbst zum negativen Vorbild wurde.“ Nun laufen ihr die Tränen sturzbachartig über die Wangen. Es schmerzt mich, sie so weinen zu sehen.

„Mama, was redest du denn da?“, raune ich ihr entgegen und

nehme sie in meine Arme. Ich versuche zu verstehen, was vor sich geht. „Wie kommst du denn darauf, ein negatives Vorbild zu sein? Du bist mein größtes Vorbild und ich bin so unendlich stolz auf dich. Es tut mir leid, dass ich dir keine große Unterstützung bin und das Letzte, was ich will, ist eine weitere deiner Sorgen zu sein." Ich schiebe sie weg und greife beherzt nach einer Taschentuchbox hinter mir, um sie ihr zu reichen. Schniefend nimmt sie den Zellstoff entgegen und wischt sich die Tränen von den Wangen. Ich habe sie selten so verzweifelt und zerknirscht gesehen. Meine Augen fixieren ihre und ich zucke versöhnend mit dem Mundwinkel.

„Es tut mir leid, dass dich meine offene Berufswahl so beschäftigt. Ich hatte keine Ahnung", entschuldige ich mich flüsternd und von ganzem Herzen. Mama nimmt mich erneut kurz in den Arm.

„Ich muss mich entschuldigen, Clemi. Ich hätte offener zu dir sein müssen. Du bist jetzt erwachsen und das muss erstmal in meinen Kopf. Ich habe dich in unserem Heim gehütet wie einen kleinen Schatz, damit die Welt dir nichts Böses tun kann. Ich hab mein Leben auf dich projiziert. Dabei will ich dir das ganze Schöne außerhalb unserer vier Mauern zeigen, aber manchmal fehlte mir die Kraft." Sie bricht erneut in Tränen aus und sinkt in sich zusammen. Schniefend legt sie ihren Kopf in die Hände und atmet aus. „Ich hätte mehr für mein eigenes Kind da sein sollen, anstatt für die anderen." Endlich verstehe ich ihre Last. Überrascht von derartigen Gedanken blicke ich sie entsetzt an.

„Mama, das stimmt nicht. So etwas darfst du nicht denken." Ich streichle ihr tröstend über den Rücken. „Ich habe den größten Respekt vor diesem Job, vor deiner Hingabe, deinem Engagement. Dafür muss man gemacht sein. Ich bin es nicht und das weißt du auch. Das müssen wir uns nicht erst eingestehen."

Mama blinzelt ihre letzten Tränchen weg und holt tief Luft. Ein kleines Nicken genügt mir als Antwort.

„Stell dir mal vor, wie ich versuche, ein kleines Kind zu beruhigen, das gleich eine Spritze oder einen Verband bekommt. Schau mein Gesicht an, sieht das tröstend aus?" Ich lächle sie fragend an, doch sie starrt mir traurig in die Augen.

„Nein. Es sieht aus wie das deines Vaters", sagt sie geknickt. Mamas Stimme ist belegt und ich weiß, welche Gefühle sich dahinter verbergen: „Du vermisst ihn immer noch!" Für einen kurzen Moment legen wir unsere Stirn aneinander und schließen die Augen.

Ich weiß, dass ich meinem Vater wie aus dem Gesicht geschnitten bin. Das es derartige Gefühle in meiner Mutter auslöst, war mir allerdings nicht bewusst. Jedes Mal wenn sie mich ansieht, sieht sie auch ihn. Wie belastend das sein muss; kräftezehrend und auch verzweifelnd. Ich weiß, dass das nicht meine Schuld ist und ich nichts daran ändern kann. Vielleicht hilft es ihr, es endlich ausgesprochen zu haben, die jetzige Situation zu akzeptieren und nun gefasster an das Leben heranzugehen.

Wir sitzen eine Weile schweigend nebeneinander, bis Mama mich mit einem Kuss auf die Stirn nach oben entlässt. Sie will sich etwas Zeit für sich nehmen und ihre Gedanken bei einer Tasse Tee sortieren.

Ich steige die Treppen nach oben zu Carlos und schiele vorsichtig durch den Türspalt. Der Kleine liegt auf dem Boden über unseren Notizen und richtet sich auf, als er mich sieht. Ich laufe freudestrahlend zu ihm und hebe ihn an meinen Hals. Die Stirn an seine gepresst, genieße ich das Kitzeln seines Fells und drücke ihn liebevoll an mich. Auch wenn ich gerade wieder vollkommen ausgelaugt bin, fühlt es sich nach unserem Gespräch anders an. Irgendwie notwendig und sinnvoll, um meiner Gefühle Herr zu werden, werde ich heute keine Hilfe von Carlos benötigen. Meine Augenlider fühlen sich schwer an und ich entscheide eine kleine Pause einzulegen. Mein Freund erkennt meine Müdigkeit und springt direkt auf das Bett, um es sich bequem zu machen. Ich lege mich erschöpft daneben und schließe für ein paar Minuten die Augen.

Es muss mindestens eine Stunde vergangen sein, denn der Körper scheint ausgeruhter als vorher. Carlos liegt auf meinem Bauch, sein Kopf ruht auf seinen Pfötchen und er starrt mich ausgeschlafen an. Ich reibe mir die trockenen, noch müden Augen und versuche, seine zu fokussieren.

„Gibt es was Neues?", erkundige ich mich bei ihm, doch er schüttelt nur den Kopf. Die Lage bleibt unverändert, was uns weder positiv noch negativ stimmt. So liegen wir eine Zeitlang stumm beieinander und genießen das Zusammensein. Ich muss ihn später aber unbedingt etwas fragen, das mir schon lange auf der Seele brennt. Draußen ist es noch hell und im Erdgeschoss scheint wieder Leben einzukehren. Ich höre Mama in der Küche rumwuseln und es wird nicht lange dauern, bis sie nach mir ruft. Carlos verkrümelt sich auf mein Kopfkissen und mummelt sich erneut schweigend ein.

Meine Mutter steht in der Küche und hat sich wieder beruhigt. Ich glaube, auch ihr hat das Gespräch gutgetan und sie kann endlich loslassen, was sie schon seit langem eher belastet anstatt glücklich macht. Sie läuft mit zwei Tassen Tee ins Wohnzimmer und wedelt mir eine der DVDs entgegen, die ich gestern ausgeliehen habe. Dabei schaut sie mich fragend an.

„Hast du mir nicht etwas zu sagen, Madame?" Ich weiß direkt, was sie anspricht und nicke ertappt.

„Unser Bibliotheksausweis war an die Schule gebunden. Jetzt, da ich keine Schülerin mehr bin, läuft er ab. Ich darf ihn noch für 2 Monate behalten, dann gebe ich ihn zurück", erkläre ich kleinlaut und setzte mich beleidigt auf die Couch. Mama zieht betroffen die Mundwinkel nach unten und hebt ergebend die Schultern: „Dann weißt du ja, was das heißt." Ich nicke bestätigend. „Filmmarathon", quieken wir beide lachend wie aus der Pistole geschossen und versuchen, wenigstens etwas Positives aus der Situation zu ziehen. Mama war das mit dem Ausweis sicher schon bewusst. Sie musste mich jedoch meine eigene Erfahrung machen lassen. Beim Blick auf das Cover der DVD wird mir bewusst, woher sie den Wink bekam. „Anna und die magische Bibliothek." Die Wahl des Filmgenres fällt heute also auf Fantasy-Action. In den nächsten zwei Stunden tauchen wir in eine unbekannte, magische Welt, in der die Hauptrolle wilde Abenteuer erlebt, ein. Um an ihr Ziel zu gelangen, muss sie eine geheime Sprache lernen, fliegende Buchstaben in der lebenden Bibliothek einsperren und Protagonisten am Geschichtenwechseln hindern, um so die Menschen vor gefährlichen Wahrheiten zu schützen, die sonst Einfluss auf deren Zukunft nehmen. Der Film hat uns sehr gut gefallen und hier lässt sich erahnen, wie gut das Buch dazu gewesen sein muss.

Mama ist müde und räumt nur noch schnell den Tisch ab, bevor sie sich schlafen legt. Ich verabschiede mich mit einer Umarmung bei ihr und schleiche die Treppen nach oben zu Carlos. Der Kleine liegt gedankenverloren auf seinem Rücken und hat das Bett nicht verlassen. Er starrt traurig zur Decke und hat mich nicht kommen hören. Erschrocken wendet er sich zu mir und erstarrt. Ein kurzer unaufmerksamer Moment, der uns große Probleme bescheren könnte.

„Keine Sorge, ich bin es nur", flüstere ich ihm entgegen und laufe zu ihm hinüber. „Carlos, können wir kurz reden?", frage ich den Kleinen flüsternd, während ich mich neben ihn setze. Er richtet sich auf und schaut mich mit zur Seite geneigtem Kopf an. „Ich habe eine Frage und ich weiß, dass sie vielleicht etwas unangenehm ist. Also wenn du nicht drüber reden willst, verstehe ich das."

Du willst wissen, was damals passiert ist und warum sie uns erwischen konnten, hab ich recht? Seine Frage hallt leise in meinem Kopf nach. Er starrt traurig nach unten und atmet tief ein und aus, als benötige er einen Moment. Er zögert und blickt sich gedankenversunken im Zimmer um.

„Du musst es mir erklären", fordere ich ihn flüsternd auf. „Unser Aufeinandertreffen wirft viele Fragen auf. Ich kann dir nicht helfen, wenn du mir nicht die ganze Wahrheit erzählst. Ich weiß, dass du das alles auch ohne mich schaffen könntest, also was ist passiert?" Während ich mit ihm rede, starrt er die ganze Zeit auf den Boden, bis er mir einen Blick zu wirft, der gequälter nicht sein könnte. Seine Stirn ist gekräuselt und die Augen ganz nass. Ich würde ihn am liebsten in die Arme nehmen und trösten, doch er sagt etwas, das mich einen Moment innehalten lässt.

Ich bin schuld. Er dreht den Kopf wieder weg und flüstert in meinen Gedanken. *Das ist alles meine Schuld, ganz allein meine Schuld.* Ich kann ihm nicht folgen und hake nach. „Was meinst du damit, es ist deine Schuld, Carlos. Was ist denn passiert?" Doch der Kleine dreht sich gescholten weg. Ich ziehe ihn von hinten sanft in meine Arme und lege mich rückwärts aufs Bett. Dabei lege ich ihn auf meinen Bauch, damit wir einander zugewandt sind, jedoch ohne uns in die Augen zusehen.

„Erzähle mir, was passiert ist", fordere ich ihn erneut auf.

Ich brauche deine Hilfe, denn ich glaube, dass meine Schwester nicht mehr mit mir reden wird. Sie will mich vielleicht auch nie wiedersehen, denn ich bin schuld, dass sie dort festgehalten wird. Seine kleinen Pfötchen krallen sich in mein Oberteil und er drückt sein Gesicht schützend in den Baumwollstoff.

„Fang ganz vorne an", wispere ich und greife an beiden Seiten nach seinen Hinterpfoten, um ihm etwas Halt zu symbolisieren. Carlos wechselt schwer seufzend seine Kopfposition, doch sein Körper entspannt sich.

Wir hatten einen Auftrag, meine Schwester und ich. Wir wurden vor einem Monat für eine Woche nach Deutschland geschickt. Wir sollten ein altes Tagebuch zurückbringen, das vor vielen Jahren auf einer Reise anderer Seelenhunde verloren gegangen ist. Es wurde vermutet, dass es Hinweise zu unserer Geschichte enthält. Der Auftrag schien simpel, wir wussten wohin. Alles war bis ins kleinste Detail geplant gewesen. Unser Zeitmanagement ließ keine Ablenkung zu. Doch genau das tat ich! Ich ließ mich ablenken.

Der Kleine drückt sich seine Pfötchen ins Gesicht. Ich streichele ihm schnell über ein Bein und vermittele Zuversicht. Ich schließe meine Augen und folge seiner Ausführung; versuche mir dabei genau vorzustellen, was die zwei an dem Tag erlebt haben.

Wir mussten uns Zugang zu einer historischen Ufervilla nahe München verschaffen. Dessen Besitzer, ein sehr wohlhabender Mann, plante für das besagte Wochenende einen Bootsausflug. Seine Familie war ohne ihn ins Ausland gereist, während er die Woche über von zu Hause aus seinen Geschäften nachging. Wir hatten ein paar Tage Zeit, die Umgebung und sein Haus auszuspionieren. An seinem Garten befand sich direkt der Bootssteg, umgeben von Büschen und Bäumen – dort lag unser Versteck. Der Mann hielt sich die meiste Zeit in den oberen Räumlichkeiten auf, wo wir auch das alte Tagebuch vermuteten. Wir warteten bis zum Wochenende und hielten uns so lange bedeckt, bis sein Boot ablegte und aus unserem Blickfeld verschwand. Danach kletterten wir über einen Baum zum offenen Dachfenster und durchsuchten das Haus. Die Innenausstattung war prachtvoll und beeindruckend. Er war definitiv ein Sammler wertvoller, seltener Gegenstände und hatte eine Bibliothek, die uns den Atem verschlug. Vier Wände bestückt mit deckenhohen Regalen, an denen jeweils eine Leiter stand. Bücher sortiert nach Fach und Jahreszahl. Autoren, die ich nicht kannte und auch die Titel waren mir fremd. Meine Schwester suchte gezielt nach dem Tagebuch, doch mich zogen die alten Wälzer in ihren Bann. Ich nahm mir einen klitzekleinen Augenblick, um über die Buchrücken zu streichen, bis ein Geräusch erklang. „Was war das?", fragte meine Schwester, dann dauerte es nicht lang. Vier schwarz gekleidete Männer mit Masken auf dem Gesicht und durch Handschuhe geschützte Hände versperrten die Tür. Einer verschloss sie, während die anderen drei auf uns zuschritten und nach uns griffen, als wussten sie, wer wir sind. Der Raum war fensterlos und wir hatten keinerlei Reaktions- oder Bedenkzeit. Ich wich meinem Angreifer aus und biss dem Mann an der Tür so fest in sein Bein, wie ich nur konnte. Für einen kleinen Moment ließ er den Türgriff los, bevor er sie vollends schloss. Ich hatte keine Zeit, mich nach meiner Schwester umzusehen und schlüpfte durch den entstandenen Spalt. Ich haderte mit mir, wo ich mich verstecken sollte, ob ich im Haus auf sie warte oder mich selbst in Sicherheit bringe. Ich wusste nicht wohin, doch ich wusste sofort, dass es meine Schuld war. Ich flüchtete zum Steg und sprang ins Wasser. Ich schwamm ein paar Häuser weiter und huschte dort durch den Garten bis zum Tor. Ich versuchte, vor dem Haus auf den Gehweg zu gelangen, doch dort sah ich schon einen weißen Transporter wegfahren. Ich wäre fast hinterhergerannt, trotz allem besann ich mich rechtzeitig meiner Vernunft. Ich merkte mir das Kennzeichen und die Automarke und wartete, bis es dunkler wurde. Dann kroch ich aus meinem Versteck und sprang bei einem vorbeifahrenden Auto auf das Heck. Dort stand ich auf der Stoßstange und klammerte mich fest. Es war eine direkte Zufahrt zum Nachbarort, also fuhr ich so lange mit, bis ich endlich den Transporter wiedersah. Er stand auf einem Parkplatz am Ende der Nachbarstadt, inmitten anderer. Er war ein Leihwagen und wurde zurück zum Startpunkt gebracht. Ich schaute ihn mir genauer an, doch von den Angreifern und meiner Schwester fehlte jede Spur. Ich suchte nach Reifenspuren und hinweisen, an dem Abend hat mich aber nichts weiter gebracht. Es war mittlerweile stockdunkel und meine Verzweiflung wurde immer größer, gewiss nicht größer als meine Last.

Ich schob den Körper des Kleinen an mir hinauf bis unters Kinn und streichelte tröstend seinen Rücken. Ich flüstere aufmunternde Worte in sein Öhrchen und umarme ihn fest.

„Ach Carlos, das hättest du gar nicht verhindern können. Es schien alles zu schnell gegangen zu sein. Deine Schwester ist heilfroh, dass du da rausgekommen bist, da bin ich mir sicher. Sie wird dich vermissen." Verzweifelt schüttelt er seinen Kopf.

Ich ging unseren Ablauf immer und immer wieder durch. Ich bin von unserem strikten Plan abgewichen und wenige Sekunden reichten, um uns aus der Reserve zu locken. Meine Neugier brachte uns in Gefahr und die Ablenkung nahm mir meine Sinne. Ich hätte spüren müssen, dass sich etwas verändert. Ich bin weggerannt, dabei hätte ich sie be-schützen müssen. Ich habe sie im Stich gelassen. Der Kleine liegt nun eingerollt auf meinem Bauch und will von meiner Meinung nichts wissen. Ich versuche, ihn noch ein paar Sätze lang aufzuheitern, doch schiebe ihn anschließend neben mich auf das Kissen. Mehr, als für ihn da zu sein, kann ich im Moment nicht, selbst wenn ich wollte. Ich fühle mit ihm und er tut mir unheimlich leid. Der Selbstzweifel und die Schuld müssen ihn förmlich zerfressen. Er braucht meine Hilfe, um nicht selbst wieder zum Ziel zu werden, sonst kann er seine Schwester nicht retten. Ich bin froh, die Wahr-heit erfahren zu haben. Morgen sieht der Tag hoffentlich anders für ihn aus. Eine positive Nachricht würde ich ihm wünschen. Mitfühlend und aneinander gekuschelt lausche ich seinem Atem und versuche, nicht weiter drüber nachzudenken.

NEUN

He, Clementine, wach endlich auf. Ertönt es in meinem Kopf. Carlos rüttelt energisch an der Schulter und krabbelt auf mir herum.

„Was ist passiert?", frage ich erschrocken und schaue mich verwirrt im Zimmer um. Er zeigt mit seinem Pfötchen zum Fenster und mein Blick folgt deren Richtung. Dort schwebt sein kleiner gefiederter Freund vor dem Glas und flattert ungeduldig auf und ab. Schnell springe ich auf und hätte meine Beine fast nicht rechtzeitig aus der Decke frei gestrampelt. Ich eile stolpernd zu ihm und entriegle das Fenster, damit er auf dem Rahmen Platz nehmen kann. Warme Sommerluft strömt uns entgegen und Carlos krabbelt wie ein Äffchen an meinem Körper nach oben in die Arme, um näher dran zu sein. Wir beide starren gespannt auf den Vogel, fokussieren seinen kleinen spitzen Schnabel und warten auf seine Geschichte, doch nichts passiert. Carlos springt ohne Vorwarnung aufs Brett und setzt sich neben ihn. Während ich mit dem Schreck kämpfe und mich die Vorstellung, dass Carlos aus dem Fenster purzelt, nicht loslässt, gibt er Entwarnung.

Er ist nur zu Besuch. Er sagt, meine Schwester ist täglich draußen und er hat sie selbst gesehen, berichtet er lächelnd und atmet erleichtert aus.

Ich versuche, meinen rasenden Puls zu beruhigen und lasse die zwei allein. Eine angenehme warme Dusche wird guttun und danach werde ich erst einmal ein ausgiebiges Frühstück zubereiten. Die Tür zu meinem Zimmer lasse ich einen Spalt weit offen, um zwischendurch nach den beiden zu sehen. Mama schläft heute mal richtig aus, so übernehme ich es den Tisch zu decken und kredenze ihr Lieblingsessen. Kaiserschmarrn mit Rosinen, Apfelmus und

Vanillesoße. Ungewollt hinterlasse ich die Küche im Chaos und mache mir mehr Arbeit, als notwendig ist.

Früher wurde bei uns das Frühstück immer zelebriert, damit die Familie gemeinsam fröhlich und gestärkt in den Tag starten kann. So oft es geht, behalten wir diese Tradition bei und machen uns damit eine kleine Freude.

Da Mama noch nicht wach ist, bringe ich Carlos etwas von dem Essen nach oben und stelle es auf dem Schreibtisch ab.

Sein Freund ist ein hübscher kleiner Vogel, recht schlank, aber ausgewachsen. Auch ihm hätte ich gerne etwas zu Essen hingestellt, doch wusste auf Anhieb nicht was. Er hat oranges und weißes Gefieder, das im Licht schimmert. Seine Augen sind so rund wie kleine, schwarze Kugeln und er hat einen angenehmen wohlklingenden Gesang. Ich würde ihn mir gerne von Nahem anschauen, jedoch will ich die beiden nicht stören. Die zwei genießen den Ausblick vom Haus und hecken sicher irgendeinen Plan aus. Es wäre schön, ebenso ihre Gedanken zu hören und ich fühle mich fast ein bisschen ausgeschlossen.

Unbeachtet laufe ich nach unten in Mamas Schlafzimmer und klopfe zart an die Tür, bevor ich sie öffne. Der Türknauf quietscht beim Umdrehen und im Zimmer ist es stockdunkel. Sie hat wohl die Decke bis über den Kopf gezogen und ich befürchte, dass sie noch schläft. Während ich um das Bett herumschleiche und die Stelle beobachte, an der ich ihren Kopf vermute, versuche ich sie leise zu wecken.

„Mama? Bist du schon wach?", frage ich zum Bett gebeugt, da erklingt ihre Stimme hinter mir.

„Ach, hier bist du! Ich war gerade in deinem Zimmer, doch ich hab dich wohl verpasst", erklärt sie entschuldigend und versetzt mir einen Schock.

Carlos! Mein Gesicht entgleitet und ich sause an ihr vorbei. „Die Tür stand offen, ich wollte dich wecken. Aber du hattest wohl das Gleiche vor", trällert mir Mama hinterher und ich höre noch oben ihr Lachen. Da sie nichts weiter sagte, versteckte sich Carlos hoffentlich rechtzeitig. Ich überzeuge mich besser selbst davon.

Die zwei saßen vorhin rückwärts auf dem offenen Fensterbrett. Nun sitzen beide auf dem Schreibtisch über dem Teller, als sei nichts gewesen. Carlos lächelt mich schulterzuckend an. Ihm wird das wohl nicht noch einmal passieren. Ich presse die Augenlider aufeinander und atme tief ein und aus, um mein Gemüt zu beruhigen. Dem Tag sehe ich bisher eher skeptisch entgegen, obwohl es nur besser werden kann. Ich schließe perplex die Tür und laufe wieder nach unten.

Mama sitzt am Tisch und gießt sich gut gelaunt einen Kaffee ein. Die Überraschung ist mir definitiv gelungen und erst nach dem dritten Teller gibt sie auf. Glücklich und satt kommt sie auf meine Seite und bedankt sich mit einer innigen Umarmung für die Mühe. Das Chaos beseitigen wir schnell gemeinsam und lauschen dabei den neusten Hits im Radio. Mama schielt den ganzen Morgen schon zu ihren tollen Blumentöpfen und man sieht ihr an, dass sie grübelt, welcher Ableger ein neues Zuhause bekommt. Heute stehen Gartenarbeit und Pflanzenpflege auf dem Tagesplan, was automatisch mit Blumenerde unter den Fingernägeln und dreckigen Knien endet.

Sie schnappt sich das kleine Küchenradio, zwei Wasserflaschen und macht sich bereit. Wir gehen nach draußen und verstauen hinter dem Haus alle Arbeitsutensilien in einem kleinen Schuppen, der mal wieder aufgeräumt werden muss.

Den Beetinhalt kann man vom Unkraut nicht mehr unterscheiden und er braucht eine Generalüberholung. Draußen ist es angenehm warm und ich freue mich auf ein bisschen frische Luft. Mit Musik auf den Ohren widmen wir uns zuallererst dem Schuppen und räumen ihn komplett leer. Erstaunt über das viele Gerümpel entscheidet sich Mama auszusortieren, während ich die Regale putze. Die Materialien, die sie nicht mehr benötigt, stapeln wir sortiert vor dem Haus, dabei wandert mein Blick magnetisch nach oben zum Fenster.

Carlos beobachtet uns und winkt mir mit seinen kleinen Pfötchen zu. Der kleine Vogel scheint nicht mehr bei ihm zu sein.

In einem heimlichen Moment winke ich ihm lachend zurück und erlaube mir, mir einen kurzen Augenblick vorzustellen, wie es wäre, wenn er bei uns im Garten herumtollt. Er würde auf Entdeckungstour gehen, Ball spielen oder uns helfen, die Beete zu bepflanzen. Ich stelle mir vor, wie er neben uns steht, neunmalklug Empfehlungen über die Anordnung des Gemüses ausspricht und dabei seine Pfötchen souverän in die Hüften stemmt.

„He, Träumerli, halte das mal." Mama reißt mich aus dem Tagtraum und die Blase zerplatzt mit einem Knall, der nach Traurigkeit schmeckt. Plötzlich unmotiviert, nehme ich die Arbeit wieder auf und füge mich meinem hundelosen Schicksal, doch was, wenn...?

„Mama?" Ich drehe mich fragend zu ihr und starre sie an. „Hast du mal über ein Haustier nachgedacht?" Aber Mama schüttelt nur verneinend den Kopf. „Wir haben ein ganzes Haus und echt viel Platz, dazu einen Garten. Mich wundert, dass ihr euch nie eine Katze oder einen Hund angeschafft habt", versuche ich meine Frage in eine Plauderei übergehen zu lassen, warte jedoch nicht ab. „Vielleicht wäre jetzt der richtige Zeitpunkt über einen Vierbeiner nachzudenken, was hältst du davon?" Während ich beiläufig meinen Wunsch ausspreche, schaut sie sich im Garten um.

„Mein Schatz, das ist nicht nur eine Frage des Wollens. So ein treuer Begleiter an unserer Seite ist ein toller Gedanke, aber du weißt genauso, dass da eine Menge Arbeit drinsteckt." Mama stützt nun tadelnd ihre Hände in die Hüften und setzt noch einen drauf. „Und Geld! Eine Summe, die du nicht unterschätzen solltest." Ich wusste, dass sie mit diesem Argument um die Ecke kommt.

„Ich weiß, deshalb hab ich fast immer alles zur Seite gelegt, was ich von euch oder an Geburtstagen bekommen hab. So hätten wir einen Notfallgroschen, eine Art Versicherung." Sie hebt leicht ihren Kopf und neigt ihn zur Seite, eine Haltung, die nichts Gutes verheißen mag. „Madame, das Geld sollte unter anderem für den Führerschein sein, du wirst bald 18, hast du kein Interesse daran?" Ich hatte wirklich keinerlei Interesse daran. Wo sollte ich denn auch hinfahren? Ich könnte maximal Mama zur Arbeit und zurückbringen, das war es. Sie merkt, dass ihr Argument nicht gilt und wendet sich wieder der Gartenarbeit zu. Ein letztes Mal versuche ich ihr Einverständnis einzuholen: „Vielleicht irgendwann?" Sie verschwindet im Schuppen und murmelt leise vor sich hin. „Ja, vielleicht irgendwann."

Das Thema wird nicht mehr erwähnt, derweil der Schuppen wie ein Musterstück aus dem Katalog glänzt, drehen sich die restlichen Pflanzen im Beet nebenan beschämt zur Seite. Ich beobachte Mama, wie sie ihre Gartenhandschuhe überstreift und dem Unkraut einen Blick zuwirft, der einer Kampfansage gleicht.

Am Himmel ziehen sich die Wolken düster zusammen und schicken frischen Wind. Da sich die Pflanzen im Beet kaum noch von gewollt und ungewollt unterscheiden lassen, befreien wir die Erde von allen Wurzeln und beginnen komplett von vorn. Wir arbeiten mit vollem Körpereinsatz, bis die Knie lückenlos mit Dreck bedeckt sind. Blank und symmetrisch teilen wir das Beet in Flächen ein und setzen die Samen behutsam an ihren neuen Platz. Wie auf Knopfdruck beendet ein feiner Regen die getane Arbeit und erweist uns mit seiner Flüssigkeit einen treuen Dienst. Ich bin froh, nicht auch noch Gießkannen schleppen zu müssen, und husche ins Haus, um mich zu säubern. Mama folgt mir ins Innere, mit einem Lächeln auf dem Gesicht, das Bände spricht.

Erfrischt sitzen wir mit einem wärmenden Pfefferminztee im Wohnzimmer und gönnen uns einen Moment der Ruhe. Ich spüre Carlos Anwesenheit und schaue mich unbemerkt um. Er sitzt auf der obersten Treppenstufe und verbirgt sich im Schatten. Sie bemerkt meine Abwesenheit und entlässt mich mit einem Lächeln.

„Geh ruhig für eine Stunde hoch. Ich hole dich dann zum Kuchenbacken herunter." Ich steige die ersten Stufen hinauf und Carlos hält sich an meinem Arm fest. Er lässt sich schwebend anheben und verborgen nach oben tragen.

Er lobt uns für die verrichtete Arbeit und schüttelt, zu meiner Verwirrung, den Kopf. Fragend schaue ich in sein Gesicht und warte auf seine Erklärung.

Ich werde nie verstehen, warum die Menschen ihren Lebensraum und die Pflanzen zerstören, um sie dann in ihren Häusern wieder zu integrieren, erklärt er verwirrt, ist aber dennoch froh über Mamas Leidenschaft. Ich kann dem nichts entgegenbringen und hebe ratlos die Schultern. Wir gönnen uns eine kleine Verschnaufpause und Carlos klettert auf meinen Bauch. Platt und alle Viere von sich gestreckt, döst er vor sich hin und lässt mich genüsslich die Öhrchen graulen.

Wir lauschen den Regentropfen, die sanft gegen das Fenster nieseln. In meinem Kopf schwirren seine Gedanken umher und verformen sich zu einem lebensechten Bild. Ein Baum, der stramm aus der Erde wächst und ein bewohntes Haus auf demselben Fleck. Alles hat seine Daseinsberechtigung und ein kompromissloses Miteinander ist möglich. Genau wie in Carlos' Heimat.

Er erzählte von seiner Insel und so stelle ich es mir vor. Ein Geben und Nehmen, Menschen und Natur im Einklang. Gedankenverloren schüttele ich verneinend den Kopf und wünsche mir, es wäre so.

„Clemi, kommst du wieder runter?", reißt mich Mamas Frage

zurück in die Realität. Der Vierbeiner klammert sich fest und will nicht, dass die Streicheleinheit endet. Beleidigt rutscht er von mir herunter und bleibt wie ein nasser Lappen auf dem Bett liegen. Ich tätschele zuneigend seinen Kopf und verspreche ihm, bald wieder zu kommen.

„Ich beeile mich, Carlos, und dann bringe ich ein extra großes Stück Kuchen mit, versprochen", versuche ich, ihn milde zu stimmen. Ich beobachte wie seine Öhrchen die Information zuckend aufnehmen, doch er bleibt stumm.

Mama steht in der Küche und bereitet alles vor. Die Aufgabenverteilung ist immer dieselbe. Sie kümmert sich um den Keksboden und ich um den Belag. Jeder Handgriff sitzt und die ganze Aktion dauert samt Aufräumen und Abwaschen nur einige Minuten. Der Kuchen verweilt eine halbe Stunde im Ofen und füllt die Küche langsam mit einem süßlichen Duft. Ich folge Mama ins Wohnzimmer und schaue ein bisschen TV, während sie ihre Pflanzen wässert und in die neuen Töpfe setzt.

An dem Fenster, welches Carlos' Efeutute trägt, bleibt sie einen Moment stehen und blickt nach draußen. Von dort aus kann sie den Garten und das Beet sehen, beides sieht nun einladend gepflegt aus. Ein kleines stolzes Lächeln huscht über ihr Gesicht.

Der Timer des Ofens klingelt und ich hole die Backform zum Auskühlen heraus. Ein goldbrauner Mandarine-Schmand-Kuchen lächelt mich an und der leckere Duft schwebt bereits durch das ganze Haus.

Wir setzen uns zum Essen gemeinsam an den Küchentisch und der Blick zur Wanduhr verrät mir, dass es bereits Spätnachmittag ist. Carlos wartet sicher schon mit der Lerneinheit auf mich. Heute werde ich nicht drum herum kommen in die Theorie der Biochemie zu schnuppern, von daher beeile ich mich. Ich belade meinen Teller mit einem zweiten Stück und wünsche Mama schon einmal eine gute Nacht.

Wir sind nicht die typischen Samstag-Abend Partypeople, so ist es für uns auch nicht ungewöhnlich, wenn sich jeder in seinen eigenen Bereich zurückzieht und es bevorzugt ein Buch zu lesen oder einfach nur Musik zuhören. Egal welcher Wochentag es ist.

Carlos wartet bereits in meinem Zimmer auf mich. Die Bücher, die wir uns aus der Bibliothek ausgeliehen haben und die stapelweisen Kopien, die wir anfertigten, liegen sortiert auf dem Boden verteilt. Er hat mir einen linierten Block und einen Stift parat gelegt, damit ich mitschreiben kann. Fehlt nur noch, dass der Kleine eine Lesebrille herausholt und sie auf seine Stupsnase setzt. Ich lege mich auf den Boden neben ihn und greife zum Stift, dabei schiebe ich ihm den Kuchenteller bestechend entgegen und hoffe, dass er beim Lernen Milde walten lässt.

Ich dachte mir, wir fangen erst einmal mit den Definitionen von Biologie und Chemie an. Mal schauen, was in deinem Köpfchen hängen geblieben ist. Ich rattere herunter, was mir einfällt oder in den Lehrbüchern stand. Carlos bleibt milde gestimmt und blättert das Inhaltsverzeichnis eines Chemiebuches auf. *Wir schauen uns die Materialien an, die du vor Ort finden und sehen könntest. Es wäre gut, sich diese zu merken, falls du im Institut an einer Gruppenarbeit oder Ähnlichem teilnehmen kannst.*

Er schlägt die dazugehörige Buchseite auf und lässt mich einen Blick darauf werfen. Einige Geräte wie Objektträger, Pipette und Mikroskop erkenne ich sofort, bei anderen muss ich etwas genauer hinsehen. Er lässt mich alles notieren, was mir bisher unbekannt war und achtet darauf, zu jedem Objekt einen Hinweis der Nutzung zu finden. Nach drei Stunde stehen Dinge wie: Dewargefäß, Mehrhalskolben, Filternutsche, Rückflusskühler oder Destillierbrücke auf meinem Blatt Papier und viele Utensilien sind mir mittlerweile aus dem Unterricht auch wieder ein Begriff. Die vor Ort zu untersuchenden Flüssigkeiten oder Mischungen können wir allerdings nur erahnen.

Draußen wird es dunkel und Regentropfen klatschen rhythmisch an die Scheibe. Der Lernstoff verlangt mittlerweile unsere ganze Aufmerksamkeit und das viele Buddeln im Dreck fordert seinen Tribut. Mein Kopf ruht schon seit einer halben Stunde an Carlos' Schulter und ich kann die Augen kaum offen halten.

Auf Nachfrage berichtet er mir von seinem gefiederten Freund und dessen Informationen, die bisher kein Weiterkommen förderten. Carlos studierte, während ich beim Kuchenbacken half, die Namen unserer Bibliotheksnotizen und versuchte, etwas über die Menschen zu erfahren. Viele Personen konnte er streichen, doch die wichtigen Hinweise führen weiterhin zum Institut.

ZEHN

Der Sonntag stand im Zeichen des Ausruhens. Mama erledigt den ganzen Tag Schreibkram und bereitet sich auf die Arbeit vor. Carlos und ich verkrümeln uns in mein Zimmer, somit hatte jeder etwas Zeit für sich.

Ich dachte kaum an das Praktikum und vor den Vorbereitungen versuchte ich mich, so gut es ging, zu drücken. Ich genoss die freien Tage in vollen Zügen, mein Energielevel ist aufgeladen und ich bin gerüstet für unseren Einsatz.

Morgen startet das Praktikum, so besprechen wir wichtige Ziele, wiederholen den ganzen Tag fleißig das Gelernte, schmieden Pläne und frischen das Puzzle wieder etwas auf. Selbst wenn die Woche schnell vergeht, wird mir das Praktikum umso länger vorkommen. Mir graut es vor dem, was ich dort erfahre und sehe. Wie werde ich reagieren und werden wir unser Ziel überhaupt erreichen?

Die Theorie ist das eine – Lesestoff auswendig lernen, wiederholen, noch einmal lesen. Die echte Herausforderung wird die Praxis sein. Der berufsbezogene Fachbereich der Ausbildung BTA (Biologisch-technischer-Assistent) beinhaltet Kernfächer wie: Zoologie, Botanik, Molekularbiologie und Gentechnologie. Im Praktikum lernt man das Bestimmen von physischen Größen, Untersuchungspläne zu erstellen, man erhält Einblick in die Versuchstierkunde, titrieren, wie man Puffer ansetzt und mehr, von dem ich absolut nichts verstehe und das als Fachchinesisch in meinem Kopf umherschwirrt. Durch den Chemieunterricht habe ich Grundkenntnisse erlangt, diese aber nie wirklich anwenden müssen. Ich weiß, was ein Mikroskop ist, wie ich eine Probe auf das Trägerblättchen platziere und die Linse zum Fokussieren scharf stelle. Mehr nicht. Auch wenn mir Carlos gestern Abend schon viele weitere Anwendungen beigebracht hat.

Bei den Nachforschungen in der Bibliothek fand ich negative Berichte zum Thema Gentechnologie, die mich erschreckten und sich leider in meinem Kopf verankerten. Ein Satz, der sich eingeprägt hat, lautet:

„Letztendlich gibt es in der Genforschung erhebliche Risiken für Mensch, Tier und Umwelt. Die gentechnische Veränderung von Säugetieren ist ethisch nicht neutral, sondern führt in jedem Fall zu Leid und Schmerz!" Uff! Viele erinnern sich an die Maus und das Ohr auf ihrem Rücken. Hoffentlich haben sie im Institut, nichts damit zu tun. Ich kenne mich in dieser Materie überhaupt nicht aus, habe aber eine Meinung dazu. Diese erwähne ich die nächsten Wochen lieber nicht.

Was wollen sie von Carlos' Schwester? Was machen sie mit ihr? Mein Vorhaben wirkt wie ein Verrat an allen Lebewesen. Ohne Carlos hätte ich die Thematik nie hinterfragt und wäre schön auf dem Tellerrand geblieben. Je mehr ich darüber nachdenke, umso stärker wird die Furcht. Angst, was für Menschen ich dort treffe, Skepsis dem Berufsfeld gegenüber und Respekt vor der Theorie.

Carlos kommt zu mir herübergelaufen und kuschelt sich an mich. Er spürt mein Unwohlsein und die negativen Gedanken im Kopf kreisen wild umher. Er schaut mit seinen großen Knopfaugen zu mir hoch und versucht meine innerliche Unruhe, durch seine sanften Berührungen zu beruhigen. Dabei flüstert er in besänftigenden Ton:

Clementine, es sind nicht alle Menschen gefühlskalt oder nur gewinnorientiert, die in einem Institut arbeiten. Du wirst dort Personen kennenlernen, die versuchen, die Welt ein Stück zu verbessern. Die Familienmitglieder an Krankheiten verloren haben, für die es kaum Heilung gab. Die Menschen haben sterben sehen, weil sie sich finanziell keine Medikamente leisten konnten oder gar nicht erst zu einem Arzt kamen. Die Welt hat mehr Leid zu bieten, als du dir vorstellen kannst. Die Forschung und Entwicklung einzelner Industriebereiche machten riesige Sprünge in den letzten Jahrzehnten und sorgten dafür, dass Menschen in medizinischen Berufen unvorstellbare Ziele erreichten! Auch wenn ich der Letzte bin, der auf deren Seite steht, gibt es hier nicht nur schwarz und weiß.

Stumm nehmen wir unsere Karte des Gebäudegrundrisses zur Hand und lenken uns ab. Mir ist bewusst, dass wir uns in erster Linie in Geduld üben, bis wir neue Erkenntnisse haben und den Plan ergänzen können. Carlos bekam in den letzten Tagen hin und wieder Besuch von seinem kleinen gefiederten Freund, mit dessen Hilfe er den Zaun des Grundstückes auf der Karte zu Ende zeichnete. Unser Grundriss wurde durch zwei weitere Blätter erweitert, da die Halle größer ist, als zunächst erwartet. Die ersichtlichen Fenster positionierten wir, aber Kameras und die Alarmsicherung samt Gebäudeinhalt fehlen.

Wir besprechen grob die Folgen und dass keiner eine zweite Chance bekäme, sollte ich das Praktikum verlieren. Carlos' Anwesenheit würde auffliegen und seine Schwester wäre für immer dort eingesperrt. Er müsste sich sofort verstecken und dürfte zum eigenen Schutz keinen Kontakt zu mir aufnehmen. Er wäre auf sich allein gestellt und sein Leben weiterhin bedroht. Wir schaffen es nicht ohne den anderen.

An diesem Abend krabbeln wir zeitig ins Bett, um morgen ausgeruht zu sein. Carlos verspricht mir, nach der Schicht zu Hause zu sein oder zu warten. Er wollte mich sogar abholen, doch das wäre kein guter Plan. Ich muss ihn ja nicht den Haien zum Fraß vorwerfen und direkt am ersten Tag scheitern.

Ich schnappe mir mal wieder ein Buch, um mich etwas abzulenken, doch gelingt mir das kaum. Verstimmt wälze ich mich von rechts nach links und kämpfe mit der Decke. Nach Stunden der Unruhe und etlichen Positionswechseln, schlafe ich todmüde ein.

Der Wecker klingelt um 6.30 Uhr und ich bin tatsächlich schon wach. Carlos kuschelt sich kurz in meinen Arm und schaut mich müde an.

„Wie gesagt, du bleibst hier und wartest", erbitte ich schroffer als gewollt, suche mir anschließend möglichst neutrale Klamotten aus dem Schrank und verschwinde im Badezimmer. Zwanzig Minuten später verabschiede ich mich von Carlos und da meine Mutter erst mittags zur Arbeit fährt, frage ich schnell, ob er etwas braucht. Wasser und Kekse habe ich immer auf Vorrat im Zimmer liegen. Er verneint als Antwort, kuschelt sich an mich und wünscht mir viel Glück. Ich schleiche ohne ein weiteres Wort nach unten, schnappe etwas Proviant aus der Küche und stapfe schnurstracks zur Bushaltestelle.

Die Fahrt dauert nur fünfundvierzig Minuten, es sind kaum Leute dazu gestiegen. Am Gewerbepark steige ich aus und laufe wie in Trance den Waldweg entlang. Vorbei am halbleeren Parkplatz, reiche ich nervös meinen Ausweis und den Praktikumsvertrag zur Kontrolle dem Securitymitarbeiter. An der Rezeption werde ich von Frau Biel bereits erwartet. In den ersten zwei Stunden zeigt sie mir die Umkleiden, welche sich direkt hinter dem Empfang befinden. Dort wechseln die Belegschaft und Studenten ihre Straßenkleidung teils gegen Stoffhosen, Stoffhemden oder weiße Kittel. Dahinter grenzen die Büros der Ansprechpartner für alle jeweiligen Studienrichtungen und die der Doktoranden an. Die Cafeteria, rechts am Gebäude, ist riesengroß und man gelangt direkt vom Eingang oder durch einen Abzweig hinter der Museumshalle dorthin. Mir raucht jetzt schon der Kopf.

Es gibt feste Pausenzeiten für jede Abteilung, damit nicht alle auf einmal in der Cafeteria sind. Es wird in verschiedenen Schichten gearbeitet, um die Halle 24/7 mit Mitarbeitern und Security zu besetzen. Meine Hauptaufgabe ist heute, Frau Biel am Empfang zu helfen, was mir recht ist. Ihre liebe und fürsorgliche Art nimmt mir die Nervosität und lässt mich das Ganze neutral angehen. Ich sehe mich in Ruhe in ihrem Abteil um und sortiere meine Gedanken.

In der Mittagspause, die für mich täglich von 11.30-12.00 Uhr stattfindet, sitze ich abseits der anderen Studenten und schenke ihnen keine Aufmerksamkeit. Ich stille nur schnell meinen Hunger und laufe zurück. Danach führt der Rundgang weiter zum Lageristen-Eingang, welcher sich hinter der Cafeteria versteckt. Dieser ist durch eine Türklingel mit dem Telefon des Empfangs verbunden. So weiß Frau Biel immer, welche Ware kommt und welche direkt für sie ist. Ich folge ihren forschen Schritten.

„Der schnellste Weg führt an der Essensausgabe vorbei", plappert sie und eilt schnurstracks von ihrem Tresen durch die ungesicherte Tür rechts zur Cafeteria, um dahinter durch eine nicht versperrte Tür direkt in ein riesiges Lager zu gelangen. Ich schaue im letzten Flur genauer hin: Es gibt vier Türen, die von eben, nicht verschlossen und zwei weitere Transponder gesichert. Dort versuche ich, später einmal allein hinzugelangen. Im Lagerraum gibt sie am Rolltor einen vierstelligen Zahlencode ein und öffnet per Knopfdruck das Tor. 4477. Ich glaube, sie hat nicht damit gerechnet, dass ich ihr direkt über die Schulter schaue.

Dahinter steht ein Transporter mit einem wartenden Lieferanten, der ihr drei Kartons mit einer Verladehilfe direkt vor die Füße schiebt. Eine Unterschrift und ein kühles ‚auf Wiedersehen' später, weist sie mich an, ihr beim Einräumen der Ware zu helfen. Ich schaue unauffällig umher und versuche, die Details in meinem Kopf zu speichern.

Die neue Ware beinhaltet Druckerpapier, Druckerpatronen, Aktenordner und eine Lieferung einer Zoohandlung, die mich direkt nervös werden lässt. Ich beobachte Frau Biel genau. Wie sie die

106

Ware kontrolliert, wo sie diese hinstellt und was dort im Regal so liegt. Im vorderen Teil des Raumes lagert allerhand Kleintierbedarf. Außerdem Käfige, so etwas wie Katzenstreu, Hamster-Trinkflaschen und kleine Näpfe. Im hinteren Teil liegen die Materialien für den Bürobedarf. In der Mitte gegenüber stehen elektronische und technische Geräte, Laborstative sowie eingeschweißte medizinische Substanzen, Flaschen mit Flüssigkeiten, ein Hubwagen und Paletten voller Kartons. Alles ordentlich sortiert und akkurat eingeräumt.

Frau Biel sammelt die Lieferscheine zusammen und läuft zurück. Am Empfang täusche ich vor, die Toilette nutzen zu müssen, und notiere mir dort heimlich Stichpunkte sowie den Zahlencode, bevor ich etwas Wichtiges vergesse. Ich verzeichne zwei weitere Räume, ungesicherte Türen und ein unüberwindbares, verschlossenes Fenster auf einem Zettel.

Zurück am Empfang zeigt sie mir das Computersystem, mit dem sie arbeitet, wie sie die Termine einträgt und wo sich die Ablagen und Hefter stapeln. Wie man sich ordentlich am Telefon meldet, wie man fremde Erwachsene anspricht, falls Sponsoren kommen und wo ich sie in der Cafeteria zum Warten platziere. Sie lässt mich für eine halbe Stunde allein, um Papierkram zu erledigen, und weist mich mit einem Lächeln an, die Stellung zu halten. Ich stehe etwas verloren im Raum und blicke mich um.

Keine fünf Minuten später bekommen wir zwei Gäste. Die Männer werden von der Security zur Tür begleitet und laufen schnurstracks auf den Tresen zu. Vor Schreck halte ich die Luft an, stammele verwirrt und verschlucke mich fast. Ich erkenne einen davon sofort.

„Guten Tag die Herren", begrüße ich möglichst neutral den Tierarzt und nicke dem anderen Mann freundlich zu. Nervös halte ich mich am Tisch fest und blicke aufgeregt zur Tür, Frau Biel ist hoffentlich gleich wieder hier. Ich reiße mich zusammen und bin froh, dass sie eben ausreichend Anweisungen gab, wie man sich bei Besuchern und Gästen verhalten sollte. Ich setze ein Lächeln auf und sage: „Sie können gerne einen Moment in der Cafeteria Platz nehmen. Ich werde sofort ausrichten, dass sie da sind." Ich laufe voraus und öffne den Herrschaften die Tür, danach biete ich ihnen unbeholfen einen Platz an.

„Danke, junge Dame", sagt der zweite Herr freundlich und wendet sich routiniert dem Küchenpersonal mit einem peaceartigen Handzeichen zu, was die Bestellung für zwei Kaffee bedeutet. Mein Blick bleibt an ihrem Kragen hängen und da ist sie wieder: die Muschel-Brosche! Zielstrebig haste ich zurück zum Empfang und schaue auf die Kurzwahltaste des Telefons. Unter der 41 ist Herr Dr. Biel gespeichert und nach kurzem Zögern drücke ich unaufgefordert die Zahlen und den grünen Hörer. Es braucht nur wenig Klingeltöne, bis mein gewünschter Gesprächspartner abnimmt. „Büro Dr. Biel, was kann ich für sie tun?"

„Frau Biel, ich bin es, Clementine. Es sind zwei Herren gekommen, Dr. Reutinger und ein anderer. Sie warten in der Cafeteria auf sie", berichte ich nervös.

„Oh Gott, Clementine, vielen Dank, Dr. Reutinger und Dr. Franz. Den Termin habe ich vergessen einzutragen. Wir sind sofort da." Ich nicke bestätigend, ohne dass es jemand wahrnimmt und lege den Hörer wieder auf. Keine fünf Minuten später kommen alle vier aus der Cafeteria, plaudern unbefangen miteinander und verabschieden sich lächelnd von Frau Biel. Nachdem sie das Gebäude verlassen haben, hole ich wieder Luft. Der Tierarzt hat mich nicht erkannt und ich blieb weitestgehend unauffällig. Das laute Aussprechen seines Namens vor ihm hätte mir sicher Ärger eingebracht.

Der Zeiger auf der Wanduhr zeigt 14.05 Uhr und Frau Biel bedankt sich für meine Flexibilität. Sie entlässt mich mit einem freundlichen Lächeln in den Feierabend und widmet sich einer neuen Tätigkeit.

„Dann bis morgen, Frau Biel, und einen schönen Tag." Ich verabschiede mich höflich, bevor ich mir meinen Rucksack und meine Jacke schnappe und zur Bushaltestelle eile. Der Tag verging wie im Flug und war besser als erwartet, dennoch hatte ich mir mehr erhofft.

Fünfzig Minuten später komme ich zu Hause an und halte den Notizzettel in der Hand bereit, auf dem ich Herrn Dr. Franz hinzugefügt habe. Carlos wartet in der Küche und sitzt hungrig neben dem Kühlschrank. Sein Blick zeigt Erleichterung und wir fallen uns direkt in die Arme. Ich hebe ihn auf die Küchenanrichte, drücke ihm den Zettel in die Hand, öffne den Lebensmittelschrank und plappere alles aus; vom Betreten bis zum Verlassen des Gebäudes, jeden einzelnen Schritt erwähne ich, um ja nichts auszulassen. In derselben Zeit habe ich frische Orangen zu zwei Säften gepresst und drei mit Käse überbackene Toast und Apfelspalten zubereitet. Das laute Bauchgrummeln von Carlos zeigt mir, dass seine Geduld am Ende ist. So schnappe ich mir die Teller und Gläser, wandere ins Wohnzimmer und schalte den Fernseher an. Erst danach sind wir bereit, die wichtigsten Informationen herauszufiltern.

Carlos teilt mir mit, dass seine Schwester heute Mittag wieder draußen in dem kleinen Freigehege war und immer von ein und demselben Studenten begleitet wird. Dieser trägt blondes Haar und einen Pferdeschwanz. Er soll sich gut um sie kümmern und stets freundlich sein. Zumindest entdeckte sein gefiederter Freund bisher keine negativen Stimmungen. Die kommenden Tage werde ich gezielt Ausschau nach ihm halten. Auch wenn das nicht ausreicht, scheint Carlos besänftigt, zumindest glätten sich seine Sorgenfalten für den heutigen Tag.

Die weiteren Stunden verbringen wir damit, eine Serie zu schauen und schreiben uns hin und wieder Fragen auf, die wichtig genug erscheinen. Unsere Karte zeichnen wir später am Abend weiter und die Notizen durchforsten wir morgen nach Herrn Dr. Franz.

Der Tag verging schnell und ich bin froh über den seichten Einstieg, dennoch war es nervenaufreibend und informationsreich. Ich lief den ganzen Tag mit hochrotem Kopf umher und versuchte, nicht aufzufallen. Bisher werde ich logischerweise von internen Angelegenheiten ferngehalten und selbst wenn der Moment gekommen ist, habe ich eine Verschwiegenheitserklärung unterschrieben. Deshalb heißt es stillschweigen und abwarten.

Heute schaffe ich es, mich zeitiger ins Bett zu legen, um mal wieder ausgiebig in meinem Buch zu lesen. Frei von sorgenvollen Gedanken, in ein anderes Leben schlüpfen und neue Menschen kennenlernen, ohne ihnen zu begegnen, beruhigt meine Seele und lässt mich den eigenen Problemen einen Moment lang entfliehen. Die Geschichte des Jungen, der aus der Not heraus unsterblich wird und somit seinem Freund das Leben rettet, eröffnet mir eine fantasie- und einfallsreiche erfundene Welt. Wie hypnotisiert folge ich den fesselnden Zeilen bis in den Schlaf hinein, während Carlos an meiner Seite ruht.

ELF

Frau Biel sitzt heute zerknautscht mit einem großen Kaffee in der Hand am Computer und sieht müder aus, als ich mich fühle. Um warm zu werden, wühlen wir uns erst einmal durch die Rechnungen und kopieren allerhand Lernaufgaben für die Studenten. Zwei Kaffee und drei Telefonate später sieht Frau Biel wieder wie das blühende Leben aus und teilt mir mit, dass wir gleich die reparierten Geräte vom Hausmeister holen und zurück auf Station bringen.

Mit einem freundlichen „Ich helfe gern" springe ich auf und laufe schnurstracks den Flur entlang, an den Büros vorbei und bleibe vor der verschlossenen Tür stehen. Frau Biel schnappt sich ihren Transponder und macht damit den Weg zur Museumshalle frei. Wir treten in den Flur mit den zwei gesicherten und den offenen Türen.

Hier war ich schon einmal und bin gespannt, was mich heute erwartet. Die erste Tür passieren wir und stehen gegenüber des Lagerraumes, links weg liegt die zweite und bedarf ebenfalls diesen elektronischen Schlüssel. Meine Gedanken kreisen. *Wie gelange ich vertrauenswürdig an einen Transponder, um mich hier frei zu bewegen?*

Wir betreten erneut einen Flur, hinter dem sich eine ungesicherte Tür mit der Aufschrift Werkstatt befindet. Am Ende des Ganges, eine weitere gesicherte Tür und darüber thront eine schwarze Kamera, die mich direkt anzuvisieren scheint. Bisher sind mir nur die Kameras am Eingang und die, die auf das Rolltor im Lagerraum zeigen, aufgefallen.

Frau Biel betritt, ohne zu klopfen, die Werkstatt und ich folge ihr unaufgefordert. Dort sitzt ein älterer, hagerer Mann mit einer Maske auf dem Kopf und schweißt an einem Metallstück herum. Hier sieht es aus wie in einer Autowerkstatt. Neonröhren, ein zu kleines Fenster, welches offen steht und krampfhaft versucht, Luft hereinzulassen. Allerlei Werkzeuge und Materialien wie Holz, Blech und Glasscheiben stehen verstreut und weisen kein System auf.

Der hagere Mann schaut nur kurz auf, ohne die Maske abzusetzen, und zeigt auf einen Schreibtisch, auf dem zwei Kartons stehen. Frau Biel signalisiert mir mit einem Blick zum Tisch und einem Schulterzucken, einen davon zu schnappen und wir verlassen wortlos den Raum. Ich folge ihr zur Tür unter der Kamera, werde von leisem Vogelgezwitscher abgelenkt und schaue verwirrt umher.

„Hinter dieser Wand ist das Außengehege", informiert sie mich mit gerunzelter Stirn. Das letzte Mal habe ich hier keine Geräusche vernommen. Ich nicke ihren Hinweis mit einem desinteressierten „ach so" ab und versuche, einen gleichgültigen Blick aufzulegen.

Die nächste Tür öffnet sich mit einem leisen Klicken und Frau Biel bleibt genau dazwischen stehen, unerwartet und mit einem ernsten Blick wendet sie sich mir zu.

„Clementine, du hast dich ja für das Praktikum beworben, um eventuell eine Ausbildung beziehungsweise ein Studium anzufangen." Ihrer Reaktion zufolge erwartet mich hinter dieser Tür genau das, was wir suchen, oder sie ist heute übervorsichtig. Ich antworte schnell mit einer Gegenfrage, die mein Interesse bestätigt, doch wechsele nervös von einem Fuß auf den anderen.

„Ja, das stimmt. Eine Ausbildung als biologisch-technischer Assistent oder ein Studium für Biotechnologie. Mich interessieren die Fachrichtungen Immunologie oder molekulare Genetik. Was meinen Sie?" Ihr genügt es, dass ich sie nach ihrem Rat frage, und schiebt die Tür mit ihrer Hüfte weiter auf. Diese schließt sich hinter uns und Frau Biel schaut mich ernst an. Der Raum wird kühler und die Atmosphäre verändert sich. Die Situation wirkt unangenehm und Unbehagen macht sich in mir breit.

„Du hast deinen Vertrag gründlich durchgelesen und bist sicher auf einige Klauseln gestoßen, die Fragen aufwerfen. Du bekommst interne Eindrücke und Informationen, für die du eine Verschwiegenheitsklausel unterschrieben hast. Alle Themenbereiche und Experimente, die du hier findest, haben jahrelange Versuchsreihen hinter sich und einen hohen Stellenwert in der Forschung." Ich setze ein leichtes, bestätigendes Lächeln auf. Doch ich habe den Vertrag nicht sorgfältig gelesen. Irgendwie habe ich das Mama überlassen und jetzt wird mir auch klar, warum sie so unzufrieden reagiert hat.

„Ich verbringe eine Menge Zeit in der Bibliothek und im Internet und habe einen Einser-Durchschnitt. Mir ist durchaus bewusst, dass man, um an seine Ziele zu kommen, Opfer bringen muss. Emotional und gesellschaftlich." Mit dieser Antwort hat sie nicht gerechnet.

Ich hoffe nur, dass sie mein Herz nicht schlagen hört, denn es droht aus der Brust zu springen. Einen ähnlichen Satz las ich im Internet und bin froh, dass ich eben Teile der Worte, zu meinem Vorteil nutzen konnte. Das Thema ist nun erledigt. Wortlos wenden wir uns und ich schaue mich erstmals um.

Links gibt es einen größeren Raum, in dem der Inhalt durch eine Scheibe sichtbar wird. Hohe und kleine Käfige aus Metall und Glas, die teils mit einem Tuch behangen oder leer sind. Vereinzelt erblicke ich ein paar weiße Mäuse, die getrennt voneinander eingesperrt sind. Rechts von uns erstreckt sich ein langer Gang, der zu einzelnen festen Kabinen führt, die alle gleich ausgestattet sind und hinten an der Wand per Kamera überwacht werden. Wir begeben uns zur Letzten und stellen die Kartons ab. Dort sitzt zu meiner Überraschung ein Student und tippt etwas in einen Laptop ein. Ungewiss ob er unser Gespräch hörte, mache ich mich bemerkbar.

„Hallo. Ist das eine Destillationsanlage oder eine Zentrifuge?", frage ich ihn und zeige auf eines der Geräte, die wir zurückbrachten.

„Hallo. Oh nein, das ist ein Rotationsverdampfer", antwortet er mit einem Lächeln und folgt unbeeindruckt seiner Arbeit.

„Das ist Clementine, unsere Praktikantin. Sie interessiert sich für ein Studium. Das ist Herr Franz. Er ist im vierten Semester und absolviert den Lernbereich funktionale Biochemie", stellt Frau Biel uns gegenseitig vor.

„Nenn mich Christian, Herr Franz ist mein Vater. Den hast du sicher schon kennengelernt." Er schüttelt mir freundlich die Hand.

„Wir stören nicht weiter." Frau Biel wendet sich ab und läuft zum Büro zurück. Nickend folge ich ihr, aber extra langsam, um wiederholt einen Blick in den, durch eine Glasscheibe abgegrenzten ‚Käfigraum' zu werfen. Bei einer zugedeckten Box fällt mir etwas Fellartiges auf, das zwischen den Stäben hindurch lugt. Schnell versuche ich, per Gedanken die Seelenhündin zu rufen, doch es funktioniert leider nicht. Ich brauche dringend die Toilette, um Notizen zu schreiben. Ich fühle mich ihr nahe und habe dennoch keine Ahnung, wo sie ist.

Um 11.30 Uhr nutze ich meine Pause und begebe mich allein in die Cafeteria. Dort greife ich hungrig ein großes Stück Kartoffelgratin und hole mir eine Tasse Tee. Ich nehme an einem freien Tisch in der hintersten Ecke Platz und beobachte die Studenten.

Aus dem Flur neben dem Lagerraum kommen weitere und ich entdecke den jungen Mann von eben. Christian Franz und wie ich ihn so ansehe, fällt es mir ein. Na klar hab ich seinen Vater kennengelernt; der Herr von gestern, der mit dem Tierarzt kam. Herr Franz gehört also zur Organisation. Dann passe ich bei Christian lieber auf und bin gleichzeitig an der richtigen Adresse. Mein Blick wandert zu seiner Begleitung, ein junger blonder Mann mit einem Zopf. *Bingo!*

Alle Tische sind belegt, außer der, an dem ich sitze. Beide schauen sich suchend nach einem Sitzplatz um und ich winke ihnen deshalb helfend zu. Christian erkennt mich und steuert zielstrebig zum Tisch, um mit seinem Begleiter neben mir Platz zu nehmen.

„Hallo Clementine, so schnell sieht man sich wieder. Das ist Marc, wir sind im selben Semester", stellt uns Christian vor. Der junge Mann nickt mir, ohne ein Wort zu sagen, zu und widmet sich unbeeindruckt seinem Mittagessen. Zehn Minuten Pause bleiben mir übrig und ich überlege daher, wie ich am besten ein Gespräch anfangen kann. „Christian, als was arbeitet dein Vater hier? Ich habe ihn gestern kurz in Begleitung gesehen." Ich täusche Interesse vor, um eine Unterhaltung aufzunehmen.

„Er arbeitet nicht hier, er ist der Leiter der Universität. Hier schlägt er nur auf, um Herrn Biel zum Golfen abzuholen", erklärt er locker schmatzend.

„Ah, dann gehört Herr Reutinger zu den Golfprofis, wie dein Vater", stelle ich fest, und Christian bestätigt es redselig.

„Ja, die drei haben zusammen studiert und sind, obwohl jeder einen anderen Weg eingeschlagen hat, noch immer unzertrennlich." Marc hat bisher kein Wort gesagt und ich schaue ihn auffordernd an.

„Na, schmeckt's?", frage ich belanglos und bekomme nur ein kurzes Nicken.

„Er redet nicht so gern, zumindest nicht mit Menschen", erklärt Christian mit einem Blick zu seinem Sitznachbarn und stößt ihm freundschaftlich mit seinem Ellenbogen gegen den Arm. So richtig geschickt war mein erster Versuch nicht. Die Pause ist zu Ende und ich greife nach dem Tablett, dabei schaue ich Marc tief in die Augen und sage: „Tiere sind eh die besseren Zuhörer" und nicke ihm leicht zu, um meine positive Verbindung zu signalisieren. Ich verabschiede mich mit einem Winken und werde hoffentlich morgen eine weitere Gelegenheit haben, die zwei auszufragen.

Frau Biel hat innerhalb der nächsten Stunde eine Besprechung und so halte ich wieder die Stellung am Empfang. Meine Gedanken schweifen zurück in die Cafeteria. Die Situation war mir ein bisschen unangenehm. Die zwei Jungs sind beide sehr hübsch und mir sind die Blicke der anderen Frauen nicht entgangen. Es gibt nicht viele Studentinnen am Institut, daher fällt ihre Anwesenheit direkt auf.

Das Ganze hat ein bisschen was von einer Highschool. Christian ist der Footballprofi und Marc sein bester Kumpel seit der Grundschulzeit. Beide sportlich und modern, ein Lächeln zum Dahinschmelzen. Doch vom Charakter könnten sie unterschiedlicher nicht sein. Was ist nur heute mit mir los? Ich sollte mich konzentrieren.

Um mir die Zeit zu vertreiben, durchforste ich den digitalen Terminkalender und entdecke bei Herrn Dr. Biel, außer dass er Montag- und Freitagnachmittag zum Golfen verabredet ist, den Donnerstagabend. Dieser ist immer mit dem Hinweis ‚Versammlung‘ geblockt.

Nach dem Meeting überträgt Frau Biel die Stichpunkte der Besprechung auf den Computer und druckt diese in zweifacher Ausführung aus. Dabei meldet der Drucker, dass eine Patrone leer ist, und wehrt sich vehement, seine Arbeit zu beenden.

„Soll ich schnell eine neue Farbpatrone aus dem Lager holen, Frau Biel?" Mein Blick zielt auf die Wanduhr. Der Zeiger steht schon kurz vor 14 Uhr. Ich signalisiere ihr, dass ich den Weg gerne für sie aufnehme und laufe los. Ich wähle den Gang durch die Cafeteria, welche zu der Zeit recht leer ist. Ich blicke mich nervös um und versuche, nicht zu schnell oder hastig zu laufen. Ich gehe durch die zwei nicht gesicherten Türen direkt in das Lager, schnappe mir dort die Druckerpatrone und überbringe diese keine fünf Minuten später wieder Frau Biel.

Wir wechseln die neue Patrone gemeinsam aus, bevor sie mich mit einem Lächeln und dankbar in den Feierabend verabschiedet.

Eine Stunde später bin ich, mit einem kurzen Zwischenstopp, zu Hause und heilfroh, dass der Tag so mühelos verlief. Carlos wartet wieder schaukelnd an der Efeutute und ich habe zur Feier des Tages meinen Lieblingskuchen mitgebracht. Der kurze Abstecher tat gut, denn ich war tagsüber nervöser, als ich zugeben mag. Der Spaziergang zur Bäckerei gab mir eine hilfreiche Auszeit vom Alltag.

Wir verkrümeln uns direkt hoch in mein Zimmer, da Mama heute schon ab Nachmittag daheim ist. Ich zeige Carlos meinen Schmierzettel und er zeigt mir einen Zeitungsartikel, in dem er den Namen Herr Franz samt Bild entdeckte. Darin wurde er für 20 Jahre Lehramt an der Universität zum Ehrenmitglied ausgezeichnet. Ich erzähle ihm alle Einzelheiten zu dessen Sohn und seinem Begleiter. Was ich gehört und gesehen habe und dass ich glaube, dass ich die kleine Hündin in einem Käfig entdeckt habe. Mit großen Augen und einem breiten Lächeln lauscht er meinen Worten.

„Ich habe etwas Schwarzes gesehen, ein Stück Fell oder ein anderes Tier. Und den jungen Mann, der sie nach draußen begleitet. Aber der ist still. Meinst du deine Schwester kommuniziert mit ihm?", frage ich und bin mir nicht sicher, ob das gut oder schlecht für sie ist. Ich kann mir nicht vorstellen, dass sie da überhaupt jemandem vertraut, meine Frage bleibt daher unbeantwortet.

Nenn sie Aria. Ein Name, den sie einst von einem Menschenfreund erhielt. Carlos wirft das beiläufig ein und berichtet in Erfahrung gebracht zu haben, dass seine Schwester immer von 11-11.30 Uhr draußen ist.

„Das haut hin. Um 11.45 Uhr sind die beiden in die Cafeteria gekommen, dann lässt er sie vor seiner Pause raus." Das heißt, ich habe ein kleines Zeitfenster und brauche nur einen Vorwand und einen Transponder, um nach hinten zu gelangen. Vor lauter Grübeln habe ich Mama gar nicht gehört, die genau in dem Moment meine Zimmertür öffnet und mich verwirrt anschaut.

„Mit wem sprichst du?", fragt sie und hält die Tür dabei offen. Carlos sitzt direkt hinter mir und ist zur Salzsäule erstarrt. „Ich habe nur laut gedacht", presse ich zwischen meinen Zähnen hervor und warte darauf, dass sie mir sagt, was sie von mir wünscht. „Ich habe dich gerufen, aber du hast nicht reagiert. Wir sollten gleich los", tadelt Mama mich.

„Gleich los? Wohin?", frage ich verwirrt und packe die vor mir liegenden Notizen zusammen.

„Na, der Geburtstag von Tante Hilde. Zieh dir schnell was Schickes an. Ich warte im Auto auf dich." Das habe ich total vergessen und wenig Lust darauf.

Tante Hilde ist die Halbschwester meines Vaters. Sie und Papa haben sich nie besonders gut vertragen und irgendwann ist Mama anstelle von Papa zu ihren Geburtstagsfeiern gegangen. Mama hat das gern gemacht. Tante Hilde hat mal gesagt, sie sei ihre Schwester in spe. Ich bin mir sicher, dass die zwei auch heute wieder viel miteinander lachen werden und das ist in Ordnung. Nur ich habe wenig bis gar nichts davon.

Ich eile zum Kleiderschrank und suche ein schickes, blumiges Kleid heraus, das dem Anlass entspricht. Ich streife es mir eilig über und gebe Carlos zum Abschied einen Kuss. Der Kleine atmet erleichtert aus, widmet sich wieder dem Kuchen und nutzt die Zeit, um die Karte zu erweitern. Wenn uns mehr einfällt, sprechen wir sicher später darüber.

Es ist 23 Uhr, als wir wieder zu Hause ankommen. Der Abend verlief genau so, wie ich es mir dachte: Ich war die Einzige in meinem Alter, saß die ganze Zeit allein am Tisch und es gab wenig Themen, bei denen ich mich einbringen konnte. Der Frage nach meinen Zukunftsplänen bin ich relativ erfolgreich aus dem Weg gegangen. Mama hat mal wieder ausgiebig gequatscht, das hat meine Laune zumindest nicht in den Keller rutschen lassen, doch länger wäre ich nicht geblieben.

Müde tragen mich meine Beine nach oben. Wie in Trance öffne

ich die Tür und schaue mir an, was Carlos auf der Karte eingezeichnet hat. Sie liegt direkt vor mir und ich muss drübersteigen, um in das Zimmer zu gelangen. Die Notizen liegen wieder wild verstreut auf dem Boden. Wir sind schon ein gutes Team.

Ich bin überrascht, wie er mich aus meiner Komfortzone herausholt. Wusste gar nicht, dass ich so mutig, kommunikativ und flexibel bin. Aber zeitgleich bin ich überrumpelt von den Notlügen, die mir so leicht über die Lippen kommen. Dennoch bin ich froh, dass er mich gefunden hat.

ZWÖLF

Diesmal ruhe ich wie ein Stein. Carlos liegt schlafend auf dem Boden. Er ist total zerzaust und verschwitzt. Sein Fell hängt in Strähnchen herab. Sein kleines Näschen ist rau und trocken, er hat sichtlich lebendig geträumt. Es ist weit vor dem Klingeln des Weckers und draußen dunkel. Ich schnappe mir den Winzling, verziehe mich leise in das Badezimmer und lasse das Waschbecken vollaufen, um ihn zu baden. Durch das Umherstreifen und die jetzt klammen Haare, wirkt sein Fell leicht vergilbt und etwas veraltet. Sobald ich den Kleinen in dem mit warmen Wasser befüllten Becken gebettet habe, schläft er auf dem Rücken liegend wieder ein und genießt das warme Nass auf seiner Haut.

Ich beobachte ihn eine Weile. Seine winzig kleinen, angezogenen Pfötchen. Sein Fell wie es an der Wasseroberfläche schwimmt. Im Wasser wirkt er noch graziler, man erkennt deutlich seinen schlanken Körperbau. So schmal und zerbrechlich. Ein kleines Wesen, das große Verantwortung trägt und viel älter ist, als sein Aussehen verrät.

Er kommt schon zurecht, denke ich mir und steuere die Küche an. Auch wenn das Abendessen gestern bei Tante Hilde reichlich und lecker war, werde ich es ohne Snack nicht bis zur Mittagspause schaffen. Doch eine Stulle für unterwegs tut es auch.

Ich lege gerade das Brotmesser in die Spülmaschine, da höre ich den Wecker klingeln und haste nach oben in mein Zimmer, damit Mama nicht deswegen erwacht. Ich ärgere mich über mich selbst und lausche ganz außer Atem der Umgebung. Ich glaube, sie hat nichts mitbekommen, doch sicher bin ich mir nicht. Auf Zehenspitzen laufe ich die Treppe nach unten zu ihrer Zimmertür und vergewissere mich erneut. Es beruhigt mich, sie nicht geweckt zu haben und ich statte Carlos einen Besuch ab.

Er sitzt auf dem Badezimmerteppich auf einem Handtuch und wälzt sich darin herum, um sich zu trocknen. „Besser?", frage ich erwartungsvoll.

Besser, antwortet er und sieht wieder wie gebügelt aus. Mit einem kleinen Kuss auf sein Köpfchen verabschiede ich mich bei ihm.

Überpünktlich trete ich meinen dritten Praktikumstag an und bekomme neue Aufgaben zugewiesen. Da ich mich in den ersten Tagen so zuverlässig bewährt habe, händigt Frau Biel mir einen Gasttransponder aus. Diesen überreicht sie feierlich und lässt mich dafür in einer Tabelle unterschreiben. Folgend hält sie mir einen Vortrag, wie man damit umzugehen hat. Es fällt mir nicht gerade leicht, die Freude darüber zu verbergen, doch ich schwöre mir, diese Rechte beizubehalten, solange es nötig ist, um unser Projekt nicht zu gefährden. Dafür sind wir schon zu nah dran.

Danach weist mich Frau Biel einem Labormitarbeiter zu, um in den Test-Kabinen eine Inventur der Materialien durchzuführen. Ich soll ihn um 10 Uhr treffen und betrete pünktlich den Weg dorthin. Diesmal brauche ich keinen Aufpasser. Selbstständig trete ich mit dem Transponder durch die gesicherten Türen, benutze den kleinen runden Chip jedoch erst einmal etwas unbeholfen. Den Weg kenne ich genau und stehe wenige Minuten später, mit ein paar ungeduldigen Fehlversuchen, vor dem Glasfenster bei den Kabinen. Der Mitarbeiter ist nicht da und ich habe Zeit, mich in den Räumen umzusehen. Vor der Glasscheibe stehend beobachte ich den Käfig von gestern, an dem sich nichts verändert zu haben scheint.

„Aria?", flüstere ich ihren Namen und wende meine Gedanken angestrengt an sie. Ich versuche, nicht allzu auffällig zu wirken, weil ich vermute, dass uns auf der Kamera jemand beobachtet. Die Hände hinter meinem Rücken verschränkt, schaue ich gelangweilt umher.

„Aria?", sage ich lauter, möglichst ohne die Lippen zu bewegen. „Aria!" Ich verstumme, als sich in dem Käfig etwas bewegt. Ihr buschiger schwarzer Schwanz schiebt sich durch die Gitterstäbe und wedelt leicht hin und her. Es muss Carlos' Schwester sein, denn kein anderes Tier hätte diese Größe und Schwanzstruktur. „Aria, dein Bruder schickt mich." Ich schiebe eine Hand über meinen Mund, um die Lautstärke zu dämpfen. Aus dem seitlichen Blickwinkel beobachte ich, wie sich ihre kleinen Pfötchen durch die Stäbe schieben und sich festklammern. Mein Herz pocht wie wild. *Da ist sie!* Ich hoffe, sie hat mich gehört. Jetzt nur nicht auffallen. Schnell drehe ich den Oberkörper weg, um mich mit was Unauffälligerem zu beschäftigen. Prompt öffnet sich die Tür und der mir zugewiesene Mitarbeiter kommt herein. Ich schaue verdutzt in sein Gesicht. Er bleibt abrupt stehen und einen Moment lang herrscht Stille. Denn vor mir steht Marc.

„Oh", ist das Einzige, was er sagt, ehe er an mir vorbeiläuft. Mit einem Klemmbrett in der Hand begibt er sich zur hintersten Kabine, um dort seine Arbeit aufzunehmen.

„Schön dich zu sehen." Ich rolle trotzig die Augen und folge ihm in den hinteren Raum.

Marc checkt das Inventar, hakt seine Liste ab und lässt mich die einzeln eingepackten Materialien wie Nadeln, Tupfer-Packs, Wattestäbchen und Teststreifen zählen. Er redet nur das Nötigste mit mir. In jeder Kabine wiederholt sich der Ablauf, doch seine Worte schwinden. Ich fühle mich wie bei einer Strafarbeit.

Meine Augen schielen bei jedem Abteilwechsel zu dem Raum, in dem die Käfige stehen. Beiläufig stelle ich Fragen zu den einzelnen Gerätschaften, ohne ihn zu überstrapazieren, doch hänge gespannt an seinen Lippen. Hin und wieder wirft er ihr selbst einen Blick zu, aber seine Gedanken bleiben für mich verschlossen.

„Ob sie wissen, dass sie einen großen Teil zu unserer Wissenschaft beitragen?", versuche ich ihn, mit einem ebenfalls aus dem Internet geklauten Text, aus der Reserve zu locken. Verdutzt schaut er mich an und schüttelt verneinend den Kopf. Da wir hier fertig sind, verweile ich erneut vor der Scheibe und schaue mich darin um.

„Ich würde gerne verstehen, was sie denken, um es ihnen annehmlicher zu gestalten", flüstere ich fast schon traurig. Der kahle Raum und die Kälte, die er ausstrahlt, wirken deprimierend. Marc tritt einen Schritt näher und schaut ebenfalls hinein. Dieser Anblick gehört zu seinem Alltag.

„Könnten wir. Wenn wir genau hinhören und ihre Körpersprache erlernen. Nur nimmt sich keiner die Zeit." Jetzt starre ich verdutzt. So viele Wörter aus seinem Mund und alle sprechen die Wahrheit. „Du tust es", stelle ich fest und fahre im Flüsterton fort. „Einer muss den Anfang machen."

Sein Blick auf die Uhr und die Hand am Türgriff signalisieren mir, dass es Zeit wird zu gehen. Er hat weitere Aufgaben zu erledigen und ich bin keine davon.

„Ich muss ins Freigehege, da hat niemand Zutritt." Er nickt mir zu und huscht hinein.

„Ich hab gleich Pause und bleibe kurz stehen?", rufe ich vorsichtig hinterher und hoffe, einen Blick auf Aria werfen zu können. Seine misstrauische Miene zeigt mir klar, was er davon hält. Selbst im Inneren des ‚Glasraumes' erkenne ich seine gekräuselten Stirnfalten, doch er tut mir den Gefallen. Meine Arme hinter dem Rücken verschränkt, versuche ich mir nichts anmerken zu lassen.

Marc greift nach einer Art Hundegeschirr, das aussieht wie ein doppeltes Halsband. Er öffnet ihre Käfigtür und legt es ihr behutsam an. Eine schmale Leine verschafft kurzweilig etwas Bewegungsfreiheit. Ich beobachte jede seiner zarten Regungen, bis Aria aus dem Käfig auf seinen Arm krabbelt. Ein schwarzes, rot schimmerndes Knäuel schaut mir tief in die Augen. Mit offenem Mund und verdutztem Blick starre ich zurück. Ihre elegante Haltung, glänzendes Fell und feminine, lange Wimpern klimpern in mich an. So graziös und voller Anmut, ihr Anblick lässt mich staunen. Abgelenkt werde ich nur von einem Verband an ihrer Pfote. Eine Verletzung, deren Grund ich nicht erahnen kann.

Marc streichelt sie sanft und signalisiert mir mit einem Nicken, dass es Zeit wird zu verschwinden. Ich bin dankbar für seine Geduld und die Begegnung, die er eben ermöglichte. Nachdenklich schlendere ich in die Cafeteria und halte ihn nicht unnötig auf. Jede Minute, die er jetzt mit mir verplempert, fehlt ihm für die Hündin. Und das liegt nicht in meinem Interesse – er kommt sicher gleich nach. Vor lauter Aufregung bekomme ich keinen Bissen herunter und nippe abwesend an einem Cappuccino. Das vierte Semester hat ebenfalls Pause, doch Christian kommt allein. Grußlos setzt er sich zu mir an den Tisch. Ich mustere verwundert den leeren Platz neben ihm und blicke mich um.

„Der ist lieber bei den Objekten", schnauft er verächtlich und mit vollem Mund. Mit dieser Reaktion habe ich nicht gerechnet und verharre einen Moment. *So einer bist du also*, schwirrt mir die Feststellung durch den Kopf. *Das sind Lebewesen*, brülle ich ihm gedanklich entgegen, doch besinne mich wieder meiner Vernunft. Die Begegnung mit der Kleinen hat mich sentimental werden lassen. *Ruhig bleiben und durchatmen*, rede ich mir ein. *Den kenne ich doch kaum. Eine unüberlegte Aussage macht nicht gleich ein Monster aus ihm.* Auch wenn ein bescheidener Tag ihn dazu ebenso nicht berechtigen würde.

„Bist du morgen auf dieser Versammlung?", frage ich nebenbei und unterbreche bewusst seinen nächsten Bissen.

„Woher weißt du davon?", hakt er mit lauter Stimme nach und legt sein Sandwich vor Schreck zurück.

124

„Habe Leute drüber reden hören, kein Grund zur Panik", beruhige ich ihn und beobachte sein Gesicht genau.

„Unter 18 kommst du da nicht ohne Begleitung rein." Er versucht, mich abzuwimmeln und reagiert fast schon kindisch. Doch das lasse ich mir nicht gefallen.

„Na wie gut, dass du dabei sein wirst", kontere ich wie aus der Pistole geschossen und zwinkere ihm verschwörerisch zu. „Den Rest besprechen wir morgen". Um eine weitere Antwort im Keim zu ersticken, greife ich blitzschnell mein Tablett und verschwinde.

Was war das denn eben? Haben wir uns auf dem falschen Fuß erwischt oder war das der erste Funke einer Abneigung? Bisher fand ich ihn echt nett beziehungsweise war der gestrige Eindruck recht sympathisch. Und was für eine große Klappe ich heute habe. Verwirrt von meiner eigenen Reaktion, schüttele ich meinen Kopf.

Zurück am Empfang ziehen sich die letzten Stunden wie Gummi und ich habe kaum etwas zu erledigen. Dokumente kopieren hier, Telefonate annehmen da. Ich sehne mich gelangweilt dem Feierabend entgegen, da kündigt die Security plötzlich drei Gäste an.

„Clementine, du weißt Bescheid." Frau Biel übergibt mir ihre Position und holt ihren Bruder aus seinem Büro. Ich begrüße die Männer im Anzug, bringe sie zur Kundenabholstation, wie ich es nenne, nehme ihre Getränkewünsche entgegen und serviere freundlich ihre Bestellungen. Fielen mir nicht gleich die Broschen an ihrem Kragen auf, hätten sie sich selbst bedienen können. Aber ich lasse mir keine Möglichkeit entgehen, etwas über sie zu erfahren. Ich stelle in dem Moment die dritte Tasse auf den Tisch, als das Geschwisterduo Biel, mit Marc im Schlepptau, zum Appell antritt. Es wird sich die Reihe um mit Handschlag freundlich begrüßt und dabei der Kaffee heiß hinuntergestürzt.

„Herrschaften, wären wir dann soweit?", hakt Herr Dr. Biel nach, was gleichzeitig die Aufforderung für Frau Biel ist, wieder an den

Empfang zu treten. Die Männer unterhalten sich auf dem Weg in das Labor, laufen an mir vorbei, doch ich bleibe wie angewurzelt stehen, als könne mein Schatten unauffällig hinterher schweben.

„Kann ich etwas für Sie tun?", fragt Herr Dr. Biel und schaut mich mit hochgezogenen Augenbrauen auffordernd an.

„Clementine könnte behilflich sein, Herr Dr. Biel." Marc schiebt sich dazwischen und wirkt selbst überrascht.

„Punkt 9 der Versuchsreihe beinhaltet den Reaktionsunterschied zwischen männlichen und weiblichen Bezugspersonen. Sie erinnern sich ja an den letzten Versuch", erklärt er geduldig und selbstbewusst. „Zeitmanagement und Bereitschaft stehen zur Verfügung. Frau Biel hat sicher nichts dagegen. Holen wir ihre Meinung ein?" Schulterzuckend schaut er in die Runde und geht damit sicher einen Schritt zu weit. Er hält dem empörten Blick von Dr. Biel stand, ohne mit der Wimper zu zucken.

„Das werde ich", presst dieser zwischen seinen Zähnen hervor und weist die Truppe an, das Feld zu räumen. Ich setze all meine Hoffnung auf Frau Biel, hoffentlich gibt sie ihr Einverständnis. Voller Zuversicht schließe ich mich den Männern an und laufe ihnen hinterher. Marc hingegen wirkt besorgt und ist sich seines Handelns nicht sicher.

Am ‚Käfigfenster' treffen sich alle wieder und Herr Dr. Biel nickt zustimmend in meine Richtung. Ich schließe für einen Moment erleichtert die Augen, denn in Gedanken malte ich mir schon ein Szenario aus, wie wir ihn überzeugen. Froh, nicht bettelnd vor ihm zu stehen, muss ich mich nun blind auf Marc verlassen. Die vier Männer reihen sich am Fenster auf und warten auf unsere Präsentation. Ich folge ihm völlig planlos und versuche, nicht in Panik auszubrechen.

Er reicht mir im Nebenraum ein paar Handschuhe und eine Schutzbrille und zeigt mir, wo der Verbandskasten steht. Er unterweist mich, egal was passiert, hier zu warten. Ich glaube mittlerweile, dass Aria nicht so nett wie ihr Bruder ist, aber als ihr Betreuer scheint er ihr zu vertrauen.

Wir schleichen leise in den Käfigraum und die Mäuse quieken, wie zur Fütterungszeit. Ich versuche, mich auf Aria zu konzentrieren und alles andere auszublenden. Marc nimmt das Tuch vom Käfig, um sie den Männern zu demonstrieren. Ich bin mir nicht sicher, ob der dunkle Baumwollstoff sie vor neugierigen Augenpaaren schützt oder andersherum. Zaghaft öffnet er das Tor, legt ihr stumm das Geschirr an und lässt sie auf seinen Arm hinauf krabbeln. Die Nähe zu ihr fühlt sich einerseits vertraut an, dennoch genieße ich einen gewissen Abstand. Sie zittert und versteckt sich schützend hinter seinem Ärmel. In meinen Gedanken spreche ich ihren Namen immer wieder aus, doch erkenne keine Regung.

Marc läuft zum Fenster und versucht, sie so zu positionieren, dass die Schlipsträger hinter der Scheibe sie begaffen können. Mir gefällt das gar nicht. Dr. Biel steht mit verschränkten Armen reglos auf der anderen Seite und beobachtet erhaben den Ablauf. Man präsentiert sie wie ein Ausstellungsstück und ich kann die Dollarzeichen in ihren Augen förmlich sehen.

Marc setzt die Hündin auf dem leeren Behandlungstisch ab und streichelt sanft über ihren Rücken. Ich stelle mir vor, wie sie kommunizieren und besprechen, was im folgenden Schritt passiert. Seine Hand winkt mich heran und greift nach meinem Handschuh, um ihn auszuziehen. Mit der anderen hält er das Halsband fest, um ihre Bewegung zu kontrollieren und zu verhindern, dass sie versucht zu fliehen. Er führt vorsichtig meine Finger an ihr Gesicht, um Aria meinen Körpergeruch anzubieten. Sie schaut mich direkt an, schnuppert zaghaft an den Fingerkuppen und blitzt bei der Berührung kaum merklich rot auf. Mir kam es vor wie ein Schatten. Es dauert nur eine Sekunde, doch das ganze Fell sträubt sich. Alle starren sich mit offenen Mündern an, nur Herr Dr. Biel lacht. Die Vorführung ist zu Ende, ohne dass ich begreife, was geschehen ist.

Es werden Hände geschüttelt und die Männer laufen gemeinsam zurück zum Eingang.

„Das hat sie bisher nur bei mir gezeigt. Frau Biel wurde gebissen und zwei, drei andere Studentinnen ebenso", erklärt er leise und krault sie beruhigend hinter dem Ohr.

„Was weißt du über sie?", hake ich vorsichtig nach und lasse Aria dabei nicht aus den Augen.

„Sie ist speziell, wie du gesehen hast. Sie sieht aus wie ein Hund, ist aber kein gewöhnlicher. Sie ist leicht wie eine Feder und robust wie ein Stein. Wir untersuchen ihr Blut und das ist genauso eindrucksvoll. Ihr Fell ist widerstandsfähiger als Elefantenhaut und in ihrem Speichel wurde eine Art der Bromelaine entdeckt, die wundheilend wirkt und bisher nur aus Pflanzen gewonnen wurde. Herr Dr. Biel meint, wenn wir ihre DNA knacken, besiegen wir unter Umständen den Krebs." Er rechtfertigt sich durch das Wiederholen der bitteren Worte.

„Ihre DNA knacken?", frage ich sichtlich verwirrt und versuche, meinen Gedanken keinen großen Spielraum zu bieten. Aria drückt ihr Köpfchen gegen seine Hand und genießt seine Berührungen. Ihm entgeht ihre Zuneigung ebenso nicht. Ich kann mir vorstellen, dass sie ihm hilft, sich zu entspannen.

„Sie in ihre einzelnen Bestandteile sequenzieren und so das Geheimnis zu entschlüsseln." Das klingt unkompliziert. Ich kann mir nicht vorstellen, dass das alles ist, und vergewissere mich der Information. „Und dazu braucht man nur ihr Blut?"

„Ja, das war aber gar nicht so leicht. Es benötigte drei Mitarbeiter und einen Narkosepfeil, um sie überhaupt zu fassen. Sie wehrte sich mit aller Kraft. Sie kratzte mit ihren Krallen und biss um sich. Ihr Körper wandte sich in deren Händen und ihr Fauchen fuhr mir bis ins Mark. Sie verstand nicht, was geschah und tat mir so leid. Die Männer versuchten ihr Blut abzunehmen, doch die Nadeln zerbrachen oder verletzen sie nur oberflächlich. Ihr Körper kämpfte selbst in der Narkose. Ich kannte sie schon und so versuchte ich mein Glück. Wir bekamen maximal mal eine S-Monovette voll, bevor sich ihr Körper wieder sträubte." Traurig schaue ich Aria in die Augen und streichele, ohne abzuwarten, zaghaft ihren Rücken.

Aria, hörst du mich? Ich richte meine volle Konzentration auf die Gedanken. Sie erwidert kaum den Blick, doch leckt sanft über die Haut meines Armes. *Dein Bruder ist bei mir, wir holen dich hier raus,* versuche ich ihr Mut zuzusprechen. Sie richtet sich auf und krabbelt von Marcs Arm rüber auf meinen Unterarm. Er schaut gespannt zu und lässt sie schweigend gewähren. Gleichzeitig notiert er etwas in einen Hefter und beobachtet uns skeptisch. Sie ist noch leichter als Carlos und bildschön. Ihre langen Wimpern hypnotisieren bei jedem Augenaufschlag. Ihr feines, glattes Fell glänzt und schimmert dunkel wie die Nacht. Ich streiche ihr sanft über den Rücken. Sie schmiegt sich vertraut an meinen Körper und lässt die Berührungen zu. Spätestens jetzt weiß ich, dass sie mich versteht. *Aria, wir haben einen Plan. Halte durch, alles wird gut*, versichere ich ihr. Das plötzliche Öffnen einer Tür lässt uns aufhorchen. Herr Dr. Biel kommt zurück und sein Blick sucht uns hinter der Scheibe. Schnell setze ich Aria wieder auf dem Tisch ab. Er weist auf seine Uhr und anschließend auf mich. Es ist Nachmittag und ich habe längst Feierabend. Ein letztes Mal für heute streichele ich über ihren Rücken und verlasse geräuschlos den Raum.

Im Gang hält mich Herr Dr. Biel an meinem Ärmel fest und schaut mir tief in die Augen. Ich will nur weg von ihm, doch bleibe gehorsam stehen. Er braucht es nicht auszusprechen, das magische Wort lautet Verschwiegenheitserklärung. Ich nicke ihm bestätigend zu, ohne ihn direkt anzublicken. Von seiner bloßen Anwesenheit bekomme ich Gänsehaut und laufe zum Empfang.

Ich bedanke mich bei Frau Biel für die Möglichkeit. Sie hat von dem ganzen Prozedere nichts bemerkt und winkt mir freundlich zum Abschied. Meine Gedanken kreisen und ich bekomme von der Busfahrt kaum etwas mit.

Ich renne vor Aufregung die Auffahrt hoch und stürme in den Hausflur. Dort falle ich auf die Knie, während mir eine einzelne Träne übers Gesicht kullert. Die Anspannung des Tages bahnt sich einen Weg nach draußen und ist nicht mehr aufzuhalten. Carlos kommt angerannt und befürchtet das Schlimmste. Er klettert am Ärmel hoch und schmiegt seinen Kopf an meinen. Arias Geruch steigt ihm sofort in die Nase und er drückt sich fester an mich. Es dauert ganze zehn Minuten, bis ich mich innerlich wieder beruhige und normal atme. Er wartet geduldig, bis ich bereit bin, von heute zu erzählen, und begutachtet mein Gesicht mit Sorgenfalten auf der Stirn.

„Wir waren bei Aria", spreche ich meine Gedanken laut aus, um die Anspannung zu lösen. „Ich war bei ihr, es geht ihr so weit gut." Es dauert gefühlt Stunden, bis ich alles erzählt habe und falle danach erschöpft in die Rückenlehne der Couch. Der Kleine wirkt zuversichtlich und handhabt die Neuigkeiten gelassen. Er erklärt mir den Grund des Aufblitzens ihres Fells und die damit einhergehende Verbindung, die wir auf diese Weise besiegelten. Das war Arias unvermeidliches Zeichen, dass sie mir vertraut. Leider weiß das jetzt Dr. Biel ebenso oder hat es zumindest gesehen. Ob er sich dessen Bedeutung bewusst ist, wissen wir nicht und hoffen, dass dem nicht so ist.

Die Begegnung mit ihm und seine bloße Anwesenheit legten einen dunklen Schatten über alle umherstehenden. Er ist das perfekte Ebenbild eines gefährlichen Magiers. Seine Aura leuchtet giftig und grau. Seine Mimik ist kalt und duldet keine Regung. Er ist wortkarg und doch weiß jeder, was zu tun ist. Er ist nicht nur der

Leiter des Institutes, er ist der Anführer eines Ordens. Seine wahre Macht zeigt er nur, wenn alle anderen versagen. Was ich von ihm halte, ist mir bewusst und sollte eine Warnung sein.

Den weiteren Abend genießen wir gemütlich mit Popcorn und einem Fantasyfilm und versuchen, die vielen Eindrücke zu verarbeiten und uns abzulenken, auch wenn das nur mittelmäßig gelingt.

DREIZEHN

Als ich den Eingang des Institutes betrete, ist der Empfang leer und es ist keiner zu sehen. Ein Zettel von Frau Biel liegt dort – ich solle die Stellung halten, bis sie zurück ist. Sie bereitet schnell den Konferenzraum für die erwarteten Gäste vor. Egal, zu welcher Uhrzeit ich hier erscheine, sie ist da und egal wann ich gehe, sie bleibt hier.

Dann wird das ein ruhiger Donnerstagmorgen und die unbeobachtete Zeit werde ich nutzen, um mir am Computer die Termine etwas genauer anzuschauen. Für 10 Uhr ist eine Konferenz mit dem Vermerk ‚Präsentation‘ eingetragen, einen weiteren Hinweis sehe ich nicht. Die Versammlung findet heute Abend um 18 Uhr statt und den Ort finde ich später heraus. Dabei ruht meine ganze Hoffnung auf Christian und vor allem darauf, dass er mich begleitet.

Das Telefon des Lieferanteneingangs klingelt und ich nehme ab. Da der Fahrer es eilig hat, laufe ich zum Lagerraum und übernehme die Warenannahme und -kontrolle, so wie Frau Biel es mir gezeigt hat. Die Bestellung steht auf einer Europalette und ist mit Transportfolie umwickelt. Der Fahrer nennt es ‚Spezialanfertigung‘ und überreicht mir hastig den Lieferschein. Darauf notiert er die Übergabe und meinen Namen und fährt wieder weg. Die Palette schiebe ich unbeholfen mit Hilfe des Hubwagens neben die Tür und eile zurück zum Tresen. Mein Kopf versucht, das Wenige, was ich unter der Folie erkenne, zu einem Bild zusammenzufügen. Es sieht aus wie ein geschlossenes Aquarium oder ein riesiger Käfig aus Glas. Es besteht aus Fenstern, aus Quadraten und kleinen Kreisen, die sich manuell öffnen und schließen lassen. Frau Biel und ich kommen gleichzeitig zum Empfang zurück und ich halte ihr den Lieferschein stolz entgegen.

„Oh danke, Clementine", sagt sie mit einem Lächeln. „Sei so lieb und hol mir einen Kaffee und bring dir mit, was immer du gerne trinkst." Ihr Nicken weist zur Cafeteria und zeugt von Dringlichkeit. Beladen mit einem vollen Pot Kaffee und einem heißen Cappuccino laufe ich wieder zurück. Ich starre konzentriert auf meine Hände, um nichts zu verschütten, als ich vier Männer und die Geschwister Biel Hände schüttelnd am Tresen erspähe.

„Angenehmen Tag, die Herrschaften", begrüße ich sie in dem Moment, in dem sie schon in den Tiefen des Gebäudes verschwinden. Frau Biels freundliches Lächeln erstirbt. Gestresst nimmt sie einen großen Schluck und platziert sich erschöpft vor dem Bildschirm.

„Jetzt heißt es Daumen drücken, Clementine. Das Ergebnis dieses Termines ist ausschlaggebend."

„Sind das potentielle Sponsoren?", frage ich gespielt interessiert und nippe vorsichtig an meinem heißen Cappuccino. Jede Information hilft uns weiter.

„Die wichtigsten überhaupt. Sie betreiben die größte pharmazeutische Handelsplattform der Welt und besitzen die bedeutendsten Patente. Mit ihrer Hilfe könnten wir ein neues verschreibungspflichtiges Medikament auf den Markt bringen, außerdem arbeiten wir mit ihren Partnern aus Paris schon lange an künstlichen Blutkonserven. Magnus meint, nach neuester Erkenntnis sind wir kurz davor, einen Durchbruch zu erlangen. Das würde uns zu einem globalen Pharmakonzern emporheben", flüstert sie besorgt und stützt ihren Kopf pausierend auf ihre Hände.

Nach neuester Erkenntnis bedeutet bestimmt, seitdem sie Aria in die Finger bekommen haben. Dass das ein riesiger Fortschritt ist, ist klar. Und dass viele Mitarbeiter und Wissenschaftler schon Jahre daran arbeiten auch. Doch lieber wäre mir, sie finden in der Natur das entscheidende Element und nicht an tierischer DNA.

„Helfe ich heute wieder einem Studenten?", frage ich geknickt und bevor meine Pause startet.

„Geh du erstmal in die Pause und ich horche im Labor für dich nach." Sie wirft einen kurzen Blick zur Wanduhr, um danach wieder besorgt den Bildschirm anzustarren. Die leeren Tassen nehme ich gleich mit und freue mich schon auf das Tagesmenü: Spargel mit Kartoffeln und Sauce Hollandaise. Ich ergattere denselben Tisch wie an den letzten Tagen und warte gespannt auf die Jungs. Ich hab solchen Hunger, dass mein Teller bereits leer gefuttert ist, bevor das vierte Semester eintrudelt. Christian und Marc diskutieren hitzig, doch verstummen auf dem Weg zu mir. Ohne ein Wort nehmen sie Platz und verspeisen stillschweigend ihr Mittagessen.

„Ihr habt euch ja heute lieb", stichele ich sie an und frage Christian, wann und wo wir uns abends treffen. Marc schaut mich wütend an, doch ich versuche, ihm mit einem Augenzwinkern zu verstehen zu geben, dass er lieber mitspielt. Christian wendet sich zu ihm und blafft ihn trotzig an. Vermutlich, um ihm eins auszuwischen. Denn mich wollte er selbst nicht dort haben.

„Siehst du, sie hat es schon verstanden. Geh mit Marc hin, dann macht ihr euch beide gemeinsam ein Bild." Doch der protestiert sofort. Bevor er etwas Falsches sagt, stupse ich ihn ruckartig unter dem Tisch mit dem Fuß an. Mein Blick rät keinen Widerstand.

„Warum nicht, Marc. Dann machen wir uns selbst ein Bild." Christian nickt erfreut und betont, dass man eine persönliche Einladung von „Herrn Dr. Biel" schließlich nicht ausschlägt. Ich frage Marc nach seinem Handy, der nur widerwillig der Bitte folgt. Ich tippe die Festnetznummer ein und dahinter meinen Namen. In Klammern ‚vertrau mir' und gebe es ihm zurück. Den beiden wünsche ich freundlich einen angenehmen Tag und verlasse den Raum.

Ich höre nicht, dass Marc mir folgt, doch im Flur des Empfangs hält er ohne Ankündigung meinen Arm fest. Ich bemerke seine Finger an meinem Ärmel und drehe mich um. „Was wird das?", schnauft er wütend und tritt einen Schnitt näher heran. „Was willst du von mir?"

„Vorhin wurde ein großer Käfig geliefert, den man leicht transportieren und begutachten kann. Ich glaube, dass das etwas mit heute Abend zu tun hat. Lässt du sie allein?", blaffe ich ihn an und gehe blindlings davon aus, dass er ahnt, von wem ich spreche.

„Nein, ich will, dass sie sie in Ruhe lassen", erwidert er leise und verzweifelt und starrt traurig zu Boden. Ich habe einen wunden Punkt getroffen. Mit Nachdruck bestätige ich, dass es mir ebenfalls so ergeht und ich auf seiner Seite stehe. Auch er ist hier meine einzige Anlaufstelle.

„Oh, ihr zwei, das ist ja erfreulich." Frau Biel schaut um die Ecke und steht wie aus dem Nichts direkt vor uns. Ihr Blick verrät, dass sie einen dringlichen Auftrag ausführt. Wir schauen uns verwundert an und überlegen, was als Nächstes kommt. Ihr Erscheinen bedeutet nichts Gutes.

„Magnus, äh, Herr Dr. Biel verlangt nach euch." Überbringt sie die Botschaft und schiebt uns weiter. Mit einem unguten Gefühl steuern wir das Labor an und vereinbaren eine gewisse Distanz zwischen uns zu wahren, damit wir nicht auffallen.

Zu meiner Überraschung laufen wir schnurstracks am Hausmeister und am ‚Käfigraum' vorbei. In der großen Halle dahinter sehen wir uns erwartungsvoll um. Marc ist die Räumlichkeiten gewohnt, doch für mich ist vieles neu. Ich erspähe in allen Ecken kleine Test-Boxen und geschlossene Lehrräume. In der Mitte steht ein großer, gesonderter Glasraum, der allerlei Gerätschaften aufweist. Die Räume sehen aus wie bei einer Blutspendeaktion, nur eben nicht für Menschen und die Mitte ähnelt gruselig einem Operationssaal.

„Wie in einem Horrorfilm", sage ich leise mehr zu mir selbst, doch Marc dreht sich kurz zu mir um und versucht, mich zu beruhigen. Sein „Hab keine Angst", hilft da wenig und bewirkt kurzerhand eher das Gegenteil.

Wir laufen auf die Mitte des ‚Glasraumes' zu und man fordert uns auf, jeweils einem Mitarbeiter zu folgen. Dieser stattet mich mit einem weißen Overall, Handschuhen und Schutzbrille aus und bittet mich, im Nebenraum zu warten. Meine Frage, was hier los ist, beantwortet er mit Schweigen und einem kühlen Blick, der jegliches Nachhaken im Keim erstickt. Circa zwanzig Minuten vergehen, bis ein Kollege an die Tür klopft und mich zurück zur Hallenmitte bringt. Mir schnürt es die Kehle zu. Hier stimmt was nicht, das Schaubild ist leicht verändert.

Die Glasbox, die am Vormittag angeliefert wurde, verweilt nun samt Aria darin, neben dem ‚Glasraum'. Marc steht daneben und versucht, nicht zu mir zu schauen. Ich bin mir nicht sicher, ob er ernsthaft nicht weiß, was hier vor sich geht oder ich ein Teil ihrer Experimente bin. Einer der umherstehenden Männer schiebt mich in den mittleren Raum und verriegelt beim Verlassen hinter sich die Tür. Meine Pupillen weiten sich und Panik macht sich breit. Wie angewurzelt beobachte ich von meiner Position aus das Geschehen außerhalb der Box. Die Geräusche sind gedämpft, wenn nicht sogar verstummt. Ich bezweifle, dass mich dort draußen jemand klopfen oder schreien hört und versuche, meine Gedanken zu fokussieren. Auf eine flache Atmung konzentriert, nehme ich vier Mitarbeiter wahr, die an den Käfig von Aria treten. Sie halten lange Stöcke in den Händen und stecken diese mit einem gewissen Abstand durch die Löcher in den Wänden ihrer Box. Missmutig schaue ich umher und suche nach Hilfe. Ich verstehe nicht, was hier geschieht.

Herr Dr. Biel und die vier Männer der Pharmaplattform verweilen ein paar Meter daneben. Mit hinter dem Rücken verschränkten Armen, überblicken sie geduldig den Ablauf. Ihre Krawatten am Kragen verdecken den Hals und wirken spießig. Eine Brosche trägt auf den ersten Blick keiner von ihnen. Die Mienen sind versteinert und ergebnisorientiert. Sie sind nur hier, um Inhalte eines Vertrages zu erforschen. Der nächste Termin wartet bereits.

Auf der anderen Seite der Box stehen Sanitäter mit Erste-Hilfe-Koffern zu ihren Füßen und warten auf einen Einsatz. *Was passiert hier?* Meine Geduld gegenüber Herrn Dr. Biel ist am Ende, der Puls rast und ich will raus hier. Panisch rüttele ich an der Tür, aber sie ist verschlossen. Kein Mitarbeiter beachtet mich. Das Ganze ist so surreal, das kann nur ein Test sein. Verwirrt wandert mein Blick zu Marc, doch von ihm erwarte ich wenig Hilfe. Er steht abseits und scheint in ein Gespräch vertieft. *Hab keine Angst,* erinnere ich mich an seine Worte und nehme eine lockere Haltung ein. Ich versuche, tief ein- und auszuatmen, um mein Gemüt zu beruhigen.

Doch was jetzt geschieht, macht mich fassungslos. Die Männer stechen mit den Stöcken auf Aria ein, an den Enden erzeugen sie Blitze, die ihr einen Schlag verpassen. Ohne ersichtlichen Grund und skrupellos. Sie windet sich in der Box hin und her, doch kann nicht entfliehen. Ihr Maul ist weit aufgerissen und sie zeigt wütend ihre Zähne. Ich klopfe wie wild gegen die Scheibe und bete, dass sie damit aufhören. Ich beiße mir auf die Zunge. Das Atmen fällt schwer und ich versuche, daran vorbei zu starren, doch es zerreißt mich innerlich. „Stopp! Bitte!", schreit meine Seele, aber niemand hört zu. Meine Augen füllen sich mit Tränen. Sie quälen sie und alle schauen teilnahmslos zu. Keiner rührt sich nur einen Millimeter. Ich sehne mich dem Ende entgegen und warte verkrampft mit den Händen in die Hüften gestützt. Mein Blick ruht auf Herrn Dr. Biel und seinen Gästen. Er nickt den skrupellosen Männern zu, welche sofort den Käfig ergreifen und ihn zu mir an die Glaswand rollen.

Ich halte die Luft an, um nicht loszuschreien, und beobachte das Geschehen. An beiden Wänden wird eine Klappe nach oben geschoben, damit Aria einen Durchgang zum inneren Raum und somit zu mir hat. Meine Gedanken versuchen, eins und eins zusammenzuzählen und zu erkennen, was hier vor sich geht. Aria kauert verängstigt in einer Ecke der Box und versteckt sich.

Aria, ich bin es, sie testen uns. Komm da raus, teile ich ihr gedanklich mit, um ihr weitere Qualen zu ersparen. Doch die Männer stechen wieder wild auf sie ein und zwingen sie so in das Innere der Box. *Es tut mir so leid,* schreit es in meinem Kopf. *Aria! Hörst du mich?* Sie läuft mit aufgestelltem Kamm in einem großen Bogen, um den vor mir stehenden Tisch herum und fletscht die Zähne. Sie ist kaum wiederzuerkennen und ich habe Angst vor ihr. *Aria, bitte tu mir nichts,* flehe ich sie an. *Dein Bruder schickt mich,* versuche ich sie zu beruhigen und lasse sie dabei nicht aus den Augen.

„Ich will, dass du sie auf diesen Tisch dort hebst", befiehlt mir Dr. Biel, der ohne Vorwarnung neben der Box steht und den Knopf der Sprechanlage drückt. „Oder müssen wir nachhelfen?", setzt er mich fast schon gelangweilt unter Druck. Ich schaue hilfesuchend zu Marc, doch der starrt wütend zum Chef. Verzweifelt wandert mein Blick wieder zu Aria, die in einer Ecke mir gegenüber kauert, zum Angriff bereit.

Ich tue dir nicht weh. Von mir aus beiße mich, aber bitte setze dich dann auf den Tisch. Ich spreche es kaum zu Ende, da nimmt sie Anlauf und springt an mir hoch. Sie verpasst mir einen schmerzhaften, tiefen Kratzer an der Wange. Bevor ich auch nur eine Hand schützend vor das Gesicht hebe, blutet die Stelle sofort. Entsetzt und mit offenem Mund halte ich mir die pochende Wunde, trete wütend einen Schritt an sie heran und fasse es nicht, dass sie das getan hat. *Aria, ich bin Clementine, dein Bruder schickt mich. Er hat mir alles erzählt. Über die Seelenhunde, eure Insel in Muschelform, deinen Namen.* Doch sie zeigt keine Reaktion. Ich trete wachsam einen Schritt näher und blicke ihr tief und konzentriert in die Augen. *Er schaukelt gern an der Efeutute, isst Lasagne und ist neunmalklug. Er sucht dich schon lange und will mit dir wieder zurück nach Hause.* Mitfühlend beschreibe ich Carlos etwas ausführlicher, um ihr Vertrauen zu gewinnen, da schaut sie mich, mit zur Seite geneigtem Kopf an. Ihr ist der Zwiespalt förmlich anzusehen. Es verstreichen ewige Minuten, bis sie sich ruckartig umdreht und auf den Behandlungstisch springt. Ihr buschiger Schwanz umhüllt sie schützend. Ihr Blick fixiert mich. Meine Wange pocht und meine Augen füllen sich erneut mit Tränen – ich hätte am liebsten losgeheult. Den Kloß im Hals schlucke ich belastend herunter und beobachte die Menschen um uns herum. Marc ist auf dem Weg und öffnet erleichtert die Tür.

„Was wollen die?", frage ich ihn mit bebender Stimme und zitternden Knien. Meine Sicht ist verschwommen, doch ich blinzele die verzweifelten Tränen weg.

„Sie brauchen mehr Blut. Aber ohne Narkose. Das Gleiche haben sie mit mir versucht." Mit einem Nicken und einen fassungslosen Blick bestätigt er mir, dass ich richtig verstanden habe. Er streichelt sie sanft und begutachtet ihren Körper. Vorsichtig tastet er sie nach Verletzungen ab. „Das Blut soll keine Beruhigungsmittel oder Ähnliches enthalten und das Adrenalin fördert Botenstoffe." Er wendet sich einem Schrank zu und greift nach Spritze, Kanüle, Tupfer und Wundverband. Er fleht Aria mit leisen Worten an und streichelt beruhigend ihren Rücken. Er kniet sich vor den Tisch und redet mit ihr auf Augenhöhe. Dankbar für seine Nähe, klettert sie auf seinen Arm und versteckt ihren Kopf an seinem. Mit geschlossenen Augen schmiegt er sich an sie und flüstert mit verdecktem Mund an mich gewandt.

„Du hörst sie?" Doch ich schüttele verneinend den Kopf. „Sie dich aber schon", bestätigt er mir und genießt für einen Moment die innige Umarmung. Ich verstehe nicht, was die zwei besprechen, doch Aria starrt mich plötzlich an. Sie krabbelt von Marc herunter auf den Behandlungstisch und schnuppert kurz und zaghaft an meiner Hand. Erschöpft rutscht sie erneut an seinen Körper und legt sich nieder. In sich zusammengesunken und in ihren Schwanz eingewickelt, liegt sie da wie ein Häufchen Elend.

„Das mit deiner Wange tut ihr leid", richtet er mir entschuldigend aus, greift widerwillig nach den Materialien und fleht sie an, ihr etwas Blut abnehmen zu dürfen. Die Hündin stimmt kraftlos und stumm zu und ergibt sich ihrem Schicksal.

Marc benötigt vier Versuche. Die ersten zwei Nadeln brechen direkt ab, bis Aria ganze drei Tropfen zulässt, ihren Arm zurückzieht und wieder ihre spitzen Zähne zeigt. Dr. Biel nickt zufrieden und verlässt schnurstracks samt Gästen den Raum. Ein Mann übergibt Marc den kleinen Gitterkäfig und die anderen Mitarbeiter strömen in alle Richtungen davon. Er legt Aria behutsam darin ab und bringt sie zurück in ihren ruhigen Raum – weg von diesem grauenhaften Kasten.

Ich werde von den Sanitätern versorgt und wieder in die Umkleide gebracht. Dort übergebe ich mich, endlich unbeobachtet, in die Toilette und werde so die quälende Übelkeit los. Das Gewusel in der großen Halle lichtet sich, alles wird aufgeräumt und desinfiziert und jeder folgt wieder seiner normalen Arbeit, als sei nichts passiert. Jetzt, wo das Adrenalin nachlässt, zittere ich am ganzen Körper und stehe unter Schock. Trotzdem versuche ich mich zusammenzureißen. Ich will nur noch nach Hause, in meine eigenen vier Wände und zu Carlos.

Am Empfang wartet Frau Biel und entschuldigt sich für die Überstunde. Ich habe keine Ahnung, wie spät es ist und es ist mir vollkommen egal.

Sie organisiert ein Taxi, begleitet mich zum Auto und gibt dem Fahrer meine Adresse. Zum Abschied winkt sie mir lächelnd zu, völlig blind gegenüber den letzten Geschehnissen. So unbeschwert wie sie, würde ich gern sein. Die ganze Fahrt über bringe ich kein Wort heraus und starre leer in die Ferne.

Carlos versteckt sich hinterm Fenster und rennt zur Tür, sobald er das Taxi erblickt. Die Haustür fällt mit einem lauten Klicken hinter mir ins Schloss und die eigenen vier Wände umhüllen mich wie eine Umarmung. Ich breche weinend zusammen und strecke die

Arme Carlos entgegen. Er begutachtet mein Gesicht und leckt mir helfend über die Wange. Der Schmerz der Wunde lässt bereits nach, doch bei den Scherben in meinem Herzen kann er mir nicht helfen.

Es vergeht circa eine Stunde, bis ich mich wieder im Griff habe. Der Kleine traut sich kaum zu fragen, was passiert ist, und fürchtet sich vor der Antwort. So erzähle ich zunächst eine harmlosere Variante, trotzdem spürt er meinen innerlichen Kampf. Er riecht Aria an mir und da ist mehr. Er wird wütend und sein Gesichtsausdruck verändert sich. Die Züge in seinem Gesicht wirken um Jahre gealtert, als sei er eben aus dem Süßsein herausgewachsen. Er ist bereit zu kämpfen und würde alles riskieren.

Wir ahnten, dass es schwierig wird, dass Grenzen überschritten werden und wir uns einer unbekannten Gefahr stellen müssen. Doch was ich heute erlebte, habe ich mir in den schlimmsten Vorstellungen nicht ausgemalt. Surreal und kaltherzig zugleich, zwischen Menschen, die nicht unterschiedlicher sein könnten. Wie kann man solch kleinen hilflosen Wesen etwas antun und dafür andere Personen zu derartigen Handlungen zwingen. Heute ist ein wichtiger Teil meiner heilen Welt zerbrochen und gräbt ein immer größer werdendes Loch in mein Herz. Ein riesiger Krater zwischen Gier und Vernunft.

Erschöpft falle ich auf die Couch und vergrabe mein Gesicht unter dem Kissen, diese grausame Welt für einen Moment ausgeschaltet, um der Gefühle Herr zu werden. Carlos weicht nicht von der Seite und stupst mich mit seiner Nase an. Seine magischen Kräfte unterstützen meine Regeneration und verdrängen schwerfällig den Schmerz. Sind sie gleichzeitig der Grund dieser Misere, was mein Unbehagen nicht verbessert. Ein anstrengendes Unterfangen für beide, das uns gegenseitig in die Arme des anderen treibt. Die wohlige Wärme beruhigt meine Atmung und den Herzschlag und stärkt den Bezug unserer zwischenmenschlichen Bindung.

VIERZEHN

Ich nehme durstig einen großen Schluck kaltes Wasser, da klopft es laut an der Tür. Vor Schreck erstarre ich zur Salzsäule und schiele mit geweiteten Augen in den Flur. Hätte man nicht den Fernseher laufen hören, wäre offiziell keiner im Haus, doch ich bin nicht schnell genug an der Fernbedienung, um die Lautstärke zu mindern.

Carlos tappt zum Fenster und schaut vorsichtig nach, wer da ist. Meine Füße tragen mich schleichend langsam zum Flur und ich bleibe wortlos an der Wand stehen.

Da ist ein junger Mann – schlank, blonde Haare mit Zopf, ist mit seinem Auto da, beschreibt ihn mir Carlos. Ich bin mir sicher er erkennt, wer das ist. Es klopft erneut und die Lautstärke verrät eine gewisse Dringlichkeit.

„Clementine, ich bin es, Marc! Mach auf, ich weiß, dass du zu Hause bist", ruft er. Mein Blick wandert zwischen Carlos und ihm hin und her. Ich bin nicht in der Lage, eine Entscheidung zu treffen. Der kleine Freund übernimmt ungefragt das Kommando und springt an den Türknauf, um diesen umzudrehen. Meine Beine machen einen Schritt nach vorne, bevor die Tür aufschwingt und Marc vor mir steht. Meine Knie zittern und das Einzige, an das ich denke, ist, wie leichtsinnig Carlos handelte. Marc bekommt gar nicht mit, wie sich die Tür von Zauberhand öffnet. Er stürzt auf mich zu und zieht meinen Oberkörper in seine Arme, um ihn innig zu drücken.

„Es tut mir so leid, Clementine. Ich dachte nicht, dass er dazu fähig ist. Es passierte alles so schnell und ich war starr vor Angst", entschuldigt er sich ehrlich, lässt wieder los und ruht mit seinen Händen auf meinen Schultern. Er checkt mich prüfend von oben bis unten, ob es mir gut geht oder ob mir etwas fehlt. Überwältigt von seiner Aufrichtigkeit und der warmen Umarmung, laufe ich verlegen rot an und hauche ein leises „Entschuldigung angenommen". Seine Augen scannen eindringlich mein Gesicht und bleiben an der Wunde an der Wange hängen. Seine Hand greift sanft nach meinem Kinn und schiebt es zur Seite, um die Stelle besser zu betrachten.

„Dein Schnitt ist fast weg, wie ist das möglich?" Ich entgleite seinen Fingern und ein prüfender Blick in den Flurspiegel zeigt mir, was er meint. Der Kratzer ist kaum mehr sichtbar. Nur ein dünner roter Strich zeichnet meine Haut. Das war Carlos' Werk. Sein Speichel beschleunigt die Wundheilung um ein Vielfaches, doch mit einem Schulterzucken beende ich das Gespräch, um sein Geheimnis zu schützen. Wir starren uns fast eine Minute schweigend an, bis Carlos sich das nicht länger mit ansieht. Er steht hinter der weit geöffneten Tür und lässt diese mit einem Ruck zufallen.

Marc dreht sich erschrocken um und erblickt den kleinen Hund, auf den er einen Schritt zutritt. Ich starre ihnen mit offenem Mund entgegen und schreie Carlos in Gedanken lauthals an. Wütend kräuselt sich meine Stirn.

Bist du denn des Wahnsinns, was soll das? Doch Marc checkt nichts. Tierlieb wie er eben ist, bückt er sich zu ihm herunter, streichelt dem Kleinen über den Rücken und tätschelt nichtsahnend seinen Kopf.

„Clementine, darf ich dich was fragen?", wendet er sich erneut an mich und bringt mein Blut in Wallung. Er hat die Ähnlichkeit zwischen dem Kleinen und seiner Hündin sicher erkannt und will, dass ich Rede und Antwort stehe.

„Klar Marc, schieß los", fordere ich locker und erwarte eine unangenehme Wendung.

„Wieso interessiert dich diese Versammlung? Kennst du die Leute dort?", überrumpelt er mich mit seiner Frage und bringt mich kurz aus dem Konzept.

„Ich möchte wissen, was sie vorhaben", gebe ich ehrlich zu und erzähle weiter. „Beim Tierarzt Dr. Reutinger sahen wir eine Anstecknadel in Muschelform an ihm und diese trägt ebenso Herr Dr. Biel. Gehörst du auch zu denen?" Doch das lehnt er kopfschüttelnd ab.

„Nein, ich möchte mit dieser Gruppe nicht in Verbindung gebracht werden. Ich war einmal mit auf dieser Versammlung und die Männer gehören alle zu einer Organisation, die sich ‚Orden des Animalus' nennt. Meines Wissens handelt es von einem alten Tagebuch, das Herr Dr. Biel von seinen Vorfahren, die den Pilgervätern angehörten, vererbt bekommen hat. Dort wird über Seelentiere und ihre heilenden Kräfte gesprochen. Dieses Buch ist so alt, dass die Seiten kaum lesbar und total vergilbt sind. Berührt oder herausgenommen werden darf es nur selten. Der Biel hat Angst, dass es zu Staub zerfällt. Seine Vorfahren haben es immer wieder neu aufgelegt und er besitzt das letzte Exemplar. Er ist völlig vernarrt darin und erzählt andauernd von bahnbrechenden, gesundheitsfördernden Möglichkeiten. Der Gedanke an das ewige Leben treibt ihn an, deshalb verfasst er es ein letztes Mal neu. An dem besagten Abend befürchtete ich, dass das eine Sekte sei, und bin nach wenigen Minuten wieder gegangen. Bis sie den kleinen Hund in das Labor brachten. Er nannte sie Seelenhündin und ließ uns alle eine extra aufgesetzte Verschwiegenheitserklärung unterschreiben, die mit dem Studienplatz gekoppelt ist."

„Schweig oder du fliegst raus", bestätige ich sein Gesagtes und beobachte seinen Blick auf die Uhr.

„Um rechtzeitig dort zu sein, sollten wir aber jetzt los." Seine Hand ruht auf dem Türknauf. Ich schaue ihn verwirrt an und stehe auf der Leitung.

„Wohin?", frage ich verdutzt und rühre mich nicht vom Fleck, auch weil ich nirgendwo hinmöchte.

„Na, zur Versammlung. Christian hatte recht, mach dir selbst ein Bild." Ich erinnere mich an den heutigen Termin und wäge kurz ab, ob mein Gemüt in der Lage zu einem Ausflug ist. Nach dem Tag will ich nirgendwo mehr hin, doch bin mir der Gelegenheit bewusst. Ich werfe unbemerkt einen Blick auf Carlos, der mir bejahend zunickt und bestätigt die Chance wahrzunehmen. Wenn nur donnerstags der Rat tagt, bleiben uns nicht mehr viele Möglichkeiten. Unmotiviert schnappe ich mir Schlüssel und Jacke und renne zum Auto. Carlos wirft ein *Pass auf dich auf,* hinterher und schließt die Tür, doch nicht ohne mir vom Fenster nach zuschauen.

Auf dem Weg zur Versammlung hüllen wir uns in Schweigen und genießen die entspannte Musik, die aus dem Radio rieselt. Ich bin froh über seinen Sinneswandel und dass wir diesen Besuch gemeinsam durchstehen, würde aber lieber weitere Personen meiden. Der Tag hat ihn ebenso mitgenommen und sicher Spuren hinterlassen. Er musste das Ganze genauso über sich ergehen lassen wie ich. Meine Motivation lag bei Carlos und langsam glaube ich, dass sein Antrieb ein ähnlicher ist.

Die Versammlung findet in einem Vereinsheim statt und circa 80 Leute sind da. Wir melden uns an einem Empfang an und stehen, dank Christian, auf der Gästeliste. Er kommt uns am Einlass wie gerufen entgegen und bringt uns eilig zu einem Tisch. Auf diesem sind kleine Flaschen verschiedener Getränke und Gläser für Gäste platziert und laden zum Verweilen ein. Wir nehmen Platz und warten geduldig den Beginn der Präsentation ab. In der Zeit schaue ich mich um und entdecke jede Menge Muschelanstecker, Banner und Flyer, auf denen das Pilgersymbol thront. Außer den Männern, die schon bei ‚BPI‘ ein- und ausgegangen sind, erkenne ich hier niemanden. Und von Frau Biel fehlt auch jede Spur.

„Warum trägst du keine Brosche?", frage ich Christian und blicke zu den anderen Männern.

„Die ist den Sponsoren und Ehrenmitgliedern vorbehalten, quasi dem inneren Kreis. Die Teilnahme an den Versammlungen muss mindestens ein Jahr nachgewiesen sein, dann beantragst du eine

Mitgliedschaft", erklärt er bereitwillig. Das bedeutet aber auch, dass er selbst nicht oft hier ist. Die Präsentation wird mittels Beamer an die Wand übertragen und von einem der Männer, die heute im Labor waren, vorgeführt. Wie ich vermute, dreht sich der Abend um die neuesten Erkenntnisse des Objekts, über die gewonnenen Bestandteile aus Arias Blut. Bromelaine zur Hemmung von Entzündungen, Papain zur Zellerneuerung und aus weiteren Inhaltsstoffen, die ich nicht kenne. Sie nennen es scherzhaft Lebenselixier, besprechen die Ziele der Gewinnung, demonstrieren, wo sie es einsetzen, betonen mehrmals, dass Nichtvorkommen in der Botanik und was das für die Menschheit bedeutet. Es wird sich bei den Sponsoren bedankt und jeder einzelne namentlich erwähnt. Darunter der Tierarzt – Dr. Reutinger. Der Institutsleiter Herr Dr. Biel lässt sich beklatschen und genießt das Ansehen und Händeschütteln.

Es ist eine Mischung aus Fanatismus, Verkaufsgespräch und Univorlesung. In dieser Stunde schwappen meine Gefühle von euphorisch, instruktiv, schwindelerregend bis verachtend hin und her. Basierend auf den Details, die Dr. Biel öffentlich preisgibt, ist es die Mühe nicht wert, die halbe Welt zu mobilisieren. Da steckt mehr dahinter.

„Und was denkst du jetzt?", meldet sich Marc zum ersten Mal an diesem Abend zu Wort, als wir wieder zum Auto laufen. Er hat die Veranstaltung stillschweigend über sich ergehen lassen und ihm war sichtlich unwohl bei der Sache. Christian hat ihn versucht zu motivieren, doch ist daran, wie zu erwarten war, kläglich gescheitert.

„Ehrlich gesagt, würde ich gerne mehr über das Buch erfahren", berichte ich ihm aufrichtig von meinen Bedenken und fahre fort. „Was ist, wenn da drinsteht, wo sie herkommen, wie man sie erkennt, oder am schlimmsten: wie man sie bricht." Ratlos und in Gedanken verloren, verläuft die Fahrt zurück wieder schweigend und wird nur von den Geräuschen meines leeren Magens, der lauthals grummelt, unterbrochen. Marc schaut mich mit hochgezogenen

Augenbrauen an und stellt mit gequältem Blick fest: „Du hast heute gar nichts gegessen!"

„Doch, doch", beruhige ich ihn und gebe peinlich berührt meine Lage zu. „Nur drin geblieben ist es nicht lange."

Marc bekommt ein schlechtes Gewissen, denn das ist teils auch seine Schuld.

„Wenigstens das kann ich ändern. Darf ich dich auf eine Pizza einladen?", schlägt er versöhnlich vor und biegt an der nächsten Kreuzung ab, zurück in die Stadt. Er bringt uns zu seinem Lieblingsitaliener und schwört auf den Geschmack deren Steinofenpizza. Das Restaurant ist fast leer und die Musik und das Ambiente lassen mich für einen Moment diesen Abend doch genießen.

Das ist das erste Mal, dass ich mit einem jungen Mann Essen gehe oder gar in einem Auto unterwegs bin. Ich bin sonst eher schüchtern und drauflos quasseln ist absolut nicht meins.

In der Schule wächst man mit seinen Mitschülern auf, das ist Gewohnheit. Bei Fremden bekomme ich sonst nie ein Wort raus. Das Praktikum verlangt schon enorm viel von mir ab, doch bei Marc fällt es etwas leichter. Und das hier ist ja kein Date, sondern eine Wiedergutmachung.

„Das ist eine tolle Location. Bist du häufiger hier?", bestätige ich Marcs Vorschlag und blicke mich neugierig um. Die ruhige Atmosphäre nimmt mir die Nervosität und das gedimmte Licht lässt mich zur Ruhe kommen. Die Wärme des Steinofens umhüllt mich wie eine warme Decke, und ich vergesse fast, dass ich ihm eine Frage gestellt habe.

„Ja, als ich kleiner war." Er nickt lächelnd und zeigt auf die Bilderrahmen, die hinter mir die Wand zieren. „Die Pizzeria gibt es schon lange, sie wird als Familienbetrieb geführt." Ich betrachte die Menschen auf den Fotos. Verschiedene Jahrzehnte, doch immer vor demselben Ladeneingang. Es ist sehr interessant, wie sich das Restaurant entwickelt hat. Zu meinem Glück holt mich der Kellner wieder ins Hier und Jetzt und nimmt unsere Bestellung auf. Ich kann mich nicht richtig konzentrieren und bin froh, dass Marc Verständnis dafür hat.

Obwohl ich heute Abend nicht viel Neues über ihn erfahre, ist es dennoch ein schönes und entspanntes Beisammensein. Harmonische und belanglose Gespräche, die hin und wieder ein Lächeln beiderseits entlocken. Nach dem Essen bezahlt er großzügig die Rechnung, und ich bedanke mich freundlich bei ihm.

Auf dem Weg zum Haus erklärt er mir, dass er Freitag immer frei hat und dafür Samstag und Sonntag einen kurzen Tag arbeitet, um mehr bei der Seelenhündin zu sein. In seiner Abwesenheit kümmert sich Christian um sie und übernimmt das Füttern und die Säuberung des Geheges. Nur raus lässt er sie nicht, das wäre dann doch zu viel verlangt.

Ich schaue ihn mit hochgezogenen Augenbrauen an und bezweifle, dass Christian der Richtige für Arias Wohlbefinden ist.

„Ich weiß, aber das ist die beste Möglichkeit unter den Schlechten", bestätigt er meine Zweifel und hat sicher vorher gründlich darüber nachgedacht. „Ich hoffe, du kümmerst dich morgen um sie, denn Christian hat da nie sonderlich Lust zu. Fängst du ihn in deiner Pause ab und übernimmst es? Ich hab ihr gesagt, dass du kommst", fleht er mich mit vorgeschobener Unterlippe an. Das schlage ich ihm nicht ab und nicke zur Bestätigung. Ich hoffe, dass sein Plan aufgeht und Aria das nächste Mal netter zu mir ist.

Am Haus angekommen, sehe ich überall Licht brennen und Mama ist im Wohnzimmer. Seufzend wappne ich mich, dem Ärger gegenüberzutreten, und greife nach der Tür, bereit zum Aussteigen. Sie öffnet zeitgleich die Haustür, späht in das Auto und grinst breit. Sie selbst lässt die Tür auf, aber schleicht zurück in den Raum nebenan, um uns einen Moment zu geben. Mit knallroten Wangen würde ich momentan lieber im Erdboden versinken, bevor ich mich wieder zu Marc umdrehe. „Danke", sagen wir gleichzeitig wie aus der Pistole geschossen und lachen verlegen. Ich ergreife erneut das Wort und schaue ihm tief in die Augen. „Danke! Dass du mich mitgenommen hast und dass du dich so lieb um sie kümmerst. Du bist ein guter Mensch." Ich lächele ihn unbeholfen an und ärgere mich über meinen kläglichen Versuch, ihm ein Kompliment zu machen.

„Danke dir, Clementine, ich rufe am Wochenende an, wie du zurechtgekommen bist." Er verabschiedet sich freundlich und startet den Motor. Ich laufe ins Haus und lausche den immer leiser werdenden Geräuschen des Wagens hinter der Tür.

Mit erröteten Wangen trotte ich ins Wohnzimmer und erwarte Mama dort. Sie lugt mir breit grinsend ins Gesicht, bereit alles zu erfahren, doch eine Standpauke, warum ich keine Notiz hinterließ, wäre mir lieber. Ich erzähle von der Teilnahme einer internen Veranstaltung und dass Marc so freundlich war, mich nach Hause zu fahren. Die schnelle Notlüge muss ihr genügen und ich betone mit Nachdruck, dass wir nur Kollegen sind. Hilfesuchend lenke ich ihre Aufmerksamkeit auf eine Serie im TV und erkundige mich nach ihrem Arbeitstag. Danach verkrümele ich mich müde gähnend in mein Reich und erwarte Carlos sehnsüchtig und auf dem Bett liegend.

Morgen hat Mama Frühschicht und abends besuchen wir gemeinsam das Kino. Das heißt, dass Carlos wieder die meiste Zeit allein ist. Deshalb wartet der Kleine schon ungeduldig auf alle Einzelheiten und lauscht aufmerksam meiner Erzählung. Das Essen in der Pizzeria lasse ich bewusst aus und informiere ihn über die wichtigsten Details. Gesprächsfetzen, die ich aufnahm, der Aufenthalt von seiner Schwester und das Verhalten meiner Tischpartner beschreibe ich detailreich. Immer wieder fällt der Blick auf unsere Karte und Carlos hat alles detailgetreu eingezeichnet, so wie ich es nachmittags berichtete. Die Informationszettel über die verschiedenen Pilgerväter bringen uns nicht weiter und landen nach Abgleich der heutigen Personen im Müll. Die Frage, wo sich das Buch befindet, versucht Carlos mit Unterstützung seines gefiederten Freundes zu erfahren.

Wir sprechen über den morgigen Tag und das ich Aria Zeit geben soll, sich zu öffnen. Ich werde ihr ein paar liebe Worte von ihrem Bruder ausrichten, sofern sie mich lässt. Und ich Christian überzeugen kann, etwas Arbeit abzugeben.

Bei dem Gedanken, ihr gegenüberzutreten, bekomme ich Bammel und rufe mir ins Gedächtnis, dass sie nichts dafür kann. Warum sollte sie mir vertrauen? Wurde sie doch ihr Leben lang vom Gegenteil überzeugt und würde ohne die Menschen in Frieden leben. Ich bin froh, dass Marc eine Möglichkeit gefunden hat mit ihr zu kommunizieren und ihre Bezugsperson geworden ist.

Carlos erklärte unsere Verbindung auf Grund meines reinen Herzens, wie er es nennt. Aria wird es bei Marc ähnlich ergangen sein und hat sich ihm deshalb anvertraut. Alles, was ich bisher über ihn weiß, zeugt von Loyalität und einer Menge Ehrlichkeit. Carlos erzählte mir beiläufig, dass jeder Mensch mit einem reinen Herzen geboren wird und sich im Alter durch eigene Handlungen und Taten selbst entscheidet, ob er es belasten will oder rein hält. Ich sehe, wie er täglich wieder etwas mehr aufblüht und seine Zuversicht wächst, doch der Tag war so anstrengend, dass mir direkt mit dem Ausschalten des Lichtes die Augen zufallen.

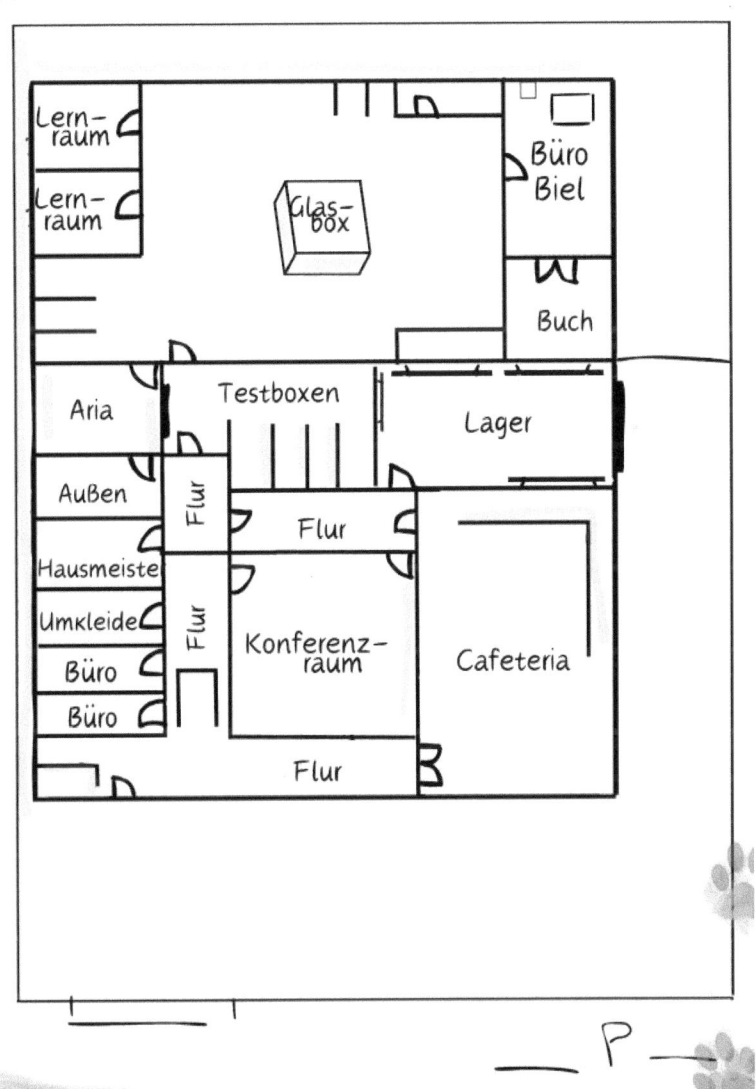

Lern-raum

Lern-raum

Glas-box

Büro Biel

Buch

Aria

Testboxen

Lager

Außen

Flur

Flur

Hausmeister

Umkleide

Flur

Konferenz-raum

Cafeteria

Büro

Büro

Flur

FÜNFZEHN

Auf dem Weg ins Institut breitet sich Übelkeit in mir aus. Ohne Marc vor Ort zu wissen, beginnt die Schicht am Morgen mit Sorgenfalten auf der Stirn. Mir bleibt nichts anderes übrig, als die Zähne zusammenzubeißen und nicht an den Horror von gestern zu denken.

Frau Biel schlittert heute entspannt und voller Vorfreude in ihr Wochenende und läutet, untypisch für sie, um 12 Uhr den Feierabend ein. Der Institutsleiter ist an diesem Tag nicht verfügbar und glänzt mit Abwesenheit. Voller Erleichterung fällt mir bei der Erkenntnis ein Stein vom Herzen, denn viel wird dann heute nicht passieren.

Meine Haltung verändert sich, ich richte den Körper auf und strecke den Rücken durch. Unbewusst machte ich mich kleiner, um nicht aufzufallen und nicht in die Schusslinie anderer zu geraten. Doch die Anspannung verfliegt mit dem Wissen, dass Herr Dr. Biel heute auswärts arbeitet.

Die Morgenstunden verbringe ich vor dem Kopierer und dupliziere die Aufgabenstellungen für das Erstsemester. Mittlerweile verstehe ich die Begriffe darauf und ordne sie den einzelnen Stufen zu. Das Zusammenspiel zwischen Universität und den lehrenden Instituten bringt den Studenten eine fachgerechte Unterweisung in Theorie und Praxis und bietet die Möglichkeit, verschiedene Fachrichtungen zu erlernen. So paradox kommt mir ein Studium oder eine Ausbildung nicht mehr vor. Nur eben nicht hier.

Vor der Pause helfe ich dem Hausmeister bei einer Reparatur, die wenig Kommunikation bedarf. Bisher haben wir keinen ganzen Satz miteinander gewechselt. Doch das ist okay, denn wir erledigen hier beide nur was von uns verlangt wird.

Frau Biel übergibt mir das Kommando und versichert, dass Überstunden heute auf keinen Fall notwendig seien. Sie ist der Auffassung, dass ich mir mein pünktliches Wochenende redlich verdient habe, und bedankt sich für den Einsatz in der ersten Woche.

Wenn mich die Langeweile packt, schnappe ich mir die Gießkanne, um die wenigen Pflanzen am Tresen und in der Cafeteria zu gießen. Doch wie mit Marc besprochen, esse ich nur kurz zu Mittag, schnell ein belegtes Brötchen und eine Fanta, und laufe zum Käfigraum. Selbstständig, doch mit mulmigem Gefühl blicke ich erst durch die Scheibe zu Aria und betrete dann die große, mit schlechten Erinnerungen gespickte Halle. Bloß nicht auffallen und schnell in dem nächsten Raum verschwinden.

An Arias Zugangstür thront ein Zahlenschloss und versperrt mir den Weg. Eine wichtige Information, die Marc entgangen ist, aber sicher nicht böse gemeint war. Ich tippe dieselben Zahlen ein, die ich für das Lagertor benötige, doch das Lämpchen springt auf Rot. Angestrengt überlege ich die Kombination, die er bei meinem ersten Besuch benutzte, aber erinnere mich nicht. Drei klägliche Bestrebungen später, lacht die rote Leuchte förmlich über meinen Versuch. Das Kichern wird lauter und ich drehe mich verwundert um. Christian steht amüsiert hinter mir.

„Was genau machst du da, wenn ich fragen darf?"

„Ich übernehme heute für Marc, wurde mir gesagt und hinterher gehe ich zum Hausmeister, bei einer Reparatur helfen." Mir rutscht die Lüge selbstsicher aus dem Mund ich und zeige währenddessen mit dem Finger auf den Zahlencode. „Den hab ich leider verkehrt eingegeben. Ich erinnere mich nicht mehr an die Kombination und Frau Biel ist eben in den Feierabend." Christian scheint mein Vorhaben zu analysieren, doch wedelt dann wissend mit der Hand.

„Passiert mir andauernd." Er tippt den Code selbst zweimal falsch ein und öffnet mir höflich und zuvorkommend die Tür. 47783 war der Richtige. Ich wiederhole die Zahlen mehrmals in Gedanken und hoffe, sie gleich notieren zu können. Ich wünsche Christian eine angenehme Pause und trete zu Aria in den Raum. Er beobachtet mich kurz durch die Glasscheibe, wie ich die Handschuhe und Schutzbrille überziehe, und verschwindet dann endlich in die Cafeteria.

Ich denke, er ist froh, sich nicht selbst kümmern zu müssen, doch mag sich später nichts nachsagen lassen. Den Code notiere ich in einer Ecke unbeobachtet auf einem Taschentuch und stecke es sorgfältig ein.

Aria sitzt gelangweilt und traurig in ihrem Käfig und beobachtet jeden meiner Schritte. Die Handschuhe und Brille lege ich wieder ab, greife eine Leine und ein Halsband und öffne die Käfigtür. Sie lässt sich alles ohne Widerstand anlegen, aber hat keine Lust herauszukommen. Im Raum ist es mucksmäuschenstill. Farblos, kühl und steril, anders lässt es sich nicht beschreiben. Hier seinen Mut zu verlieren ist fast schon vorprogrammiert.

„Hi Aria, fehlt dir Marc?" Ich streichele fragend ihren Rücken und fülle ihre Trinkflasche mit frischem Wasser auf. Die Käfigtür lasse ich offen, um ihr zu zeigen, dass ich ihr vertraue, doch sie rührt sich nicht vom Fleck.

Aria, ich bin es, Clementine. Dein Bruder lebt bei mir und wir holen dich hier raus. Ich versuche sie aufzumuntern, doch erhalte momentan keine Reaktion. Ich schiebe meinen linken Arm mit Bedacht unter ihren Bauch und hebe sie an. Mit der rechten Hand streichele ich sie sanft und trage ihren leichten Körper zur Außentür. Diese ist durch einen Transponder gesichert, aber für mich kein Hindernis mehr. Im Außenbereich lasse ich sie auf den Boden nieder und setze mich im Schneidersitz daneben. Ich tätschele sie weiter, bis sie nach ein paar Minuten bereitwillig auf meinen Schoß krabbelt und Nähe sucht.

„Aria, dein Bruder hat mir deinen Menschennamen verraten. Ich nenne ihn Carlos", erzähle ich etwas von dem Kleinen, um sie aufzumuntern. „Ich habe ihm versprochen, auf dich aufzupassen. Er hat dich nicht vergessen", versuche ich mich an ein bisschen Smalltalk und lasse meinen Blick über den Himmel schweifen.

Zwei sich lauthals streitende Vögel lenken unsere Aufmerksamkeit auf sich und wir beobachten sie eine Weile. Dabei wird mir jetzt erst bewusst, dass hier gar kein Dach drüber ist. Ich stellte mir vor, da wäre ein Netz oder so etwas, aber der Außenbereich ist oben offen. Von außen mit Kamera und Strom gesichert. Das erzähle ich später Carlos – ein Hinweis, den wir notieren sollten. Aria hat sich die ganze Zeit nicht vom Fleck gerührt und liegt kraftlos auf meinem Bein. Ihr Fell gleitet stumpf zwischen meinen Fingern hindurch und hat jeglichen Glanz verloren. Unter ihrem Fell kann ich ihre Rippen spüren. Der Blick auf die Uhr verrät mir, dass wir schon zehn Minuten länger hier sind als geplant.

„Aria, es tut mir leid, wir müssen wieder rein", sage ich und hebe sie auf meine Arme. Sie lässt sich schlapp zurück in ihren Käfig legen und das Futter, das ich ihr reiche, rührt sie nicht an. Ich verspreche ihr bald wieder da zu sein und verabschiede mich widerwillig von ihr. Es bricht mir das Herz, sie so zu sehen und ich überlege, was passieren würde, wenn ich sie einfach mitnehme. *Stoppen sie uns schon vor der Tür oder wäre es machbar?* Ich laufe fest entschlossen und mit geschwollener Brust wieder auf sie zu und öffne die Käfigtür. Meine Hände greifen nach ihr, da flüstert ihre liebliche Stimme in meinem Kopf.

Eine Minute, dann kommen sie, das schaffst du nicht, schließ die Tür. Mit Nachdruck aber ohne sich zu rühren, befiehlt sie mir, den Raum zu verlassen. *Geh!* Ihre Stimme ist sanft, doch tadelnd. Erschrocken weiche ich zurück, verriegele den Käfig und lasse sie allein. Da sehe ich schon das Viertsemester in der großen Halle Richtung Cafeteria strömen. Eilig haste ich zum Hausmeister, um mein Alibi zu wahren, doch der hat keine Arbeit übrig.

Wie ein kleines Kind strahle ich über den heutigen Gedankenaustausch mit Aria, doch mir wird schwer atmend bewusst, dass ich um ein Haar alles versaut hätte. Selbst wenn ich sie jetzt mitgenommen hätte, was dann? Niemand anders war bei ihr. Sie haben meine Adresse und ich führe sie direkt zu unserem Versteck. Das nächste Mal schreie ich am besten gleich das Vorhaben in die Welt hinaus. Ich brauche eine Pause.

Die Situation der letzten Tage setzt mir zu und ich bin überfordert. Ich habe mit mir zu tun und versuche, die Verantwortung für einen weiteren Seelenhund zu tragen. Was hat sich Carlos bloß davon erhofft. Nicht nur, dass ich das nicht schaffe, ich werde ihn enttäuschen.

Meine Aufgaben am Empfang sind erledigt. Das Blumengießen habe ich ebenfalls geschafft. So trete ich pünktlich in den wohlverdienten Feierabend, doch nicht, ohne mich wehmütig umzudrehen. Aria versauert in dem kleinen Käfig und wartet dort bis morgen früh auf Marcs Gesellschaft.

Während der Busfahrt schweifen meine Gedanken hin und wieder ab. Ich würde ihr gerne etwas Gutes tun, auch wenn das die Gesamtsituation nicht verändert.

Daheim erzähle ich Carlos von unserer Begegnung und er kann es kaum erwarten, sie wiederzusehen. Der Kleine versucht, über seinen gefiederten Freund herauszufinden, wie wir Aria aus dem Freigehege bekommen. Uns fallen abstruse Möglichkeiten ein. Ein Vogel, der darüber fliegt und Aria am Rücken tragend da heraushilft. Eine Leiter wäre zu auffällig und eine Drohne oder ein Hubschrauber ebenso. Finden wir einen Maulwurf, der sich durch buddelt? Je später, desto verrückter werden unsere Ideen und die Köpfe qualmen. Wir sollten unbedingt mit Marc reden, denn allein schaffen wir das nicht.

Mama kommt am Nachmittag von der Arbeit und wir erledigen

vor dem Kino schnell den Einkauf, da sie morgen wieder Frühschicht hat.

Ich habe ein schlechtes Gewissen ihr gegenüber, weil ich nicht ehrlich zu ihr bin. Ich führe zwei verschiedene Leben, wie bei den Undercover-Projekten und würde sie gerne mit einbeziehen. Ich brauche ihren Rat und ihre Zuversicht. Ein Eindruck von außen, der realistisch und unvoreingenommen ist. Sie würde meine Handlungen und Beweggründe sicher verstehen.

In Carlos würde sie sich verlieben und ihn in die Familie aufnehmen. Jetzt, bei solchen Unternehmungen, könnte er mit uns kommen und müsste sich nicht verstecken. Er wäre ein Mitglied unseres Clans und hätte ein gutes langes Leben. Aria wäre ein Teil davon. Sie würde bei Marc wohnen oder hier bei uns.

Viel Zeit zum Philosophieren bleibt uns nicht, denn ich muss los. Den kurzen Abstecher zum Lebensmittelmarkt nehme ich zu Fuß. Mamas Zeitmanagement ist streng begrenzt, daher lasse ich sie auf keinen Fall unnötig warten. Der Einkauf ist schnell erledigt und wir betreten pünktlich den Kinosaal.

In der Großstadt könnten wir uns die Kinobesuche nicht leisten, aber unser Kinosaal hier, ist ein Kulturgut. Er bietet ältere Filme und Klassiker, deshalb ist ein Besuch hin und wieder finanziell machbar.

Wir lassen uns vor Ort inspirieren und landen in einer Neuverfilmung eines alten Märchens. Der Film ist ein voller Flop und wir verlassen unbefriedigt den Saal vor dem Abspann. Ich mag es gar nicht, wenn die besten Szenen im Trailer zu sehen sind. Das ist so, als stünde das Ende eines Buches direkt im Klappentext. Und gefällt einem nicht, was man dort liest, wird einem die Story ohnehin nicht gefallen. Bei einer Buchverfilmung ist das was anderes. Da hat man einen expliziten Vergleich und will die Handlung genau so sehen. Doch wenn mir die Spannung direkt genommen wird, trauere ich meiner verschenkten Zeit hinterher. Mir tut es für

Mama leid, sie hat sich auf den Abend gefreut. Wir haben schon viele Filme gesehen und sind leicht zu begeistern. Doch heute sollte es einfach nicht sein.

Mama geht direkt ins Bett, um morgen fit für die Arbeit zu sein. Am Wochenende hat sie immer allerhand zu tun, als sei das die beste Zeit für Kinder, sich zu verletzen oder leichtsinnig zu sein. Selten beendet sie an solchen Tagen ihre Schicht pünktlich. Umso mehr ist zu Hause meine Unterstützung gefragt.

Ich haste nach oben zu meinem kleinen Freund, der es sich auf dem Kissen bequem gemacht hat und von seinem Nickerchen erwacht. Ich freue mich auf die freien Tage mit ihm, so haben wir ein paar Momente Zeit, einen stabilen Plan zu schmieden. Doch für heute ist es genug.

Carlos benötigt nichts weiter und ich bereite mich für das Zubettgehen vor. Der Kleine hat die Leselampe angeknipst und wartet geduldig mit zurückgeschlagener Bettdecke auf mich, bis ich darunter schlüpfe. Er krabbelt in meine Armbeuge und macht es sich darin bequem.

Carlos berichtet von einem spontanen Besuch seines gefiederten Freundes, doch hat keine neuen Informationen bekommen. Die Verbindung der beiden war mir von Anfang an ein Rätsel, aber es ist schön mit anzusehen. Ich würde gerne mehr darüber erfahren und verkneife mir die Frage, trotz später Stunde, nicht.

„Woher kennt ihr beiden euch?" Er kuschelt weiterhin in seiner Position, doch ich sehe ein kleines Lächeln auf seinen Lippen und bin gespannt, was die zwei verbindet.

Unsere Begegnung ereignete sich zufällig und hat uns beide in eine Situation gebracht, auf die wir gerne verzichtet hätten. Doch daraus ist eine loyale Freundschaft entstanden, die schon viele Jahre anhält.

Wir trafen uns in einer anderen Stadt, aber schenkten uns keine Beachtung. Bis er an einem nebligen Abend Opfer einer Katzengruppe wurde. Sie trieben ihn in einen Hinterhalt und verletzten ihn schwer. Er wäre ohne Hilfe nicht mehr herausgekommen, doch durch mein Eingreifen brachte ich mich in Gefahr. Wir trugen diesen Kampf gemeinsam aus, um uns beide zu retten. Die Auseinandersetzung hat Spuren hinterlassen und die Wunden brauchten Zeit, um zu heilen. Seine mehr als meine. Ich unterstützte ihn in diesem Prozess, denn sein Flügel war mehrfach gebrochen. Fliegen war so nicht möglich und sein Herz wäre ohne diese Freiheit verkümmert.

Es lag in meiner Verantwortung zu helfen und zu Dank verpflichtet hilft er mir. Ich bin dankbar für unsere Freundschaft und seine Begleitung und werde ihm das nie vergessen.

Mir wird bewusst, was der kleine Vogel auf sich nimmt, und sehe ihn mit anderen Augen. Er scheint ein Einzelgänger zu sein, doch niemand ist gern allein. Meine Hand wandert an Carlos Öhrchen und krault. Wie schnell man sich an jemanden und die nächtliche Körperwärme gewöhnt überrascht mich. Freundschaft ist Geben und Nehmen, eine Waage von Sympathie und Vertrauen. Und Carlos besitzt eine Menge von beidem.

Jeder, der ihn einmal kennenlernte, schätzt sich sicher glücklich und ich bin eine davon. Nicht nur, dass er eine eminente Persönlichkeit ist, sondern sich trotz seiner negativen Erfahrungen stets seine eigene Meinung bildet und unvoreingenommen bleibt. Er hat die Fähigkeit und Bereitschaft, sich in die Einstellung anderer Lebewesen einzufühlen. Er ist von innen und außen außergewöhnlich.

Sechzehn

Carlos versucht, mich wachzurütteln. Es ist Samstag, 11 Uhr und draußen ist es grau und regnerisch. Da wir für heute keinen Wecker gestellt haben, schlafen wir aus. Das haben wir gebraucht und wenn Carlos nicht so verfressen wäre, hätte ich länger liegenbleiben können. Er hat Lust auf einen Snack und den Wunsch bekommt er jetzt nicht mehr aus seinem Kopf. Ich gebe auf, schleiche in meinem Schlafanzug in die Küche und begebe mich auf Nahrungssuche. Der Appetit steht mir nach Pancakes und mit knurrenden Magen suche ich die Zutaten heraus. Bereit fürs Frühstück, dekoriere ich unsere Teller mit Ahornsirup, Bananenscheiben und Blaubeeren. Für mich eine Schokomilch und für den kleinen Knilch ein Wasser. Die gemeinsame Zeit wird kulinarisch zelebriert.

Carlos steigt der Duft schon auf dem Weg nach unten in die Nase und er nimmt direkt auf der Couch Platz. Genüsslich und schweigend genießen wir unser grandioses Frühstück und schauen ein bisschen Trash-TV. Heute lassen wir die Seele baumeln. Die Ereignisse der vergangenen Tage haben Spuren hinterlassen und mir wird bewusst, dass wir die Hälfte des Praktikums schon hinter uns gebracht haben. Was wir in den letzten Wochen erlebten und wie ich damit umgehe, überrascht mich selbst. Dass jemand meine Hilfe braucht, ich eigenständig ein, na ja, eher unfreiwilliges Praktikum verrichte, neue Leute kennenlerne und doch so aus der Komfortzone trete, macht mich schon ein bisschen stolz. Das habe ich mir gar nicht zugetraut. Und ohne es zu versuchen, würde ich jetzt zu Hause, mit dem Kopf in meinen Büchern stecken und in den Tag hineinleben. Nicht dass ich unglücklich bin, aber ich habe mich selbst eingeschränkt und zurückgezogen. Die Gedanken schweifen ab und ich komme ins Grübeln. Ich bin froh, Marc kennengelernt zu haben, aber bin mir nicht sicher, wie weit ich bei ihm gehen kann und ob er uns überhaupt hilft. Aria steht hier im Fokus, doch ich würde gerne weiterhin Zeit mit ihm und ihr verbringen. Unsere Mission schwöre ich mir dabei nicht zu gefährden, dafür sind wir schon zu weit gekommen.

Carlos scheint unsichtbar, Mama hat ihn nicht entdeckt und sonst auch niemand. Er wartet geduldig auf meine Erkenntnisse und setzt mich nicht unter Druck. Früher oder später wird er seine Stärken nutzen, es braucht nur den richtigen Moment. Seine Art fasziniert mich. Wie schön es wäre, wenn wir alle miteinander leben könnten. Frei und in Frieden. Ich denke häufig an die Insel, von der Carlos stammt – wie er sie beschrieb, wie sie riecht und wie es sich anfühlt, dort zu sein. Aber der Gedanke verschwimmt schnell wieder, denn wenn es einen Fakt gibt, dann den, dass die Insel nie gefunden werden darf. Ich würde außerdem zu gerne wissen, was in dem Buch von Herrn Dr. Biel steht. Die Chancen stehen schlecht, es selbst in den Händen zu halten.

Vor lauter Grübeln bin ich noch einmal eingeschlafen und erwache mit Carlos, zur Kugel geformt, auf dem Bauch. Er ist sicher erschöpft vom vielen Essen, denn er hat meine Reste vom Teller zusätzlich verputzt. So sanft wie möglich schiebe ich ihn auf ein Kissen und gehe nach oben, um zu duschen.

Eine ausgiebige Pflegeroutine und zwei Stunden später stehe ich frisch frisiert und umgezogen wieder im Wohnzimmer. Ich überspringe gut gelaunt die letzte Treppenstufe und sehe Carlos an der Efeutute schaukeln. Mit dem Pfötchen vor dem Mund signalisiert er, leise zu sein. Er beobachtet jemanden, der draußen vor unserer Tür steht und hört gespannt zu.

Marc ist da, telefoniert und spricht von Aria. Er ist besorgt um sie und hat den Tierarzt angerufen und um eine Vitaminpaste gebeten. Sie isst nichts, berichtet mir Carlos mit gesenktem Kopf. Da klingelt es an der Haustür und meine Hand greift langsam zum Türknauf.

Wieso bin ich so nervös, die Finger kribbeln. Lächelnd und mit einem leisen „Hi" begrüße ich ihn erfreut.

„Du siehst besorgt aus, ist alles in Ordnung?", frage ich ihn, als wüsste ich nichts von dem Telefonat.

„Hm, na ja. Hat das mit der Hündin gestern geklappt? Hat sie bei dir etwas gegessen? Wie war sie so drauf?", erkundigte er sich bei mir und wirkt verunsichert, deshalb hake ich nach.

„Sie war still und raus wollte sie erst auch nicht. Draußen lag sie dann auf meinem Schoß, doch das Essen ließ sie stehen. Wieso fragst du?"

„Sie hat heute wieder nichts gegessen und wirkt kraftlos. Ich glaube, sie gibt sich auf." Seine Gesichtszüge verändern sich und wirken hilflos.

Carlos schaukelt an seiner Efeutute und hört uns zu. Ich blicke heimlich zu ihm, denn mich interessiert, was er davon hält.

Seelentiere kommen viele Tage ohne Nahrung aus. Wenn wir über die großen Meere reisen, oft nur ein paar Früchte dabei, ist nicht dass das Problem, sondern das Umfeld. In Gefangenschaft verlieren wir den Mut und die Aura, unser Herz schrumpft und droht einzugehen und daran sterben wir, flüstert er besorgt. Meine Augen füllen sich mit Tränen und ich bin mitschuldig.

„Es ist sicher der Käfig. Sie ist die ganze Zeit eingesperrt, wie würde es dir da ergehen?", werfe ich Marc fast schon vor. Dabei wollte ich das gar nicht an ihm auslassen. „Ich sehe so oft wie möglich nach ihr. Kümmere mich um sie und versuche, ihre Bezugsperson zu sein", verteidigt er sich und würde sicher mehr tun, wenn er die Gelegenheit dazu hätte.

„Gibt es keinen extra Raum, in dem sie sich frei bewegt? Einen ohne greifbar nahe Gitterwände? Könntest du den Vorschlag unterbreiten?", erbitte ich leise.

„Ein Versuch wäre es wert", gesteht er sich ein und beendet das Thema damit. Carlos beobachtet, wie wir uns schweigend gegenüberstehen, und stöhnt in meinem Kopf. *Frag ihn irgendetwas, aber rede,* fordert er mich auf.

„Das Wetter ist heute launisch, nicht wahr? Vorhin hat es geregnet und jetzt nicht mehr", stammele ich unbeholfen und laufe rot an. Sein Blick wandert kurz gen Himmel.

„Ja, das ist wahr. Hast du Lust ein bisschen spazieren zu gehen? Jetzt, wo es nicht mehr regnet." Er macht sich ein klein wenig über mich lustig.

„Gerne. Fahren wir zum Stadtpark und falls es wieder anfängt, setzen wir uns in ein Café?", lenke ich uns von Carlos beobachtendem Augenpaar weg und beiße mir vor Nervosität auf die Lippe. Ich bin selbst irritiert über meine Reaktion, doch die frische Luft wird meinen gedanklichen Nebel lichten.

„Ich warte dann schon mal im Auto auf dich." Er gibt mir einen Moment für mich und verschwindet hinter der Eingangstür. Carlos und ich stecken schnell die Köpfe zusammen und besprechen, welche Informationen Marc preisgibt. Ich schnappe meine Jacke, Geldbörse, Schuhe und ziehe los. Der Kleine begibt sich wieder an seine Aussichtspflanze und winkt mir im Schatten der Gardine zu.

Bis zum Hauptparkplatz des Stadtparks wechseln wir kein einziges Wort. Ich betrachte ihn hin und wieder aus dem Augenwinkel. Marc ist ein sicherer Fahrer und hält sich an die Vorschriften. Kein Gedränge und Gehupe, sondern ein gleichmäßiges Vorankommen. Entspannt lausche ich der Rockmusik aus dem Radio und genieße das sanfte Schaukeln des Autos, bis wir am Parkplatz halten.

„Holen wir uns erst ein Getränk und dackeln dann ein bisschen um den Park?", wägt er schüchtern meine Laune ab. Angespannt lächelnd stimme ich ihm zu und folge erwartungsvoll seinen Schritten.

Im nahegelegenen Kaffeehaus bestellt er einen schwarzen Kaffee und einen Chai-Latte. Das Wetter ist angenehm sonnig und windstill und lädt zum Flanieren ein. Mich beruhigt, dass er ebenso zurückhaltend ist wie ich. So halten wir es minutenlang still nebeneinander aus und genießen das Beisammensein. Doch ohne Fragen zu stellen, bekomme ich keine Antworten.

„Wie war dein Tag?", mache ich den Anfang und unterdrücke meine eigene Nervosität.

„Ganz okay. Ich sorge mich um die kleine Hündin und habe deshalb den Tierarzt angerufen. Er kommt morgen kurz vorbei und schaut mal nach ihr", vertraut er mir an.

„Ich bin mir sicher, sie braucht mehr Platz. Frag sie doch mal", rutscht es unüberlegt aus meinem Mund heraus. Er starrt mir verwirrt in die Augen und ich wundere mich ernsthaft, warum er nicht selbst daran denkt. Wir sind mittlerweile am Stadtpark angekommen und schlendern planlos umher. Wir folgen dem Weg und umrunden den idyllischen See. Er ist umringt von Bäumen und Büschen; die Menschen, die auf den Sitzbänken verweilen, starren hypnotisiert auf das Wasser.

„Wie meintest du das eben?", hakt er misstrauisch nach und bleibt abrupt stehen. Eine Hand verweilt in der Hosentasche und die andere umklammert den Becher.

„Na, du fragtest, ob ich sie höre, und hast mir berichtet, dass ihr der Kratzer leidtat. Ich gehe davon aus, dass ihr miteinander kommuniziert", taste ich mich vorsichtig heran. Von ihm kommt keine Reaktion, als hadere er mit meiner Schlussfolgerung. Es fällt ihm schwer, mir mehr über ihr Verhältnis anzuvertrauen.

„Ich hoffe, der Biel weiß nichts davon. Oder steht so etwas in seinem Buch?" Ich plappere unbewusst weiter und weiß nicht, wie weit ich mich aus dem Fenster lehnen kann.

„Meines Erachtens nicht und das bleibt hoffentlich so", wünscht er sich flüsternd und aus tiefstem Herzen. Seine Vermutung erleichtert mich, der Gedanke daran hinterlässt dennoch einen faden Beigeschmack.

„Hat sie Hinweise über das Buch oder was Herr Biel damit vorhat?" Kann ich endlich eine der wichtigsten Fragen stellen. Er grübelt, das sieht man ihm förmlich an. „Um ihr zu helfen, brauchen wir gezielte Informationen", lege ich die Karten probeweise auf den Tisch.

„Was genau meinst du mit Hilfe, Clementine?" Sein Blick verrät nichts Gutes und ich entscheide mich, die Taktik zu ändern. „Na, aus diesem Käfig heraus", bekomme ich knapp die Kurve und versuche, seine Mimik zu lesen. Marc scheint der Verlauf des Gesprächs nicht zu gefallen und er schaut nachdenklich in die andere Richtung. Ich weiß nicht, wie lange wir schon unterwegs sind, unsere Becher sind bereits leer. Schweigend und verunsichert schlendern wir eine Weile weiter. Die Sonnenstrahlen lassen das Gemüt erhellen, als versuchen sie, unseren Twist zu durchbrechen. „Was treibst du so in deiner Freizeit?", entschärfe ich die Situation, doch er winkt mit einem kurzen „Lass uns gehen" ab und begibt sich auf direktem Weg zum Parkplatz.

Seine Schritte werden immer schneller und ich bin mir sicher, er hat keine Lust mehr hier Zeit zu verbringen. Oder nicht mehr mit mir. Ich folge ihm enttäuscht und stumm zum Auto und überlege, mich hier direkt von Marc zu verabschieden.

„Du, ich glaube, ich nehme lieber den Bus. Danke für den Chai und deine Zeit." Dabei drehe ich mich verunsichert von ihm weg. „Hab noch ein angenehmes Wochenende." Zu meiner Überraschung spüre ich seine Hand an meinem Oberarm und erwarte pessimistisch ein, „Tschüss, wir sehen uns" oder „Dein Schlüssel liegt noch im Auto". Doch als ich mich ihm zuwende, nimmt er mich unverhofft in den Arm. Vollkommen überfordert mit der plötzlichen Zuneigung, bekomme ich kein Wort heraus, doch meine Hände legen sich wie ferngesteuert um seinen Rücken.

„Tut mir leid, Clementine. Es ist nur …“, stammelt er verlegen und schiebt mich einen Schritt weit von sich weg.

Ich schäme mich für mein forsches Benehmen. „Ich setze dich unter Druck, das ist nicht meine Absicht. Dein Studium hängt da dran und der spätere Beruf. Ich bin in einer Woche weg, mir ist es egal.“

„So simpel ist es eben nicht, Clementine. Ich ahne, was du da vorhast. Das bringt sie und uns in Gefahr und ist gesetzlich verboten. Hausfriedensbruch, Vertragsbruch und sogar Diebstahl. Dafür wird man dich belangen.“ Er unterstreicht seine Ansicht mit steigendem Tonfall, seine Hand ruht wieder an meinem Arm.

„Ja, an dem Plan arbeite ich“, gestehe ich kleinlaut und fühle mich ertappt. Endlose Minuten vergehen, begleitet von Unbehagen und Schweigen. Wir stehen uns gegenüber, unsere Blicke versuchen, den anderen zu durchdringen und mit Hilfe derer in die Köpfe zu schauen.

„Komm, ich zeig dir was.“ Er schiebt meinen Körper sanft zu seinem Auto, lässt mich einsteigen und fährt ohne weitere Informationen los. *Ist das der Moment, in dem ich zu viel weiß und entsorgt werde oder erfüllt er mir einen Wunsch und bringt mich nach Hause?* Mit Muffensausen gehe ich alle Eventualitäten in meinem Kopf durch und wieder einmal wird mir bewusst, zu viele Filme gesehen zu haben. Carlos ist der Einzige, der von meinem letzten Aufenthaltsort weiß, doch ausgerechnet er kann dies niemandem erzählen.

Kurze Zeit später erreichen wir, in einer für mich unbekannten kleinen Wohnsiedlung, ein modernes Mehrfamilienhaus und steigen aus. Stutzig folge ich ihm zur Wohnungstür und kann meine Nervosität nicht verleugnen.

„Äh, ich hab keinen Besuch erwartet, es ist nicht aufgeräumt“, entschuldigt er sich im Vorfeld und fährt sich dabei verlegen mit der Hand über den Nacken. Die Wohnung ist hell und voller Pflanzen. Schwarze Möbel und Tontöpfe in jedem Raum. In der Küche steht ein bisschen Geschirr herum, aber wenn das nicht aufgeräumt ist, sollte er auf keinen Fall mein Zimmer sehen.

Ich laufe mit offenem Mund durch die Räume und bin begeistert von seinem Stil. Im Wohnzimmer bleibe ich aufmerksam vor dem Schreibtisch stehen. Darüber thront eine Korkwand, die gespickt mit Informationen über den Orden und Dr. Biel ist. Wenn mein Mund vorher schon offenstand, dann hängt der Unterkiefer jetzt bis in die Kniekehlen. Fragend schaue ich ihn an und die Gehirnzellen versuchen, das Gesehene einzuordnen, doch ich bin sprachlos. Vorhin habe ich mich mit meinen Fragen nicht zu weit aus dem Fenster gelehnt, sondern bringe seinen eigenen Plan durcheinander.

Marc steht abschätzend hinter mir und beobachtet meine Reaktion. An der Wand entdecke ich eine Kopie, die aus dem Buch stammt. Zudem hängen dort Notizen, die von Dr. Biel oder einem Mitarbeiter geschrieben wurden. Informationen über Aria, Kollegen, den Tierarzt und Ordensmitglieder pinnen verstreut und scheinbar wahllos an der Wand. Ich wünschte, Carlos könnte das sehen, er wäre sicher begeistert.

„Kann ich dir etwas zu trinken anbieten?" Er zwingt mich aus meiner Schockstarre, doch mehr als ein Nicken bekomme ich nicht heraus. Neben den Gläsern platziert er ein Plakat auf dem Tisch, das er sorgfältig aufrollt und stolz präsentiert. Es enthüllt den Grundriss des Institutes ‚BPI', doch wirkt anders als der, den wir selbst anfertigten.

„Da fehlt etwas", stelle ich grübelnd fest und laufe in Gedanken die Gänge ab. Nach längerem Hinsehen bemerke ich die Unstimmigkeiten und zeige mit dem Finger auf die Auffälligkeit.

„Die große Halle. Jetzt sind da mehr Räume", bemerke ich aufgeregt und schaue Marc fragend in seine Augen.

„Genau. Er hat den Glasraum und die hintersten zwei Büroräume zusätzlich einbauen lassen. Zu seinen Räumen hat niemand Zutritt, diese sind mit einem Zahlencode gesichert. In dem einen arbeitet er und ich vermute in dem anderen das Tagebuch und seine Notizen." Ich sauge gespannt die Informationen auf und versuche, mir deren Bedeutung klar zu werden.

„Du benötigst das Buch nicht. Das Wichtigste ist, dass wir sie da rausbekommen. Und mit ‚wir' meine ich nicht dich oder mich. Wir brauchen einen anderen Plan", legt er mit Bestimmtheit fest und mahnt mich mit tadelnden Blicken, doch ich hake ungeduldig nach. „Wie stellen wir das an? Auf einen Zufall warten?"

„Eher auf einen Fehler", korrigiert er meinen Ansatz und bringt uns damit kein bisschen weiter. Überfordert und geistesabwesend starre ich zur Korkwand. Sie zieht mich förmlich in ihren Bann und ich versuche, daraus eine hilfreiche Schlussfolgerung zu ziehen. Was ergibt die Summe des Ganzen und wie ergänzen wir uns dabei.

„Clementine, ich ziehe dich da ungern mit rein, aber habe das Gefühl, dass du mehr weißt, als du mir erzählst. Bevor wir uns gegenseitig im Weg stehen, wäre es besser, wenn wir uns helfen, oder?" Und damit hat er womöglich recht.

„Was genau ist dein Ziel? Diese vielen Stichpunkte sammelst du sicher schon etwas länger. Worauf läuft das hinaus?", stelle ich die einzige Frage, die mich im Moment beschäftigt.

„Ich erfuhr in der ersten Praktikumswoche vom ‚Orden des Animalus', was mich verwunderte, da es ja ein Geheimbund ist. Christian erklärte mir, dass das Institut über sein potenzielles Umfeld forscht und vorher schon Informationen zu allen Bewerbern sammelt. So stellen sie sicher, dass man nicht irgendwelchen Tierschutzorganisationen oder Pressestellen angehört. Wir zwei waren entweder vertrauenswürdig, zu uninteressant oder naiv genug. Nach und nach erhaschte ich ein paar Gesprächsfetzen über Seelenhunde, dass Herr Dr. Biel einen auffinden ließ und ihn in das Institut brachte. Ich bewegte mich so unauffällig wie möglich und lauschte, wo sich eine Möglichkeit bot. Sie war kaum da, verhielten sich alle, als hätten sie einen Schatz gefunden.

Frau Biel ist zu meinem Glück immer geschwätzig und ließ ein paar Informationen durchsickern. Ich befürchte, sie weiß gar nicht, was da vor sich geht. Sie wollen die DNA von der Seelenhündin knacken, da in dem alten Buch steht, dass sie Gene in ihrem Erbgut enthält, die lebensverlängernd, heilend und schmerzstillend wirken. Früher waren sie nicht in der Lage, an solche Details zu gelangen. Mit den Gerätschaften und den Laboren der neuen Zeit gelingt dies, und das wäre der größte Erfolg, den das Institut bis heute erzielt hat. Es handelt sich hier um Milliarden-Verträge mit der Pharmaindustrie und Medikamente, die todkranken Menschen helfen zu überleben. Doch die negativen Seiten werden komplett verdrängt. Der Biel ist auf der ganzen Welt auf der Suche nach weiteren Seelenhunden und sollte diese Suche von Erfolg gekrönt sein, wird er nicht mehr so zaghaft mit unserer Hündin, *Objekt 1,* wie er sie nennt, umgehen. Sie wird geschont, da sie ein Unikat ist."
Seine Worte schleichen sich wie dunkler Nebel in meine Gedanken und jagen mir einen Schauer über den Rücken. „Die daraus resultierenden Medikamente werden nicht billig sein und das macht mich wütend. Die mit der Entscheidungsgewalt sehen nur den Umsatz und den steigenden Marktwert. Die Reichen haben die Möglichkeit auf Behandlung und die Armen nicht. Das ist, als spiele man Gott und entscheidet über Leben und Tod. Alle versuchen, vom Kuchen ein großes Stück abzubekommen, deswegen hat er so viele Spenden erhalten, das bedeutet nichts anderes als Habgier." Marc redet sich regelrecht in Rage und beendet seinen Satz mit einem hochroten Kopf. Die Hände in die Hüften gestemmt, stellt er sich an das Fenster und atmet tief ein und aus.

Mir wird langsam bewusst, was er da sagt. Es hängen Geldsummen an ‚dem Objekt', die ich nicht mal auszusprechen vermag. Und der Biel wird keine Kosten und Mühen scheuen, Aria wiederzubekommen, selbst wenn wir sie befreien. Ich fühle mich wie in einem ausweglosen Film. Alle wissen, was folgt, nur du nicht. Die Sache ist größer als vermutet und meine Zuversicht schwindet. Die Frage ist, was wir hier dann die ganze Zeit versuchen und ob sich Carlos überhaupt bewusst ist, wie ernst die Lage ist und in welcher Gefahr er steckt. Ich sollte unbedingt mit ihm reden. Am besten jetzt!

„Marc, das ist alles belastend für meinen Kopf und ich versuche, das erst einmal zu verarbeiten. Lass mich eine Nacht drüber schlafen und morgen nach deiner Arbeit, komme ich wieder vorbei. Bitte! Im Moment fasse ich keinen klaren Gedanken mehr." Ich erhoffe mir ein wenig Verständnis. Zögernd willigt er ein, läuft in den Flur, schnappt sich Jacke und Schlüssel und wartet fürsorglich auf mich.

„Komm, ich fahr dich nach Hause. Morgen nach der Arbeit hole ich dich wieder ab, okay?" Verständnisvoll kommt er mir damit einen großen Schritt entgegen. Ohne tadelnde Erklärungen bringt er mich nach Hause und gibt mir die Zeit, die ich brauche. Jetzt muss er mir vertrauen!

SIEBZEHN

Zu Hause erzähle ich Carlos, was sich die letzten Stunden ergab und bin gar nicht in der Lage, alle Informationen von der Korkwand wiederzugeben.

Der Kleine sitzt auf dem Bett, während ich mit meinen Notizen in der Hand im Zimmer auf und ab laufe, und hört gespannt zu. Er diskutiert schlussfolgernd, dass es ein Fehler war sich mit Marc einzulassen, wir ihn nicht brauchen und uns verraten hätten, doch ich bin froh ihn auf meiner Seite zu wissen. Ungeplant weichen wir von unserem eigentlichen Vorhaben ab und gestehen uns missmutig ein, dass der Plan jetzt eben ein anderer ist.

„Wir schaffen es ohne Marc nicht", spreche ich den Standpunkt offen gegenüber Carlos aus, doch der wird unzufrieden und wütend und immer lauter in meinem Kopf. Seine Gesichtszüge verändern sich und seine Haltung wirkt bedrohlich.

Mitfühlend strecke ich ihm meine Hand entgegen, um ihn zu streicheln. „Wir finden einen anderen Weg." Ich habe kaum ausgesprochen, da faucht er mich an und fletscht seine Zähne. Seine Nackenhaare zu einem drohenden Kamm aufgestellt, lauert er in Angriffsstellung und starrt mir verbittert in die Augen.

Unkontrolliert weiche ich erschrocken nach hinten und stolpere fast über meine eigenen Beine.

Seine Reaktion verunsichert mich. Ich halte Carlos auf Abstand und beobachte ihn aus sicherer Entfernung. So aufbrausend und gefährlich habe ich ihn nie erlebt. „Wie deine Schwester", werfe ich ihm trotzig vor und bringe ihn damit unvermutet zum Stutzen.

Erneut bleckt er drohend die Zähne, doch leckt sich hinterher friedlich seine Pfötchen. Er ist unzufrieden, aber das bin ich ebenso. Das ist nicht mehr nur eine kleine Mission, sondern reif fürs Kino.

Alle versuchen, Aria da rauszuholen, möglichst ohne selbst Schaden davonzutragen, das muss Carlos verstehen. Wenn er unsere Hilfe benötigt, halten wir als Team besser zusammen und arbeiten daran.

Ich hatte einen angenehmen Tag, doch der Streit mit Carlos lässt mich verstimmt ins Bett gehen. Ich finde seine Reaktion absolut unnötig und sie war verletzend. Er weiß, dass ich mir das Beste für ihn wünsche und mein Handeln nach ihm richte. Wir verkneifen uns den Abend weiterhin zu verderben und bringen etwas Abstand zwischen uns. Rücken an Rücken liegen wir im Bett und die Gedanken verlangen nach Abwechslung. Ich gebe ihm nicht die Möglichkeit, seine Kräfte einzusetzen, und bitte nicht darum. Er weiß, dass er mit Manipulation hier nicht weiterkommt. Die Meinungsverschiedenheit wird verarbeitet, ob wir wollen oder nicht.

Mit gedimmtem Licht gebe ich mich der fantastischen Geschichte meines derzeitigen Buches hin, bis mein Gemüt sich beruhigt und im Einklang der Verse Ruhe findet.

Wir hatten eine schlaflose Nacht und diskutieren am Morgen gleich weiter. Carlos will unbedingt mit zu Marc, doch ich verschweige seine Existenz so lange wie möglich. Nur so kann ich ihn beschützen und außerdem vertraut er ihm nicht. Seine Bedenken beweisen das klar und deutlich.

Was, wenn sie wissen, dass ich bei dir lebe und Marc die Aufgabe hat, mich einzufangen. Oder uns zu beschatten und sie direkt hierher führt. Geduldig höre ich mir seine Bedenken an und grübele ausgiebig darüber nach, denn wir haben nur eine weitere Woche, um Aria da herauszuholen. Keiner hängt offiziell mit drin. Wir bereiten den Weg und jemand anderes führt es durch. Gedankenverloren starre ich Carlos an und gestehe mir widerwillig ein, dass wir es ohne ihn nicht schaffen.

„Ich nehme dich mit zu Marc, aber nur unter einer Bedingung", drohe ich ihm mit erhobenem Finger und erkläre den Plan. „Du bleibst im Rucksack und hörst dir an, was er heute zu sagen hat.

Dann entscheiden wir weiter, okay?" Er springt spürbar erleichtert vom Bett und krabbelt an mir hoch, um die Vereinbarung zu besiegeln.

Aufgrund seiner bösartigen Reaktion gestern Abend bin ich weiterhin beleidigt und sauer und versuche, ihm wenig Beachtung zu schenken. Er schiebt versöhnend sein Köpfchen unter mein Kinn und entschuldigt sich leise, denn ihm hat dieser Zwist ebenso wenig gefallen. Einfühlsam streichele ich über seinen Rücken, genieße einen Moment unsere freundschaftliche Verbindung und befürchte, genauso auf ihn angewiesen zu sein, wie er auf mich.

Mama habe ich gestern Abend nur kurz gesehen, deshalb frühstücken wir heute Morgen gemeinsam. Sie wartet mit dem Essen, so löse ich mich von Carlos und stapfe die Treppe hinunter zu ihr ins Wohnzimmer. Obwohl es gestern so angespannt zwischen uns gewesen ist, bringe ich nach dem Plausch mit Mama etwas zu essen für ihn hinauf. Das Zimmerfenster öffne ich einen Spalt weit, falls Besuch herein flattert. Solange er hier ist, bin ich verantwortlich für ihn.

Um mich unbeobachtet auf das Treffen mit Marc vorzubereiten, schleiche ich ins Badezimmer. Danach sammeln wir die Dokumente ein, vertreiben uns die Zeit mit TV schauen und werden, kurz bevor sich der große Zeiger der zwei nähert, von Marc abgeholt.

Die Begrüßung verläuft kühl und die Stimmung ist angespannt. Er bekommt nur ein klägliches ,Hallo' heraus und konzentriert sich stillschweigend auf das Autofahren. In seiner Wohnung bietet er mir freundlich ein Glas Wasser an und läuft in die Küche, um sich ebenso eines zu befüllen. Den Rucksack stelle ich samt Carlos darin, halb verdeckt neben der Couch ab und öffne den Reißverschluss nur einen kleinen Spalt. Zurückhaltend halten wir erst ein bisschen Smalltalk, um die unangenehme Stille zu verscheuchen, doch die Notizzettel bespickte Tafel zieht meine Aufmerksamkeit förmlich an. Ich dachte die ganze Nacht an nichts anderes, positioniere mich davor und schaue ihn eindringlich an.

„Was meinst du?", will ich von ihm wissen und gleichzeitig abschätzen, ob sich zu gestern etwas verändert hat. „Ich habe über unser Gespräch nachgedacht und bin überzeugt, dass wir es schaffen, aber nur gemeinsam und mit einem perfekten Plan", berichtet er entschlossen von seiner Entscheidung.

Meine Aufmerksamkeit wandert zum Fenster und wird von einem kupferfarbenen Vogel abgelenkt, der wartend auf und ab flattert. Marc folgt verwundert meinem Blick und fokussiert ungläubig die Scheibe. Ich erkenne Carlos kleinen Freund wieder und öffne seufzend die Fenstertür, damit er auf dem Sims landet. Marc starrt mich mit angehobener Augenbraue an und wartet auf eine gute Erklärung.

„Er hilft uns", werfe ich bedenkenlos in den Raum und schlender gelassen zurück zur Couch. Meine Hand wandert suchend zum Rucksack daneben, um die Unterlagen herauszuholen und nach Carlos zu sehen. Der Reißverschluss steht komplett offen und der Kleine ist weg.

Ich seufze genervt und scanne unbemerkt den Raum ab, dabei drücke ich Marc die Notizen in die Hand, um ihn auf unseren Stand zu bringen. Während er einen Blick darauf wirft, suchen meine Augen das Zimmer ab und versuchen, den Unruhestifter vor Marc zu finden. Ich vertraue darauf, dass er hier nichts Dummes anstellt und rede mir ein, dass er gleich wieder hier sein wird. Marc erweitert nichtsahnend seinen Grundriss mit den von uns notierten Kameras und Türcodes und stellt sich gedankenverloren vor seine Pinnwand.

„Sitzt die ganze Zeit jemand hinter den Videobildschirmen?", frage ich beiläufig und versuche, unser Vorhaben ein wenig voranzutreiben.

„Nein, da wird nur sporadisch oder nachträglich etwas nachgeschaut. Das verschafft uns einen Vorteil."

„Gibt es einen Alarm bei Ausbruch?" Ich schätze ab, was uns erwartet, doch er schüttelt den Kopf.

„Nur den Feueralarm, die Sammelstelle für die Mitarbeiter ist auf dem Parkplatz davor. Da wird dann abgezählt."

„Funktionieren die Transponder während des Alarms?", denke ich laut und kratze mir grübelnd das Kinn.

„Diese gesicherten Türen nennt man Panikschlösser und es sind Notausgänge. Die öffnen immer, nur eben mit Alarm. Im Normalbetrieb geben sie einen wiederholenden Piepton von sich, bis der Ton mit dem Transponder wieder abgeschaltet wird. Spielt für unser Vorhaben also keine Rolle", erklärt er geduldig und wappnet sich weiterer Gedankensprünge meinerseits.

„Das Außengehege ist nach oben offen. Warum werfen wir Aria nicht über den Zaun?", stelle ich die simpelste aller Fragen, doch bin mir eines Hakens bewusst.

„Wer ist Aria?", stammelt Marc verwirrt und erstickt die Hoffnung direkt im Keim. „Und nein. Am Rand der oberen Abgrenzung sind Sensoren, die jegliche Bewegung wahrnehmen und die Kameras gesondert aufzeichnen."

„Nachts, wenn so wenig Mitarbeiter wie möglich da sind...", fachsimple ich weiter und werde direkt von ihm unterbrochen.

„Die Nachtarbeit wird vom Biel selbst angeordnet, ohne Nachweis lassen dich die Securitys nicht rein. Und die sind immer zu zweit. So wird die Anzahl der Beschuldigten direkt eingegrenzt und ist daher zu gefährlich", blockt er meine Idee gleich wieder ab, bevor ich sie zu Ende spreche.

„Vertraut Aria dir? Und Aria ist die kleine Hündin", beantworte ich es diesmal selbst und lasse keinen Widerspruch zu.

„Sie antwortet hin und wieder, aber misstraut mir. Es ist, als ob sie sich verschließt, aus Angst, dass sie ihr Vertrauen ausnutze. Sie hat sicher Schreckliches durchgemacht", vermutet er traurig und fokussiert nachdenklich die Wand an. Jeder bringt seinen Kopf auf eigene Weise zum Glühen und versucht, die Puzzleteile gedanklich zu sortieren. Er steht, mit den Händen in den Hosentaschen, vor seiner Korkwand und studiert seine Notizen.

Das plötzlich laute und energische Zwitschern des Vogels lenkt unsere Blicke zeitgleich zum Fenster und wir drehen uns erschrocken um. Marc weicht beim Anblick die Farbe aus dem Gesicht und ich rolle genervt die Augen. Carlos sitzt auf dem Fensterbrett und plaudert mit seinem gefiederten Freund. Sie mustern uns abschätzend, als hätten wir sie bei ihrem innigen Gespräch unterbrochen.

Marc ist kreidebleich und sein Blick wechselt verwirrt zwischen den Tieren und mir hin und her. Sauer auf Carlos nehme ich wieder auf der Couch Platz. Er bringt sich selbst in Gefahr, hier helfe ich ihm jetzt nicht aus der Patsche. Diese Entscheidung hat er allein getroffen. Marc steht starr auf einem Fleck und zeigt mit seinem Finger und hochgezogenen Augenbrauen auf den kleinen Hund und erwartet eine Erklärung. Es dauert eine Weile, bis sein Blut endlich wieder auftaut und in Wallung kommt und bringt nichts weiter als ein stotterndes ‚Oh Gott' über seine Lippen. Was ihn wohl mehr verwirrt? Dass er jetzt erst bemerkt, dass Carlos ein Seelenhund ist, dass die zwei dort oben auf dem Fensterbrett sitzen und eine Freundschaft hegen oder dass überhaupt die Möglichkeit einer Kommunikation zwischen den beiden Tieren besteht. Zitternd greift er sein Wasserglas und nimmt einen großen Schluck, um den Kloß im Hals zu vertreiben. Ich lasse ihm etwas Zeit, doch Carlos funkele ich wütend an, um meinem Ärger Ausdruck zu verleihen.

Frag ihn, wo Aria aufgespürt wurde. Ob sie in der Stadt jemanden kennt, befiehlt mir der Kleine und nickt Marc zu.

„Carlos will wissen, wo Aria vorher die ganze Zeit war", teile ich Marc mit, doch dieser hebt nur unwissend seine Schultern und schaut perplex. „Weißt du, ob sie hier irgendwen kennt? Oder hat sie einen Namen erwähnt?", wiederhole ich seine Frage, doch Marc hat hierauf ebenso keine Antwort. Er hebt entschuldigend die Hände und schüttelt den Kopf.

Wenn sie flieht, wo würde sie hingehen, hakt er ungeduldig nach und wird immer lauter. Seine Muskeln über den Augen ziehen sich zusammen und sein Blick wirkt düster.

„Das kann er nicht beantworten", wende ich mich an Carlos und laufe zu ihm an das Fenster. „Du suchst Antworten, das ist mir bewusst. Frag ihn selbst", bringe ich ihm meine Gedanken entgegen und kraule beschwichtigend ein Ohr.

Ich traue ihm nicht, erwähnt er erneut und starrt Marc dabei direkt in die Augen. Dieser schaut zwischen Carlos und mir hin und her und meldet sich, immer noch überwältigt, endlich wieder zu Wort. Ich glaube, es hat Klick gemacht.

„Wo hast du ihn denn gefunden?" Er begutachtet ungläubig den kleinen Hund auf seiner Fensterbank. Selbst nicht davon überzeugt, erzähle ich von einem Zufall und winke mit den Worten ‚längere Geschichte' ungeduldig ab. Die Aufmerksamkeit wieder auf unseren gefiederten Freund gerichtet, hoffe ich auf Neuigkeiten. Der Vogel zwitschert wie auf Knopfdruck und flattert aufgeregt auf und ab, als versuche er, es uns selbst mitzuteilen. Carlos übersetzt für ihn und ich lausche den Worten in meinem Kopf.

„Das Buch des Ordens lagert im Büro von Herrn Dr. Biel – im zweiten Raum. Er sah es gestern zufällig vom Fenster aus, denn das stand sperrangelweit offen. Der besagte Raum ist durch eine große Flügeltür gesichert, aber nicht verriegelt und das Buch selbst steht in einer verschlossenen Glasvitrine dahinter. Gestern stand alles offen, um den Raum samt Inhalt zu lüften. Es gibt ein Problem mit der Feuchtigkeit und diese macht sich zum Leidwesen von Herrn Biel unaufhaltsam breit." Ich wiederhole die Sätze genauso, wie ich sie selbst höre, und alles ist mucksmäuschenstill. Jeder grübelt über das Gesprochene und deren Bedeutung nach und ‚Nässe' ist hier das Schlagwort.

Den ‚Orden des Animalus' zerschlagen wir nur, wenn es keinen Nachweis mehr über ihn gibt. Das Buch ist das Einzige, das den Beweis deren Existenz enthält und dessen Anhänger antreibt. Das Blätterwerk ist vermutlich angeschlagen und wie ich zur Versammlung erfuhr, sind unzählige Seiten nicht mehr lesbar. Feuchtigkeit, im Sinne von Luftfeuchtigkeit durch Wasser, unterstützt uns hierbei. Meine Gedanken kreisen wild umher und ich lasse Marc daran teilhaben. Ihm wird jetzt erst bewusst, was für eine Rolle das Buch spielt und bei der Priorität mit Aria auf einer Ebene steht. Jeder ruft Wörter oder Ideen in den Raum, die uns helfen könnten.

Regen, Feueralarm, Wasserrohrbruch, Getränke, chemische Flüssigkeiten, Reinigungskraft, Bodenwischer, Fensterputzer, Pflanzen, Raumduft, nasse Wäsche, Klimagerät mit Wasserkühlung, bis hin zum Eiswürfel, ist alles dabei. Selbst die Frage nach tierischen Schädlingen kam auf, welche uns Marc, dank der Hilfe seines internetfähigen Smartphones, schnell beantwortet.

„Papiermilben und Bücherläuse könnten uns hier weiterbringen, doch diese bevorzugen ein feuchtwarmes Klima. Es wird uns nichts anderes übrigbleiben, als den Aufenthaltsraum des Buches zu präparieren, bis er den gewünschten Nebeneffekt erhält."

Carlos und sein gefiederter Freund behalten die Halle weiter im Auge. Informationen darüber, wie das Buch transportiert wird, ob es Donnerstag wieder bei der Versammlung zu finden ist und wer es bewacht, gehört zu ihren Aufgaben. Die tatsächlichen Bürozeiten von Herrn Biel und in welchem Rhythmus er den Raum lüftet, scheint ebenso wichtig für uns.

Marc hängt sich an die Organisation. Täuscht vor, von ihnen überzeugt worden zu sein, und bringt mehr über den ‚Orden des Animalus' in Erfahrung. Aria verschafft er einen größeren Käfig oder einen einzelnen Raum, in dem sie zu Kräften kommen und sich wieder frei bewegen kann. Wie weit die Suche anderer Seelenhunde fortschreitet, bringt er hoffentlich ebenso in Erfahrung. Außerdem bespricht er mit ihr mögliche Fluchtpläne und die geographische Lage außerhalb des Institutes, damit sie vorbereitet ist.

Ich löse mich von Frau Biel, da die Arbeit am Empfang niemandem weiterhilft. Das Praktikum lenke ich in berufsspezifischere Tätigkeiten, um mir Zutritt zu den Forschungs- und Laborbereichen zu verschaffen. Gegen das Erlernen und Anwenden biochemischer Verfahren sträube ich mich innerlich, werde aber erfüllen, was von mir verlangt wird. Ich werde mich an Christian hängen um herauszufinden, wo sich die Abschrift befindet und was sie enthält.

Wir nehmen am Donnerstag an der Sitzung teil und treten mit Anhängern und Sponsoren in Kontakt. Jeder Hinweis ist ein Schritt in die richtige Richtung.

Aria hat den schwierigsten Part von allen. Sie versucht, so lange durchzuhalten wie nötig und lässt Untersuchungen über sich ergehen, um uns Zeit zu verschaffen. Eine andere Wahl hat sie nicht, was wiederum einen faden Beigeschmack hinterlässt.

Stumm fixieren wir Carlos, alle aus demselben Grund. Der Plan funktioniert nicht, wenn sich das Geschwisterpaar erfolglos versteckt. Dieses Unterfangen steht unter Geheimhaltung und dringt niemals bis zu unseren Ohren. Carlos schmiedet einen Fluchtplan für sich und Aria, er ist somit auf sich allein gestellt.

Der Gedanke, ihn nie wiederzusehen, kam mir vorher selten und breitet sich wie eine Welle der Traurigkeit in mir aus. Gefühle der Leere und Einsamkeit fordern ungefragt ihren Platz und die mühsam aufgebaute Hülle bröckelt. Mein Körper schwankt und ich atme schwer. Benommen ergreife ich die Couch und versuche, die lauten Gedanken durch tiefes Ein- und Ausatmen zum Verstummen zu bringen.

Carlos spürt das Unwohlsein und rennt zu mir herüber. An meinen Hals geschmiegt und die Nase hinter den Haaren verkrochen, drückt er seinen kleinen Körper fest an mich. Sein weiches Fell zwischen den Fingern, seine Wärme an meiner Brust, pochen die Herzen im selben Rhythmus. Die Gefühle tanzen und verschmelzen und verstärken die innige Bindung.

Du wirst immer fühlen, wenn ich der Nähe bin. Unsere Auren sind durch ein unsichtbares Band verbunden. Ab hier schaffst du es allein. Um weiter zu wachsen, brauchst du mich nicht. Vergiss das nie. Eine einzelne Träne bahnt sich ihren Weg über meine Wange und symbolisiert meinen Schmerz so minimal, wie nur Worte es erlauben.

Die Zeit steht still und Marc wechselt den Raum, um nicht zu stören. Unzählige Minuten später lösen wir uns aus der innigen Umarmung und verabschieden uns von seinem Freund. Der Vogel verschwindet und hinterlässt einen leeren Sims. Ich betrachte die vorbeiziehenden Wolken vom Fenster aus und atme tief ein und aus. Es gibt kein Zurück mehr. Von hier an teilen wir jede Information, ist sie auf den ersten Blick auch beiläufig und nicht von Bedeutung.

Marc schreibt seine Handynummer auf ein Blatt Papier und legt es zu meinen Notizen. Die nächste Handlung wird sein, das alte Handy aus dem Schrank zu holen.

Ich habe eins, aber nutze es nicht gerne. Tagelang drauf zu starren, nur um zu sehen, dass doch keiner schrieb, war Zeitverschwendung. Und falsche Hoffnungen erzeugt es eine Menge. Außerdem ist Technik nicht unbedingt meine Leidenschaft und raubte mir schon so manchen Nerv. Ich weiß, es ist absolut untypisch keines zu benutzen, doch bisher war das eben einfach nur ein Teil meiner Eigenheit.

Es wurde spät und Marc fährt uns nach Hause. Carlos sitzt wie ein Kuscheltier auf meinem Schoß und starrt aus dem Fenster. Marc schaut sich an jeder Ampel nervös um und man sieht ihm sein Unbehagen an.

Vor der Haustür angekommen, verabschiedet er sich wortkarg mit einem Nicken und wir nehmen an, dass das kein Abschied, sondern erst der Anfang ist. Ich beobachte das Auto, wie es den Hof verlässt und auf die Straße abbiegt. Carlos ist schon reingegangen und ich höre ihn die Treppen nach oben tapsen. Ich nehme einen Moment auf der Verandatreppe Platz, richte meinen Blick in die Wolken und schicke ein Gebet gen Himmel. Ich bitte um etwas Hilfe und Zuversicht, das Gute im Menschen und dass alles glatt läuft. Nach einem letzten tiefen Atemzug mache auf dem Absatz kehrt und steige die Treppe nach oben.

Achtzehn

Das Handy finde ich schnell, da es direkt unter dem Schreibtisch einstaubt. Der PIN-Code stimmt auf Anhieb, doch der Akku ist leer und es schaltet sich nach der Zahleneingabe direkt wieder aus. Es hat heute die ganze Nacht Zeit zum Laden, dann speichere ich morgen Marcs Nummer ein und schreibe eine Nachricht, damit er meine ebenfalls bekommt.

Wir bleiben den Abend über in meinem Zimmer. Ich lasse Musik über den Radiowecker abspielen und lausche einige Zeit den entspannt melodischen Tönen. Meine Hand streichelt Carlos automatisch, welcher längst tief und fest neben mir schläft.

Meine Bedenken kreisen wie wild durch meinen Kopf und ich komme nicht zur Ruhe. Wir haben heute so viele Informationen und Gedanken ausgetauscht, dass ich nicht mehr sicher bin, welche meine eigenen waren.

Es ergab sich in den letzten Tagen einiges und ich sortiere es mühsam. Eine Woche Praktikum ist vorbei und fünf Tage folgen. Womöglich hätte ich mich vor einem Monat heulend in die Ecke gestellt und geweigert, mit auch nur einer fremden Person Kontakt aufzunehmen.

Ich bin in vielerlei Hinsicht gewachsen, nicht bereit aber doch überzeugt von meiner inneren Stärke. Wir alle geben unser Bestes, sofern die äußeren Umstände dies zulassen.

Ich blicke auf Carlos, der Bauch des Kleinen hebt sich sanft im Rhythmus seines Atems, sein weiches Fell gleitet durch meine Finger und regt in mir ein Gefühl der Vertrautheit.

Ich hatte vorher nie einen Hund und Carlos ist nicht in meinem Besitz, aber ich lebe gerne mit ihm zusammen. Er ist, nach nur so kurzer Zeit, wie ein Familienmitglied für mich und ich verstehe die

Verbindung, die manche Besitzer mit ihrem Haustier eingehen. Es ist innig, vertraut und beruht auf Akzeptanz und Respekt.

Viele Menschen überschattet ein Überlegenheitsdenken und so bleibt ihnen diese Erfahrung verwehrt. Er kuschelt sich verträumt in meine Armbeuge, als spüre er das Unbehagen. Die Musik leise gedreht und das Licht ausgeschaltet, begebe ich mich zur Ruhe und versuche, die unangenehmen Gefühle wegzuschlafen.

Carlos streichelt mit seiner kleinen Pfote über meine Schulter und kitzelt mich wach. Er sitzt auf seinem Popo neben mir und starrt mir in die Augen. Er umschlingt meinen Hals und kuschelt sich heran. Ich glaube, er hat etwas Böses geträumt und sucht nach vertrauter Zuneigung.

Der Wecker klingelt in wenigen Minuten, diese nutzen wir innig umschlungen und kuscheln, bis das Piepen uns unterbricht. Es nützt nichts, ich muss los.

Marcs Unterstützung nimmt mir die Angst vor dem heutigen Tag. Ein gewisser Rhythmus hat sich eingeschlichen und vor Frau Biel musste ich mich bisher nicht fürchten. Ich betrete Montagmorgen pünktlich den Empfang und nehme die Arbeit auf. Meine Betreuerin ist in einer Besprechung im Konferenzraum und bittet mich per Notiz, die Post zu sortieren – was bereits wenige Minuten später erledigt ist.

Die Cafeteria ist leer, so hole ich mir ungestört etwas Warmes zu trinken. Der Kalender weist keine wichtigen Termine auf und zum Kopieren finde ich ebenso nichts. Mir ist die Zeit zu kostbar, um nur herumzusitzen, also statte ich dem Hausmeister spontan einen Besuch ab. Eine kurze Notiz soll meinen Verbleib erklären.

Er bittet mich, beim Tragen zu helfen und so stiefele ich ihm, dankbar für die Ablenkung, hinterher. Wir schlendern bei Aria vorbei, doch ich sehe sie nicht und laufen weiter in die große Halle. Mein Herz schlägt direkt schneller und ich halte Ausschau nach Beteiligten.

Der große ,Glasraum' ziert weiterhin die Mitte der Halle, doch wirkt heute leer und verlassen. Noch fünf Schritte, dann betrete ich zum allerersten Mal das Büro von Herrn Dr. Biel. Meine Augen scannen die Räumlichkeiten nervös ab. Der Hausmeister kennt den Zahlencode und gibt ihn in Windeseile ein. Der Chef ist nicht hier und die Tür zum nächsten Raum verschlossen. Damit habe ich nicht gerechnet.

„Die Druckvorrichtung ist defekt und da Magnus im Meeting ist, hilfst du mir, Kleine." Er weist mich lächelnd an und packt das schwere Gerät an der rechten Seite. Irritiert darüber, dass er seinen Chef mit Vornamen anspricht, zögere ich kurz, doch greife dann links helfend unter den Drucker. Gemeinsam hieven wir das Gerät zurück in die Werkstatt und auch jetzt finde ich keine Spur von Aria. Der Käfig scheint leer zu sein.

Nach getaner Arbeit führt mein Weg mich an den Empfang. Ich kontrolliere, ob Frau Biel zurück ist, doch dort ist niemand zu sehen. Unbeobachtet schleiche ich wieder zu Aria an das Fenster und durchsuche von der Scheibe aus den Raum. Die Leinen sind ebenfalls nicht da, wurde sie weggebracht? In einen Untersuchungsraum? Aber in der großen Halle habe ich sie und Marc nicht gesehen.

Aus dem Flur drängen Stimmen zu mir herein und ich habe kaum Zeit nachzudenken. Ich verstecke mich in einer der angrenzenden Kabinen, nehme auf einen Stuhl Platz und ziehe die Beine nah an den Körper. Mit angehaltener Luft lausche ich mucksmäuschenstill den Personen.

In was habe ich mich jetzt wieder manövriert? Ich hätte am Empfang bleiben sollen, wie von mir verlangt wurde. Die Stimmen werden lauter und treten in den Raum. Eine der Stimmlagen erkenne ich klar und deutlich: Es ist Herr Dr. Biel. Und die zweite gehört zu Marc. Er gibt ihm schroff die Anweisung Aria in den Raum zu bringen.

„Pack sie in den Käfig zurück. Sobald wir den Haken angeschraubt haben, befestigen wir sie an der Stahlleine. Wenn das nichts bringt, wirst du einem anderen Projekt zugewiesen", droht er ihm und verschwindet in der großen Halle. Ich schaue zögerlich um die Ecke und checke, ob die Luft rein ist. Marc trägt Aria auf dem Arm und streichelt sie liebevoll. Er flüstert ihr etwas zu, doch seine Mimik verrät nichts. Der Käfig ist weiterhin ihr Zuhause.

Schleichend und unentdeckt eile ich zum Empfang und unterrichte Frau Biel über meinen offiziellen Abwesenheitsgrund. Sie hat bis zur Pause keine weiteren Aufgaben für mich und erlaubt mir, frühzeitig zu Mittag zu essen. Heute Morgen steckte ich das Telefon und Marcs Zettel ein und finde auf dem Handy wie erwartet keine neuen Nachrichten. Ich schreibe ihm einen kurzen Text, dass ich Pause habe und gehört habe, was der Biel vorhin zu ihm gesagt hat. Aria hat nachher Ausgang und ich würde zu gerne erfahren, wie es ihr ergeht und Zeit mit ihr verbringen.

Mein Handy vibriert und zeigt eine neue Textnachricht an: ‚Biel fährt gleich golfen, komme zu Aria' und zaubert mir ein Lächeln auf die Lippen. Ich schiebe das Essen in meinen Mund und eile schnurstracks durch den Flur zum ‚Käfigraum'. Unbemerkt schlüpfe ich in die große Halle, gebe den Zahlencode ein und betrete den Raum. Die zwei sind bereits im Außengehege und sitzen auf der Wiese. Aria trägt eine Art Metallleine, die durch einen Plastikschlauch ummantelt scheint. Mein Blick bohrt sich skeptisch in das Seil und ich versuche, seinen Zweck zu erkennen.

„Komm her. Schau, das Seil ist federleicht und lässt sich biegen. Das war der einzige Kompromiss, den der Biel einging, um sie aus dem Käfig zu holen. Jetzt muss der Hausmeister nur den Wandhaken anbringen, dann darf sie da raus und sich etwas freier bewegen." Marc winkt mich zu sich und informiert mich über ihr Gespräch. Aria ruht auf der Wiese und starrt auf einen Käfer, der sich unglücklicherweise hierher verirrte.

„Wie geht es ihr?", frage ich ihn leise und hoffe auf erfreuliche Nachrichten.

„Sie ist still, aber hat ein wenig gegessen." Er streichelt ihr liebevoll über den Rücken. „Für morgen kaufe ich eine Baumwolldecke und ein Kissen, das lege ich ihr in das Regal, damit sie es bequemer hat. Die Mäuse bringe ich für den Anfang woanders unter." Er versucht, sehr mitfühlend, es Aria etwas angenehmer zu gestalten.

Ich bin stolz auf ihn, sich dem Gespräch mit Herrn Biel gestellt und sich für die Hündin eingesetzt zu haben. Ich glaube, er wird sich langsam seiner Position bewusst und lernt, deren Vorteil zu schätzen. Außerdem erwärmt es mein Herz, ihn so einfühlsam mit Aria umgehen zu sehen. Seine zarten Hände streichen sanft über ihr Fell. Ich bin mir sicher, ihre Anwesenheit, löst dasselbe in ihm aus wie Carlos bei mir. Womöglich trage ich heute einen Teil dazu bei.

„Warte hier kurz." Ich nicke bekräftigend, stehe auf und laufe zum Hausmeister. Diesen frage ich freundlich, ob er den Haken jetzt anbringt, da der Raum frei ist, und biete ihm meine Hilfe an. Den bettelnden Blick kann er schwer ignorieren und sucht mit einem Lächeln die benötigten Materialien zusammen. Sein fachmännisches Wissen ist hier gefragt und durch seine präzise Arbeit dauert das Unterfangen nur wenige Minuten. Dankend biete ich ihm zum Ausgleich an, beim Zurücktragen des Druckers ebenso zur Verfügung zu stehen, und wiederhole meine Wertschätzung.

Die Auslaufzeit von Aria ist vorüber und Marc trägt sie nach drinnen. Mit einem Grinsen bedankt er sich bei mir und wartet bis ich den Raum verlasse, um sie daran zu befestigen. Den alten Käfig stellt er offen und seitlich in das untere Fach des Regales, falls sie einen Rückzugsort benötigt, und legt eine Decke schützend darüber. Ich bleibe einen Moment und beobachte Aria, wie sie die gewonnene Freiheit nutzt. Von allein springt sie auf den Tisch, um etwas aus dem oben stehenden Wassernapf zu trinken. Das Gewicht der Leine beeinträchtigt sie nicht. Das nun 5 Meter lange Seil wirkt wie eine Schnur der unendlichen Möglichkeiten. Es ist greifbar kurz, doch bietet Raum zur Verlängerung. Marc scheint fürs Erste zufrieden und sein Durchsetzungsvermögen hat sich für die Kleine gelohnt.

Er begleitet mich auf einen schnellen Cappuccino, bevor ich wieder am Empfang aushelfe. Wir verschweigen unser Unterfangen und geben den anderen Studenten kein Futter für Gesprächsstoff oder Vermutungen. Hier arbeiten alle nach Auftrag und nichts geschieht ohne Grund.

Bisher verläuft der Tag gut, das Wochenende hat mich durchatmen lassen, doch in unserem Plan sind wir kein Stück weitergekommen. Es ist beruhigend, die Hündin wieder mehr bei Kräften zu sehen. Wenigstens Marc kann einen Punkt seiner Liste abhaken.

Frau Biel macht heute aufgrund eines privaten Termins zeitig Feierabend und überlässt mir die Entscheidung, mich den Studenten eine Stunde anzuschließen oder ebenfalls zu gehen. Aufgrund der immer wiederkehrenden Aufgaben am Empfang wähle ich, ohne darüber nachzudenken, Ersteres und werde direkt zu meinem Ansprechpartner in die große Halle gebracht.

Dort sitzen Schüler aus dem zweiten Semester an einem Experiment zur Ermittlung von gentechnischer Veränderung an einer Gemüsesorte. Der Laborant weist mich ein, sorgfältig und präzise vorzugehen, reicht mir Schutzkleidung, Handschuhe und Brille und teilt mir einen Arbeitsplatz und Partner zu. Da ich keinerlei Vorkenntnisse habe, arbeite ich ihm Material zu und fülle mit seiner Hilfe das Protokoll aus. Unsicher blicke ich zwischen den Tischen umher und beobachte die Handgriffe der anderen. Die Studenten kontrollieren das Gemüse auf bakterielle Krankheitserreger, Pestizidrückstände, entfernte Allergene oder erhöhte Nährstoffgehalte.

Ich lerne die Definition der grünen Gentechnik und deren Ziele, samt erwünschten Eigenschaften einer dahin veränderten Pflanze.

Die Zeit vergeht wie im Flug und so endete der Arbeitstag mit den Studenten um 15 Uhr. Nach etwas Übungszeit bin ich gut mit den Aufgaben zurechtgekommen und stand meinem Laborpartner nicht im Weg, sondern unterstützend zur Seite. Den Laborleiter bitte ich, morgen wieder teilnehmen zu dürfen, da ich in dem Praktikum bisher wenig in den Berufs- oder Studienzweig schnupperte. Dieser wägt kurz ab und erklärt, dass am nächsten Tag die Viertsemester Blutproben auf Krankheiten untersuchen und er sich nicht sicher sei, ob Herr Dr. Biel dies erlaube. Ich beteuere mein Interesse und lasse durchblicken, dass ich an der Arbeit mit dem Objekt beteiligt bin, mir aber die Anwendungen fehlen. Wie erwünscht, lässt ihn die Information aufhorchen und er verspricht mir, gleich morgen früh für mich nachzufragen.

Mehr erreiche ich heute nicht und fahre mit dem Bus nach Hause. Carlos ist nicht da und das Küchenfenster leicht geöffnet, also bereite ich uns etwas Essbares zu und nehme eine Serienlänge auf der Couch Platz. Er wird sicher bald kommen.

Den Haushalt erledige ich mit Musik auf den Ohren und räume tanzend das alte Geschirr weg, denn mein Zimmer hat dies nötig. Beim Blumengießen überlege ich kurz, Aria eine Pflanze mitzunehmen, eine saftig grüne Efeutute, die sie an Carlos erinnern lässt. Wiederum würde es Sehnsucht an die Freiheit hervorrufen und so streiche ich verunsichert meinen Gedanken wieder weg.

Carlos steht plötzlich in der Tür und ich wäre fast auf ihn getreten. Ich nehme den Kleinen erfreut auf die Arme und knuddele mich an ihn. Seine Nasenflügel beben kaum merklich, doch mir ist der Geruch von Aria, der leicht an mir haftet bewusst. Auf dem Weg zur Küche erzähle ich das Wichtigste zusammengefasst, verschweige aber die Bedenken der dauerhaften Leine gegenüber.

„Wo warst du?", will ich von ihm wissen und setze ihn auf den

Küchentresen. Meine Unterarme auf die Arbeitsplatte gestützt lausche ich gespannt seinem Tag.

Wir haben eine Idee, aber sei geduldig. Und Aria schafft das, wendet er sich ausgehungert einem kleinen Snack zu. Beiläufig erzähle ich ihm von dem Gedanken, Aria eine Pflanze mitzubringen und frage nach seiner Meinung.

Sie liebt Blüten, aber diese brauchen Tageslicht. Wie wäre es mit einer Efeutute, bringt er mich zum Schmunzeln. Ok, daran hast du selbst schon gedacht. Das ist eine hervorragende Idee. Und besiegelt unser Vorhaben.

Der Abend verläuft ohne Vorkommnisse. Wir besprechen die Lerneinheit der Übungsaufgaben, an der ich morgen hoffentlich teilnehme und welche schlauen Fragen ich dem Laboranten stellen könnte. Carlos klärt mich über Übungsphasen und deren Test-Varianten auf, um vorbereitet zu sein.

Wir suchen eine passende Efeutute aus, von denen es im Haus nur so wimmelt und deren Fehlen gewiss nicht auffällt. Carlos zelebriert die Wahl, indem er an jeder Pflanze über mindestens ein Blatt streicht. Es wirkt, als frage er das Grün, ob es diese Aufgabe übernehmen wird und für Aria die Reise antritt.

Mich fasziniert sein Umgang mit anderen Arten. Er erkennt stets, was es ist und braucht. Egal ob tierisch oder pflanzlich. Sein Wissen scheint unbegrenzt und aufgrund seiner Situation verschwendet. Er ist mit seiner Entscheidung von Größe und Farbe zufrieden und präsentiert stolz seine Auswahl. Wir legen etwas Papier parat, in das ich sie morgen für den Transport wickele.

Mama hat Spätschicht, doch erscheint zur Abwechslung mal pünktlich im Haus. Das bedeutet sicher, dass sie heute mal nicht unterbesetzt waren, ergo weniger Stress und mehr Zeit für die Patienten. Ich wünsche ihr regelmäßiger solch ‚normale' Tage, denn man sieht ihr die Belastung immer häufiger an. Ich sehe ihr Auto vor dem Haus einfahren. Sie wird mir sicher gleich von ihrem Tag berichten. Am besten warte ich mit einem frischen, heißen Tee und belegten Brötchen auf sie. Dann beendet sie den Tag bequem und versorgt. Außerdem wäre es an der Zeit, den Klatsch und Tratsch der Klinik aufzufrischen. Es gibt gewiss einiges zu berichten und wenn sie Lust auf einen Film hat, leiste ich ihr ebenfalls gerne Gesellschaft. Doch diesen verschieben wir, wie sie mir wenig später mitteilt, lieber auf einen anderen Tag. Für heute hat Mama genug gesehen und läuft müde nach oben.

Ich nehme mir mein Buch zur Hand und habe seit langem ein, zwei Stunden Zeit zu lesen. Der ‚Mitternachtsmarkt‘ ist nichts für schwache Nerven und ich assoziiere im Moment einiges mit der Geschichte. Der Protagonist muss sich plötzlich in brenzlichen Situationen zurechtfinden, zuvor nie Dagewesenes akzeptieren und in den Alltag integrieren. Zu lesen, wie er es meistert, stimmt mich zuversichtlich.

Carlos verschläft den ganzen Abend. Sein Leben muss tagsüber, einer streunenden Katze gleichen. Futtersuche, Revierverhalten und Pläne schmieden, ziehen Energie. Erschöpft von der Wanderschaft, fällt er erledigt ins Bett. Lesend kraule ich sein kleines Köpfchen und meine Augen werden müde und schwer. Das Buch hat nur noch ein paar ungelesene Seiten, doch bevor es mir ins Gesicht fällt, stelle ich es schläfrig weg und dimme das Licht.

NEUNZEHN

Dienstagmorgen – Mama hat Spätschicht und mal wieder einen Termin in der Werkstatt. Sie beharrt darauf, uns mit der Schrottmühle zum Praktikum zu fahren, und will sehen, wo ich mich so herumtreibe. Die Mängel an ihrem fahrbaren Untersatz fressen ihr ganzes Geld und außerdem glaube ich nicht, dass das eine gute Idee ist.

Mein privates Leben ziehe ich in diesen Teil der Freizeit nicht mit hinein. Und sie bietet eine Angriffsfläche, die ich zu vermeiden mag. Mama wird sicher stutzig, sie kennt mich in- und auswendig und wird merken, dass da etwas nicht stimmt.

Zu Hause schaue ich schnell zur Kontrolle auf mein Telefon und lege es ohne eingegangene Nachrichten zurück.

Gut gelaunt und pfeifend fährt sie uns zum Institut, als hätte sie keine Bedenken. Vor Ort wünscht sie, unbedingt Frau Biel ‚Hallo' zu sagen und sich persönlich vorzustellen. Die zwei sind gleich auf einer Wellenlänge und ich hänge in einem morgendlichen Albtraum fest.

Da ich so fleißig und selbstständig bin, überlässt mir Frau Biel den Empfang und die Damen trinken quatschend einen Kaffee in der Cafeteria. Ich lächele genervt und nutze die Zeit, um die im Rucksack versteckte Efeutute zu befreien. Diese verwahre ich in einem selten genutzten Schrank, danach checke ich die Termine der Woche und notiere, wann Herr Biel außer Haus ist.

Er hat einige Meetings im Saal, Mittwoch nach dem Mittag golfen, Donnerstag ist Versammlung mit dem Hinweis ‚Objekt', sonst ist nichts Auffälliges zu finden. Ich bin so vertieft, dass ich nicht bemerke, dass der Laborant von gestern wartend am Tresen steht.

„Hallo Clementine", ertönt plötzlich eine Stimme direkt vor mir.

Aufgeschreckt rucke ich auf meinem Stuhl einen Zentimeter nach hinten und starre ihn an.

„Oh, hallo. Entschuldigen Sie, ich habe sie gar nicht gehört." Ich kneife verlegen die Lippen aufeinander.

„Ich wollte dich nicht erschrecken. Haben sich Studenten arbeitsunfähig gemeldet für heute?", fragt er verwundert, doch ich habe darüber keinen Vermerk auf dem Tisch liegen.

„Leider nein, aber wenn sie einen Platz frei haben, würde ich gerne wieder teilnehmen. Frau Biel wird bald zurück sein. Sie ist in der Cafeteria", versuche ich mein Glück. Er bedankt sich mit einem Nicken und macht auf dem Absatz kehrt. Mama und Frau Biel kommen ein paar Minuten später von ihrem Kaffeekränzchen zurück und ich verabschiede mich mit einer Umarmung von ihr, bevor der Tagesrhythmus wieder seinen Lauf nimmt.

Ein paar bearbeitete Rechnungen später, klingelt das Telefon und Frau Biel schickt mich zu den Lehrräumen. Mit einem breiten Grinsen im Gesicht springe ich auf und eile in die Halle. Hoffnungsvoll bleibe ich kurz am ‚Käfigraum' stehen, um einen Blick auf Aria zu werfen.

Marc hat alles umgeräumt – das Regal ähnelt einem Kratzbaum für Katzen. Die kleine Hündin hat verschiedene Möglichkeiten an Schlafplätzen und Rückzugsorten, einen eigenen Trink- und Essensplatz und sogar einen Ball, der recht verloren auf seinem Regalbrett wirkt. Sie ruht eingekringelt auf der obersten Decke und schläft, nur die Leine am Halsband verrät, wo hinten und vorne ist. Zufrieden über unsere Bemühung trete ich der nächsten Lehrstunde positiv entgegen.

Der Laborant wartet schon an der Tür auf mich und weist mir einen Laborpartner zu. Ich halte mein Lachen gepresst zurück, denn dort am Tisch sitzt Christian und starrt so verwirrt, dass sein Gesicht einer Grimasse gleicht. Zu meiner Überraschung signalisiert er mir mit seinem Kopf, mich mal umzuschauen.

Mit geweitetem Blick wird mir bewusst, bei welchem Viertsemester ich im Raum sitze, denn Marc nickt mir besorgt von der anderen Seite zu. Ich laufe knallrot an und meine Euphorie rutscht beschämt über den Boden Richtung Ausgang.

Ich fühle mich wie eine Grundschülerin, die sich auf den Schulhof der Mittelstufe verirrt hat. *Tief durchatmen und aufmerksam zuhören, dann wird schon nichts schiefgehen,* versuche ich mir einzureden, glaube dennoch selbst nicht daran.

Der Unterricht fängt mit einer Sicherheitsunterweisung und dem Anziehen der Schutzkleidung an. Dazu gehörend werden Arbeitsmaterialien wie Mikroskope, Objektträger, Blutausstriche und weitere Proben verteilt. Jeder erhält ein auszufüllendes Protokoll und eine Teamaufgabe.

Christian ist minder begeistert über meine Anweisung und noch weniger, mich als seine Laborpartnerin zu haben. Das sind keine leichten Voraussetzungen, aber die haben wir schon mal gemeinsam. Da ich keinerlei Vorkenntnisse aufweise, benutze ich ein Lehrbuch zur Unterstützung. Wir wühlen uns durch die Abläufe. Christian weist mich an, nach was ich im Buch nachschlagen muss, und wir bilden relativ schnell und überraschend eine Einheit.

Wir analysieren Blutproben von Hasen und darüber den Gesundheitszustand: ob die Organsysteme ohne Einschränkung funktionieren, Abwehrmechanismen ausreichend bestehen, und Blutgerinnung im Fall kleiner Verletzungen vor Blutverlust schützt. Ich assistiere so hilfreich wie möglich und versuche, zwischendurch Smalltalk mit ihm zu führen.

„Christian, was passiert mit den Blutproben nach den Untersuchungen?", drehe ich den Glasträger zwischen meinen Händen. Kurzzeitig habe ich mir vorgestellt, woher die Proben stammen, doch die Gedanken schnell wieder weggewischt. Denn hier helfen wir den Tieren für den Moment und prüfen, ob sie gesund sind.

„Die werden maximal eine Woche gekühlt gelagert. Da sie nicht eingefroren werden, ist es nicht länger möglich", erklärt er mir geduldig und fährt mit dem Schreiben des Protokolls unbehelligt fort.

„Und danach? Was passiert mit dem Sondermüll?", forsche ich nach und bringe ihn unbewusst aus dem Konzept. Wir haben heute gut und gerne einen kleinen Abfalleimer befüllt und das an jedem Tisch – das ist nicht wenig.

„Das landet als Chemieabfall in einer Sonderabfallverbrennungsanlage." Sein genervter Blick entgeht mir nicht und er bittet mich, ihn nicht andauernd zu unterbrechen.

„Das ist doch dann sicher alles brennbar und explosiv. So wie die Mittel hier", spreche ich meine Bedenken aus und weise auf das Ethanol, das hier in jedem Raum zu finden ist.

„Ja, durch die Verbrennung werden biologisch aktive Bestandteile zerstört, in den Anlagen verdünnt oder neutralisiert. Wenn hier ein Feuer ausbricht, kommt Wasser aus den Sprinklern und Schaum aus den Feuerlöschern", erklärt er angeberisch und prahlt mit seinem Hintergrundwissen. Dabei bin ich mir sicher, dass das Teil einer Unterweisung war und er ausnahmsweise mal aufgepasst hat.

„Aha, okay." Ich suche mit den Augen die Decke nach den Sprinklern ab und betrachte das System.

„Bisher hat es hier nie gebrannt, mach dir keine Sorgen", sagt er mehr zu sich selbst und beendet rasch die gestellte Aufgabe. Säuberlich und ordnungsgemäß räumen wir unseren Arbeitsplatz auf und übergeben das Protokoll. Solange wir auf die restlichen Mitstudenten warten, um die Mittagspause anzutreten, halte ich das Gespräch am Laufen.

„Was wäre dann das Schlimmste, was kaputt ginge? Die technischen Geräte?" Ich warte gespannt auf seine Meinung, doch er unterdrückt notdürftig ein Lachen.

„Oh nein, die werden von der Versicherung bezahlt. Es kann alles, außer eines, nachgekauft werden." Ich schaue ihn an und überlege angestrengt, was er meint.

„Das Buch", hauche ich mit hochgezogenen Augenbrauen, doch er schüttelt den Kopf.

„Würde man meinen, aber die Box ist wasserdicht. Es sind die Notizen davon. Stell dir mal vor es würde Alarm geben und die Sprinkler springen an. In jedem Raum. Bis die Feuerwehr kommt, hat es schon literweise Wasser geregnet. Jegliche Notiz, die nicht wasserfest verschlossen ist, wird nass. Als ob du einen Schreibtisch unter die Dusche schiebst." Meine Gedanken schweifen ab und stellen sich das Ausmaß bildlich vor. Mit weit geöffneten Augen entfleucht mir ein ‚Oh‘ und ich schaue ihn ungläubig an. Habe ich mir seinen Hinweis nur eingebildet?

„Oh! Das kannst du laut sagen. Eine technische Anpassung wäre hier echt mal angebracht. Aber da rede ich mir den Mund fusselig." Er ist sich nicht bewusst, welche Bombe er eben platzen ließ.

„Da hast du vollkommen recht. Du solltest da nicht lockerlassen, das wäre katastrophal", bestätige ich seine Aussage, doch hege gleichzeitig die Hoffnung, dass das nicht so schnell passieren wird.

Der Laborant entlässt seine Schüler zur Pause und bedankt sich für meine Teilnahme. Er versucht, mir zu ermöglichen, an weiterem Unterricht teilzunehmen. Die ganze Gruppe schlendert gemeinsam zur Cafeteria, doch Marc gewährt Aria ihren Freigang. Ich biege ohne einen Ton zum Empfang ab und hole die Efeutute aus dem Schrank. Frau Biel hängt am Telefon und beachtet mich kaum, also laufe ich ohne Erklärung zurück.

Marc und Aria sind draußen. In der Zwischenzeit drapiere ich zur Überraschung die Efeutute mittig auf dem obersten Regal und hoffe, dass sich die Hündin darüber freut. Ohne großes Aufsehen statte ich auf dem Weg zurück dem Hausmeister einen Besuch ab. Heute wird das Ersatzteil für den Drucker geliefert, das er benötigt, und morgen bringen wir dann den Drucker zurück. Lächelnd betont er das ‚wir‘ und ich sichere ihm erneut meine Hilfe zu.

In der Cafeteria wartet Christian an unserem Tisch und plaudert unbefangen zwischen jedem Bissen über die nächste Sitzung. Er fragt mich, ob ich ihn am Donnerstag begleite und ich willige ein. Er notiert mir seine Handynummer auf einem Zettel, damit ich ihm vorher meine Adresse sende. Höflich bietet er mir an, mich abzuholen.

„Wusstest du, dass Herr Biel die Muschel als Symbol seiner Vorfahren übernommen hat? Diese ist im alten Buch immer wieder aufgezeichnet und stammt von den Pilgervätern." Ich höre ihm voller Neugier zu und atme erleichtert aus. Die Muschel wird bisher nicht mit der Insel in Verbindung gebracht. Das war immerhin Carlos' größte Sorge und nimmt ihm einen Teil seiner Bedenken ab.

Er beschreibt fasziniert, was sie bei den Blutuntersuchungen von Aria gefunden haben und versucht, bildhaft darzustellen, wie sie den Unterschied unter dem Mikroskop erkannten.

„Die Laboranten raufen sich die Haare, da sie kaum Material haben, aber zeitnah ein Ergebnis brauchen", verrät er mir schnell mit gedämpfter Stimme, da Marc mit seinem Tablett in der Hand zu uns herüber schlendert und ohne ein Wort Platz nimmt.

Leise formt er ein ‚Danke' mit seinen Lippen und lächelt mich an. Er hat die Pflanze entdeckt und ich hoffe, sie bleibt und findet gefallen.

Christian redet unbeeindruckt weiter und ich hätte am liebsten gelangweilt mit den Augen gerollt, doch es wäre besser, wenn er mir vertraut. Er ist eine erstklassige Tarnung und lenkt von Marc ab. Am besten man sieht mich hier mehr mit ihm sitzen und weniger bei Aria und Marc verweilen. Obwohl sich allein bei dem Gedanken meine Nackenhaare aufstellen. Die Zeit zwingt mich wieder zurück an den Empfang und ich verabschiede mich mit Absicht nur von Christian, der mir daraufhin lächelnd zuwinkt.

Der Tresen ist leer, so nehme ich stellvertretend den Platz von Frau Biel ein. Mein Blick fällt auf den Hörer, der nicht ordentlich auf dem Telefon liegt. Vorsichtig hebe ich ihn ans Ohr und lausche der Leitung. Die Stimmen am anderen Ende sind leise und gedämpft und doch erkenne ich sie. Frau und Herr Biel unterhalten sich über eine Bestellung, die sie tätigen soll und was er für die kommenden Meetings braucht. Der Preis spielt keine Rolle, gewiss bedarf es einer haltbaren Qualität. Den Telefonhörer lege ich langsam auf, als könnten sie mich hören.

Auf ihre Rückkehr wartend klingelt erneut das Telefon und weist, zu meiner Erleichterung, nur die Nummer des Liefereinganges auf. Er hat sicher schon häufiger geklingelt, doch kam durch den gehaltenen Anruf nicht durch. Das wird die Order des Hausmeisters sein, deshalb nehme ich sie persönlich entgegen. Den unterschriebenen Lieferschein und das Druckerkabel bringe ich direkt zu ihm und übergebe es freundlich mit einem ‚bis morgen‘.

Frau Biel steht am Computer und tippt beschäftigt auf der Tastatur. Sie googelt zu dem Produkt ‚Sicherheitsschloss‘ und sucht nach einem speziellen Modell. Ich schildere ihr den Grund meiner Abwesenheit und beobachte die geöffnete Suchseite aus dem Augenwinkel. Dort befindet sich ein Bild von einem Vorhängeschloss, das man mehrfach anschraubt und per Zahlencode sichert. Ihre Auswahl ist nicht günstig und wird ein paar Tage Lieferzeit benötigen, doch die Notwendigkeit eilt. Zufrieden über ihre Entscheidung, soll ich ihr in die Cafeteria folgen. Dort schnappen wir uns jeweils ein Tablett und befüllen dieses mit Tassen, Tellern und Gläsern. Voll beladen balancieren wir das Geschirr in die Konferenzhalle und bereiten den Besprechungstisch für das spätere Meeting vor. Beim zweiten Gang holen wir kühle Getränke und vorgewärmte Kaffeekannen, die nachher gleich mit ausreichend Koffein befüllt werden. Den Grund der Bewirtschaftung wird sie mir nicht verraten.

Beim Betreten der Museumshalle fühlt man sich wie bei einer Zeitreise, als setze man seinen Fuß in eine fremde Welt, in ein früheres Jahrhundert oder in ein anderes Leben. Die mittlerweile matten Farben, der muffige Geruch und das vergilbte Aussehen, passen nicht hier her. Die alten Gerätschaften warten vergebens auf einen erneuten Einsatz und verweilen den Rest ihres tristen Daseins in den Vitrinen. Ich schaue mich fasziniert um und begutachte die alten Gemälde an den Wänden. In ihren goldenen Rahmen wirken sie so wertvoll und doch so fremd.

Ein Räuspern holt mich aus meinen Gedanken. Ich drehe erschrocken den Oberkörper und sehe einem amüsierten Dr. Biel direkt in die Augen.

„Hypnotisierend, nicht wahr?", fragt er dem Bild zugewandt und ich bin mir nicht sicher, wie lange er da schon steht oder wie viele Minuten ich vor mich hin träumte. Frau Biel hat unbemerkt den Raum verlassen und mich unbewusst meinem Schicksal überlassen.

„Unser Vermächtnis reicht bis zu den Pilgervätern ins 16. Jahrhundert zurück. Nicht auszumalen, welchen Kampf sie für die Freiheit austrugen. Und unter welchen Umständen sie den Zielen der Wissenschaft folgten. Gerätschaften wie dieser alte Globus oder dieses Gemälde mit Architekturdarstellung stammen aus der Mitte des 17. Jahrhunderts und sind von unsagbarem Wert", erklärt er mir zu den jeweiligen Reliquien.

Mein Mund steht offen und die Ohren lauschen interessiert seiner Geschichte. Ich bekomme kein Wort heraus und habe ein beklemmendes Gefühl in der Brust. Seine Gegenwart strahlt etwas Kühles, Unnahbares aus und ich rechne jeden Augenblick mit einer Drohung.

„Das war es mit der Führung, Clementine. Meine Gäste kommen sicher gleich", entlässt er mich, während er seine Unterlagen auf dem Tisch ausbreitet. Ich nehme eilig den Weg durch die Cafeteria und unterstütze Frau Biel beim Empfang der Besucher. Sie nimmt selbst eine halbe Stunde an der Besprechung teil und übergibt mir ihren Platz. In den nächsten dreißig Minuten lasse ich die Begegnung Revue passieren und lockere meinen verkrampften Körper wieder auf. Vor allem den Klang meines Namens aus seinem Mund versuche ich aus meinen Ohren zu bekommen. Ich kann ihre Rückkehr kaum abwarten und sehne mich dem Feierabend entgegen.

Pünktlich um 14 Uhr verlasse ich das Institut und gönne mir einen kleinen Bummel durch die Bibliothek. Der Tag hat mir wieder einige Gefühlskurven beschert und was trägt besser zur Erholung bei als Regale voller einfallsreicher Geschichten. Ich streife durch die Neuerscheinungen und fahre sanft mit den Fingern über die Buchrücken. Dieses Gefühl hat mich immer beruhigt und wurde eine Zeit lang fast zur Routine. Es fühlt sich sicher und bekannt an. Die Bibliothek ist ein Rückzugsort. Wenn ich gestresst oder traurig bin, zieht es mich gewohnheitsmäßig hier hin. Meine Probleme kläre ich mit mir selbst und mit Hilfe von aufregenden, fesselnden Geschichten. Ich streife lächelnd durch die Gänge, bis die Mitarbeiterin mich erkennt.

„Hallo Clementine, ich erinnere dich daran, dass du seit einer Weile, ein Lehrbuch geliehen hast. Soll ich es verlängern?", holt sie mich aus den Gedanken.

„Oh, das habe ich total vergessen. Gerne, vielen Dank. Und dieses Buch kommt noch dazu." Ich entschuldige mich und reiche ihr den Roman, um die Gebühr zu bezahlen. Anschließend wende ich mich zum Gehen und nehme den Bus nach Hause.

Carlos ist nicht da, also erledige ich fokussiert die Hausarbeit und beende die Prozedur in meinem Zimmer. Bequem auf dem Bett eingekuschelt, nehme ich mir den neuen Roman zur Hand und schlage die ersten Seiten auf, um darin zu lesen. Er handelt von einer Frau, die das Haus ihrer Großeltern erbt, in dem sie vorher nie zu Besuch war. Mutig stürzt sie sich mit ihrer kleinen Familie in ein Abenteuer und zieht mit Sack und Pack in eine andere Stadt, nicht ahnend, welche Geheimnisse diese fremden Gemäuer verbergen.

Clemi, wach auf. Hi Schlafmütze, war das Buch so langweilig, dass du direkt eingeschlafen bist?, rüttelt mich Carlos nervend wach. Draußen ist es dunkel und ich schaue verwirrt umher. Das Buch liegt aufgeschlagen auf meiner Brust und ich brauche einen Moment, um munter zu werden.

„Wo warst du?", frage ich gähnend und reibe mir den Schlaf aus den Augen. Es sind seit meiner Rückkehr ein paar Stunden vergangen.

Wir haben einen Plan, aber erzähle mir erst von deinem Tag, bittet er mich geduldig zu sein und wartet die Schilderungen ab. Unmotiviert zähle ich die Arbeitsabläufe des Unterrichtes auf und berichte von meinem Gespräch mit Dr. Biel, erwähne die Unterhaltung mit Christian über die Möglichkeit eines Brandes und erzähle beiläufig von der Bestellung des Schrankschlosses. Auf Letzteres reagiert er hellhörig und ergreift blitzschnell meinen Arm.

Jetzt wissen wir, dass die Notizen in dem Schreibtisch sind, deshalb das Vorhängeschloss. Wir holen es da raus, bevor das Schloss angebracht wird. Ok, hör gut zu! Du sorgst dafür, Zutritt zum Büro zu erlangen. Den Rest erledigen wir, aber vorher brauchen wir deine Hilfe. Seine Euphorie steckt mich an. Ich richte meinen Körper auf und bin gespannt von ihrem Plan zu erfahren.

Wir benötigen dich, um zwei Vorgänge vorzubereiten, es wird Zeit. Öffne morgen das Fenster im Büro zum Lüften und entwende dabei das Buch aus dem Schreibtisch. Ich höre ihm aufmerksam zu und verkneife mir nur schwer das Lachen, dabei schüttele ich ungläubig meinen Kopf.

„Genau, Carlos. Deine Schwester packe ich unter den Arm und brenne die ganze Bude nieder", kichere ich laut und schaue ihn belustigt an. „Sehr witzig." Der Kleine hat sich keinen Zentimeter bewegt und schaut mir ernst in die Augen. Er erstickt mein verzweifeltes Lachen mit seinem durchbohrenden Blick und zwingt mich zum Innehalten und Nachdenken.

Ich meine es ernst, Clemi. Überleg doch mal: Morgen ist schon Mittwoch. Du kannst, aufgrund des Druckers, das Büro betreten. Der Biel ist in der Zeit beim Golfen. Näher kommt dem Fenster und dem Buch keiner. Du musst es auch nicht selbst machen. Den Rest regeln wir.

„Was habt ihr vor, wie lautet euer Plan?", frage ich verzweifelt und traue meinen Ohren nicht.

Das lass unsere Sorge sein. Umso weniger du weißt, desto besser für alle. Hier musst du mir vertrauen.

„Oh nein, das gefällt mir nicht. Das ist zu riskant. Ohne den Hausmeister komme ich gar nicht in das Büro und bin ergo dann nicht allein." Ich quieke fast schon. „Wie soll das funktionieren?" Ich laufe aufgeregt durch das Zimmer. Carlos ergreift meinen Arm und klettert an mir hoch. Er umarmt meinen Hals und schmiegt sich versöhnend an mich.

Beruhige dich, Clemi. Konzentration. Morgen vor Ort, wird sich alles fügen. Vertrau mir. Er drückt seine feuchte Nase an meine Wange und der Puls beruhigt sich. Ich hasse es, wenn er das tut. Er manipuliert mich. Ich will jetzt wütend sein und dabei Klamotten durch das Zimmer schmeißen. Das ist mein gutes Recht.

„So simple ist das nicht." Ich schiebe ihn mit Nachdruck von mir weg. Kopfschüttelnd laufe ich hinunter in die Küche, um mir ein Glas Wasser zu holen und lasse ihn unbeachtet sitzen. *Das kann doch nicht sein Ernst sein. Bin ich unsichtbar oder besitze unwissend magische Kräfte?* Grübelnd brühe ich mir einen frischen Tee auf, um meine angespannten Nerven zu beruhigen.

Mama kommt keine zehn Minuten später nach Hause und sieht mich sofort besorgt an. „Was ist denn los, Kleines? Du siehst müde aus." Sie tätschelt über meine Haare und begutachtet mein wütendes Gesicht. „Hattest du Ärger?"

„Alles gut, Mama. Das war ein anstrengender Tag." Ich gehe ihr aus dem Weg und lasse mich seufzend auf die Couch fallen. Ich kann nicht mit ihr über unsere Sorgen reden, dabei wäre sie sicher meiner Meinung und hätte einen guten Plan.

„Oh Kleines, das schreit nach Popcorn. Ich mach uns schnell welches und dann schauen wir einen Film." Sie wählt unverzüglich ihr Rettungsprogramm und schiebt, um sicherzugehen, gleich zwei Tüten in die Mikrowelle. Denn hier gilt schon immer das Motto: viel hilft viel.

Aneinander gekuschelt und vom Zucker befriedigt, lassen wir uns von einem Actionfilm berieseln. Zuneigung bedarf nicht immer Kommunikation, doch wenn ich das Bedürfnis nach einem Gespräch habe, hört Mama mir zu. Dankbar für die Ablenkung drücke ich ihr einen Kuss auf die Wange und schleiche müde in mein Zimmer.

Ich würde gerne noch mal mit Carlos über das Gesagte reden, der liegt jedoch schlafend auf dem Bett. Die ungeklärte Situation verdirbt mir sogar die Lust aufs Lesen. Skeptisch sortiere ich seine Worte und wälze mich unruhig herum. Es dauert eine Weile, bis mich sein Atem hypnotisch in den Schlaf begleitet.

ZWANZIG

Wie so oft verläuft der Morgen unausgeschlafen und stillschweigend. Ich ignoriere das süße kleine Fellknäul und schleiche ohne Verabschiedung zum Institut.

Frau Biel wartet vor Ort schon mit einem fetten Stapel Rechnungen auf mich und empfiehlt mir direkt am Eingang, lieber gleich ein warmes Getränk zu holen. Worauf ich mich mit einem Cappuccino bewaffnet wenig motiviert der Post widme. Die ganzen Kopien, die über den Tischen verteilt liegen, werden vervielfacht und schaffe ich das innerhalb der nächsten Stunde, nehme ich heute wieder am Unterricht teil. Hätte ich das vorher gewusst, wäre ich eher gekommen, denn das scheint zeitlich schier unmöglich. Kollegial teilen wir die Arbeiten auf und malträtieren den Kopierer, bis die Patrone droht ihren Dienst zu verweigern. Gehetzt schiele ich auf die Uhr und der Zeiger wird immer schneller, nur um mich zu ärgern, aber ich schaffe eine Punktlandung. Das heiße Papier in die Armbeuge gepresst, düse ich zu den Laboren. Der Lehrausbilder tippt ungeduldig mit seinem Fuß auf den Boden und schaut genervt auf seine Uhr.

„Entschuldigen Sie, der Drucker hat alles gegeben, aber ich hätte ihn um ein Haar angeschrien", scherze ich, um die Angespanntheit zu lösen.

Er weist mir teilnahmslos einen Arbeitsplatz und einen Übungspartner zu und führt den Unterricht an. Heute bin ich erneut Teil des zweiten Semesters. Die Aufgabe lautet, eine Pufferlösung herzustellen. Ich bekomme wieder ein Hilfsbuch und schlage direkt nach.

„Pufferlösungen werden zur Aufrechterhaltung eines stabilen pH-Werts verwendet. Sie befinden sich zum Beispiel in Shampoos, Babylotionen und Kontaktlinsenlösungen."

Das klingt interessant und doch verstehe ich nur Bahnhof. Mein Laborpartner schielt hilfesuchend in das Buch und signalisiert mir mit einem Schulterzucken, dass es ihm genauso ergeht. *Na das wird ja heute was.*

Die folgenden drei Stunden drehen sich um die Auswahl der Rezeptur, Berechnung der Mengen, wiegen und lösen der Verbindungen, prüfen und justieren des pH-Wertes, auf- und umfüllen der Lösung bis hin zur Dokumentation der Ergebnisse. Mein Part ist das Federführen und Nachlesen. Wenn ich heute noch mal das Wort pH-Wert höre, schreie ich. Mein Kopf schmerzt und fühlt sich an, als hätte man mich mit verschiedenen Lösungen gemischt.

Ich kann die Pause kaum abwarten und eile schließlich aus dem Labor zum Empfang. Aria schlummert im Regal und Marc taucht jeden Moment hier auf, um sie zu besuchen, dafür habe ich jedoch gerade keine Nerven.

Frau Biel sieht mir den Zustand direkt an und bringt mir Traubenzucker und Wasser. Ich solle die Pause verschieben und erstmal durchatmen. So parke ich meinen Kopf auf der Tischkante und schließe für ein paar Minuten die Augen. Der Nebel im Gehirn lichtet sich nach einer Weile, ihre Hilfsmittel haben meinem Körper regeneriert und ich richte mich wieder auf.

„Jetzt gehst du am besten etwas essen. Trinken nicht vergessen. Lass dir Zeit." Sie kümmert sich rührend um mich. Dankend schlurfe ich in die Cafeteria und hoffe auf einen leeren Tisch, doch die Jungs genießen die letzten Minuten. Sie quatschen über einen praktischen Test, der gleich bei ihnen ansteht. Auf Durchzug geschaltet, widme ich mich der Speisekarte und wie auf Knopfdruck brummt mein Magen gequält und fordert Nahrungsmittel. Mit einem vollen Tablett laufe ich zurück zum Tisch und verschlinge genüsslich meinen vitaminreichen Salat.

Christian und ich haben kein Wort gewechselt. Als er den Teller wegbringt, hebt er kurz winkend seine Hand. Marc nippt Zeit schindend an seinem Kaffee und wartet, bis wir ungestört sind.

„Ist alles in Ordnung? Du siehst fertig aus?", fragt er besorgt und starrt auf meinen übervollen Teller.

„Ja. War eine anstrengende Lehrunterweisung." Ich starre wehleidig in seine freundlichen Augen. „Wie geht es dir?", versuche ich von mir selbst abzulenken.

„Mir geht es gut. Tut mir leid, dass ich mich nicht gemeldet habe. Christian hat mir erzählt, dass ihr Morgen zusammen auf die Versammlung fahrt?", entschuldigt er sich mit sanfter Stimme und wirkt ein wenig verunsichert.

„Ich dachte, es wäre gut von dir abzulenken. Und im besten Falle erfahre ich dort etwas, das uns weiterbringt." Sein Blick verrät mir, wie wenig ihm das gefällt. Dennoch stimmt er mir mit einem kaum merklichen Nicken zu.

Es ist ja nicht so, als ob Christian meine Wunschbegleitung wäre, doch ich denke pragmatisch. Er ist spät dran und steht auf, streicht kurz mit seiner Hand über meine und hastet los. Aus ihm werde ich nicht schlau. Seit Sonntag haben wir nichts mehr von ihm gehört. Ich habe allerdings hin und wieder ein paar Sekunden meiner Gedanken an ihn verschwendet. Es ist besser, wenn ich mich nicht ablenken lasse, doch mein Blick fällt erneut auf die Stelle, an der er meine Hand berührt hat.

Die Cafeteria ist fast leer und ich steche hungrig meine Gabel in den vollen Teller. So kaue ich ungestört vor mich hin und lasse den Gedanken freien Lauf. Die nächste Stunde beschäftigen wir uns mit dem Auffüllen von Büromaterial und dem Sortieren des Lagerraumes. Herr Biel wird von Herrn Reutinger zum Golfen abgeholt und ich würdige sie kaum eines Blickes. Ich lasse mir nicht anmerken, dass mein Körper innerlich erstarrt, sobald ich einen von ihnen sehe. Mittlerweile ist die Maskerade mühelos, sehr wohl fühle ich mich allerdings nicht dabei. Mein Herz fängt direkt an zu stolpern.

Das Klingeln des Telefons reißt mich aus den Gedanken und ich greife zum Hörer. Der Hausmeister ist an der anderen Leitung und mein Atem geht schneller. Ich dachte ernsthaft, das heute einfach ignorieren zu können.

„Ja gern. Bin gleich da." Ich beende das Gespräch und sage Frau Biel Bescheid, dass er Hilfe benötigt. In der Hoffnung, sie hat eine wichtigere Aufgabe für mich, starre ich sie erwartungsvoll an, doch das Schicksal steht eindeutig nicht auf meiner Seite. Mit Muffensausen betrete ich widerwillig seine Werkstatt und mein Blick fällt direkt auf den großen Drucker. Er thront mahnend in der Mitte des Raumes, als warte er dort bereits den ganzen Tag auf mich.

„Hallo Clementine, schön dass du Zeit hast. Bist du bereit?", fragt der Hausmeister und greift sich eine Seite des Gerätes, um sie anzuheben.

„Nicht im Geringsten", murmele ich mehr zu mir selbst und schnappe mir gequält lächelnd die Seite gegenüber.

„Auf drei heben wir an." Er konzentriert sich und zählt. „1, 2, 3." Ich spüre an meiner Hand ein Kabel und ziehe es unauffällig heraus, bevor wir gleichzeitig die schwere Last anheben. Er hat es nicht bemerkt, so laufen wir los zum Büro und balancieren das sperrige Gerät durch die Gänge. Schwerfällig und unbeholfen öffnen wir die Türen und mühen uns mit voller Kraft ab. Er hat den Zahlencode für Dr. Biels' Büro im Kopf und schließt auf. Der Drucker kommt zurück an seinen Platz, unweit des Schreibtisches. Beim Anschließen funktioniert etwas nicht. Ich schaue ihm unwissend zu und beobachte jeden seiner Schritte.

„Hm, ich glaube, ein Kabel fehlt", stellt er fest und schaut das Gerät verwundert an. Ich hebe die Schultern und stelle mich dumm.

„Ich gehe es schnell holen. Du rührst dich nicht vom Fleck", befiehlt er mir und läuft los.

Was ist nur los mit mir. Mein Herz klopft wie wild. Ohne mit der Wimper zu zucken, drehe ich mich zum Schreibtisch und ergreife den Griff der untersten Schublade. Ich halte die Luft an und ziehe sie ruckartig auf. Ein alter, abgegriffener Hefter liegt darin und wandert wie in Trance in meine Hände. Als Ersatz packe ich ein paar Notizen von oben an seiner Stelle hinein. Die Schublade schließe ich blitzschnell mit dem Fuß, verstecke die Mappe hinter meinem Rücken und trete zurück an den Ursprungsplatz.

„Hab es gefunden. Das Kabel lag in der Werkstatt. Das Schloss und den Schraubenzieher habe ich gleich mitgebracht", berichtet er freudestrahlend und beugt sich hinter den Drucker, um ihn anzuschließen. Die Mappe stopfe ich heimlich und geräuschlos in meinen Hosenbund am Rücken und lasse den Pullover darüber fallen. *Atmen, ich muss wieder atmen.* Es bilden sich bereits Sternchen vor meinen Augen und ich zupfe meinen Kragen zurecht. Geräuschvoll ziehe ich Luft durch die Nase, bevor mich der Kreislauf vor lauter Nervosität verlässt.

„Ist alles in Ordnung?", schaut er bekümmert, auf dem Boden hockend, nach oben.

„Riechen sie das ebenfalls? Ein wenig muffig", sage ich in zu ihm, atme erneut durch die Nase und schaue mich nach dem imaginären Übeltäter um.

„Erinnert an Schimmel." Ich bausche die Situation auf, verziehe angewidert das Gesicht, dabei halte ich mich am Drucker fest. Unauffällig wische ich mir den kalten Schweiß von der Stirn und erwarte eine Handlung.

„Dann lüften wir sofort", beendet er die Arbeit am Drucker und läuft zum Fenster. Ich taste heimlich nach dem Hefter an meinem Rücken und schiebe ihn sicherheitshalber und unsichtbar zurecht.

„Brauchen Sie mich weiterhin?", frage ich ihn lächelnd und blicke auf meine Uhr. Der Schweiß läuft mir den Rücken runter. Ich mag so schnell wie möglich hier weg.

„Mach Feierabend, Clementine. Den Rest schaffe ich allein.

Danke für deine Hilfe." Er öffnet beide Seiten des Fensters und die Flügeltür zum zweiten Raum.

„Vielen Dank und bis morgen", verabschiede ich mich schnell und versuche, nicht in die Kameras zu starren.

Ich weiß nicht wohin mit mir. Durchgeschwitzt vor Nervosität laufe ich schnurstracks an Aria vorbei und zum Empfang. Frau Biel mustert mich von oben bis unten und ich reibe mir unsicher über meine Unterarme.

„Clementine, mach Feierabend. Tut mir leid für die schwere, körperliche Arbeit. Aber vielen Dank für deine Hilfe. Morgen wird es sicher entspannter." Sie tätschelt versichernd meine Schulter und reicht mir meine Jacke und den Rucksack.

„Danke, Frau Biel. Bis morgen." Ich mach auf dem Absatz kehrt und verabschiede mich im Gehen. Ohne mich erneut umzublicken, haste ich schweißgebadet über den Parkplatz. Das Gefühl der Schuld zermürbt mein Gemüt. Unruhig laufe ich an der Haltestelle auf und ab. Zu meinem Glück lässt der Bus nicht lange auf sich warten. Ich steige ein und falle erschöpft auf einen Sitz. Ein Piken am Rücken erinnert mich an den Hefter, welcher sich immer noch in meinem Hosenbund versteckt. Schnell öffne ich den Rucksack und schiebe die heilige Mappe hinein. Mein Blick fällt auf das ausgeliehene Lehrbuch und bringt mich auf eine Idee. Ich habe es gestern eingepackt, um die Rückgabe nicht wieder zu verpassen, so steige ich am Bahnhof nicht um, sondern laufe zur Bibliothek.

Am Empfang gebe ich das Buch zurück und wandere durch die Gänge, um neues Lesematerial zu finden. Die unverwechselbare Atmosphäre der Bibliothek hüllt mich in ihre arbeitsame Stille. Das Rascheln der Buchseiten und Tippen der Computertastaturen ergeben einen monotonen beruhigenden Klang. Berauscht schnappe ich mir so viele Bücher, wie meine Arme tragen können und breite sie auf einem Arbeitstisch aus. Die Mappe ziehe ich heimlich und unauffällig aus der Tasche und schiebe sie zwischen die größten Exemplare. Die anderen schaue ich abwechselnd an und lese mir den Klappentext durch. Zwei Bücher nehme ich mit, den Rest bringe ich zurück. Dabei scanne ich mit den Augen die oberen Ecken nach Kameras ab und zwinge mich in einen toten Winkel, in dem keine Handlung erkennbar ist. Dort schiebe ich zwei Bücher inklusive Mappe in das oberste Regal und speichere sie samt Regalnummer in meinem Gedächtnis ab.

Die ausgewählten Exemplare bringe ich zum Tresen und leihe sie offiziell aus. Anschließend geht es nach Hause. Ich muss mich dringend hinlegen und ausruhen. Mein Kopf schwirrt.

Das Ganze verlief heute so leicht, dass ich jeden Moment mit einem Auto rechne, das mit quietschenden Reifen neben mir anhält, mich mitnimmt und wegsperrt. Selbst im Bus drehe ich mich immer wieder um, schaue wer ein- und aussteigt oder ob mir ein Auto folgt. An meiner Bushaltestelle bin ich die Einzige, die den Bus verlässt. Kein Mensch weit und breit, doch beobachtet fühle ich mich trotzdem. Wie im Wahn renne ich unsere Auffahrt entlang und stürze durch die Haustür.

Carlos hängt nicht, wie gewohnt, an seiner Efeutute, deswegen laufe ich besorgt nach oben und stolpere in mein Zimmer. Er sitzt auf dem Fensterbrett, in Begleitung seines gefiederten Freundes und führt einen Plausch. Erschöpft greife ich nach dem Türknauf und halte mich daran fest.

Setz dich bitte hin, Clemi, bittet er und wirkt angespannt.

Danke für deine Hilfe mit dem Fenster, ich bin sehr stolz. Wir haben unseren Plan ausgeführt. Das Einzige, was du wissen sollst, ist, dass wir uns um das Buch kümmern und sogar eine kleine Hilfe haben. Versuche, ihm fernzubleiben! Ihr müsst uns vertrauen und du dein Praktikum, wie gewohnt fortführen.

„Danke", sage ich aufrichtig aber verwirrt zu dem kleinen Vogel und schaue Carlos eindringlich an. Schick ihn bitte weg, flehe ich ihn gedanklich an, nehme hastig einen großen Schluck Wasser und lege mich seitlich auf das Bett. Die zwei verabschieden sich tonlos, Carlos lehnt die Fenstertür an und kommt zu mir herüber gehopst.

Was ist passiert, fragt er in meinem Kopf und bahnt sich einen Weg in die unterste Armbeuge, um sich dort einzukuscheln.

„Ich hab die Notizen gestohlen. So wie du es gestern gesagt hast", flüstere ich in sein Ohr und glaube es selbst kaum.

Wo sind sie, sind sie hier? Er starrt besorgt in meine Augen und steht hastig auf.

„Nein, sie sind versteckt. Keiner hat es gesehen. Ich habe sie gegen andere Notizen eingetauscht", erkläre ich ihm leise und genieße seine Gegenwart. In den letzten Stunden hat sich eine regelrechte Übelkeit ihren Weg gebahnt. Ich bin müde und erschöpft, obwohl ich nie einen gelaufen bin, ähnelt das Gefühl einem beendeten Marathon. Die Beine schmerzen, mein Körper verkrampft und mir fehlt die Kraft. Das schlechte Gewissen zermürbt mich. Ich wandere sicher ins Gefängnis.

Carlos leckt über die Haut meines Armes und hilft den Muskeln, sich zu entspannen. Er kuschelt sich an meinen Oberkörper, um mir die negativen Gedanken zu entziehen. Hilfreich beruhigt sich nach einiger Zeit mein Magen und ich setze mich wieder auf. Gedankenverloren starre ich die Wand an, doch es fällt mir schwer, mich zu konzentrieren.

Schreibe Marc eine Notiz, hilft Carlos meinen Gedanken auf die Sprünge, läuft zum Schreibtisch und holt das Handy aus der Schublade, als sei das sein täglich Brot. *Ihr solltet danach lieber keinen Kontakt mehr haben. Erzähle ihm so wenig wie möglich, nur das Nötigste,* rät er mir erst einmal auf Abstand zu gehen.

Ich öffne die Chatfunktion und suche seine Nummer. Verunsichert tippe ich die Mitteilung so, dass es wie eine Urlaubsplanung unter Freunden aussieht. Ich traue dem Biel zu, dass er uns abhört oder Nachrichten abfängt. Ich habe eindeutig zu viele Filme gesehen.

„Hi. Aria wird abends dabei sein. Wir haben das Reiseziel bereits gebucht. Die alten Routen und die Nummer des Hotels kannst du löschen, die brauchen wir nicht mehr. Bis die Tage", hoffe ich auf Verständnis und drücke auf senden. Seine Antwort lässt nicht lange auf sich warten, doch ich bin enttäuscht. ‚Ok'. Er schreibt einfach nur ein ‚Ok'. Ich habe mir mehr erhofft und bin niedergeschlagen, aber selbst schuld, wenn ich meine Erwartungen so hochschraube. Frustriert lösche ich die Nachricht samt Handynummer und schalte das Telefon aus. Das Gerät verstaue ich wieder dort, wo es hätte bleiben sollen – in den Tiefen der Schrankschublade. Carlos beobachtet meine Bewegungen die ganze Zeit und ruft mich zurück zum Bett. *Ich weiß, dass sich das nicht schön anfühlt, aber es muss sein! Und jetzt erzähl mir alles von heute.* Ich lege mich auf den Rücken und Carlos macht es sich auf meinem Bauch bequem. Seine Schnute liegt auf meinem Brustkorb und er starrt mir abwartend in die Augen. Die Beine lässt er an der Seite baumeln und ich spiele mit seinen kleinen Pfötchen. Nichts lenkt mich schneller ab als dieser süße Fratz hier. Ich bin froh, die Ereignisse des Tages auszusprechen und lasse sie Revue passieren. Ich suche skeptisch nach einem Fehler, der mir unterlaufen ist, und rechne jeden Moment mit Konsequenzen. Morgen wieder dort hin zu müssen und dieses Lügengerüst aufrechtzuerhalten, scheint mir schier unmöglich.

Ich will mein altes Leben zurück. Es würde mich von heute auf morgen langweilen, doch ich wüsste, mit dem Alleinsein umzugehen. Was würde ich für einen Tag Ruhe geben. Keine Termine, keinen Druck, keine zwanghaften Lügen. So gerne ich Carlos habe, so befremdlich fühlt sich seine Gegenwart mittlerweile an. Ich wünschte mir, wir wären wieder das Team von vor zwei Wochen und das sich meine Fantasie vom Zusammenleben aufrechterhält. Erschöpft schließe ich die Augen und schlafe augenblicklich ein.

Ich träume von langweiligen, entspannten Ferien, Filmabenden und Bibliotheksbesuchen mit dem Kleinen. Wir testen die Pizzerias in der Stadt und erzählen uns Erinnerungen aus dem Leben. Liegen kichernd im frischen Gras und lassen uns die Sonne auf den Bauch scheinen. Wir rennen mit den Schmetterlingen um die Wette und spielen Fußball im Garten. Wir puzzeln Portraits und malen eigene Landkarten. Ich lerne Auto fahren und wir bereisen die Welt mit Mama zusammen. Ich lese ihm aus meinen Büchern vor und gemeinsam erfinden wir witzige Geschichten. Ich versinke vollends in meinen Vorstellungen, Carlos döst ebenso vor sich hin und wir gönnen uns eine kurze Verschnaufpause.

Ein wenig erholter suchen wir alle Dokumente und Kopien zusammen und vernichten diese in Mamas Büro. Dort steht ein ‚Schredder' und ich jage jede Seite einzeln durch. Mit jedem Blatt weniger lässt der Druck in meinem Gewissen ein Stück weit nach, doch verschwindet nicht. Was übrig bleibt, sind tausende, feine, hauchdünne Papierstreifen, welche wir zum Verbrennen in den Kellerofen stopfen. Ein kleines, kurzes Feuer genügt, um alles zu vernichten. Nicht ein einziger Schnipsel bleibt übrig, darauf haben wir sorgfältig und genau geachtet. Es scheint wie ein unbeendeter Weg, als hätten wir eine unerlaubte Abkürzung genommen und deswegen erwartet uns niemand im Ziel. Obwohl wir heute so viel geschafft haben, bin ich unzufrieden.

Der weitere Abend verläuft entspannt. Bis Mama da ist oder die Nutzung bemerkt, ist der Ofen wieder abgekühlt. Mir würde hier sicher nur eine blöde Ausrede einfallen und sie damit erst recht stutzig machen. Es sollte sich wie ein Neuanfang anfühlen, indessen trägt dieser einen schweren Schleier. Wir genießen die Zeit, die uns bleibt, und ich frage Carlos bewusst nicht nach seinen Plänen, da mir die Antwort nicht gefallen wird. Die kalte Schulter die er mir seit Tagen zeigt, sehe ich als Eigenschutz. Die kurzen Schmusemomente, die wir hin und wieder zulassen, machen das Ganze nicht einfacher, aber erträglicher. Sie geben mir einen Moment zum Durchatmen und erinnern mich an den Grund.

Entkräftet und kein wenig ausgeruht, sorgte das kleine Feuer zusätzlich für Müdigkeit. Ich hätte mich vorhin am liebsten direkt neben den Ofen gelegt und erneut ein Nickerchen gehalten, doch dafür bleibt mir die Nacht.

Einundzwanzig

Der nächste Morgen ist, wie zu erwarten war, ein beschwerlicher Akt und ich versuche, mich selbst zum Aufstehen zu zwingen. Mit Motivationsreden begleite ich meinen schlappen Körper ins Badezimmer und nehme eine kalte Dusche, um die Sinne zu beleben. Doch wenn ich die Wahl hätte, würde ich lieber den ganzen Tag frierend und bibbernd hier verbringen. Das ist leider keine Option.

Mama steht mit mir auf, um mich mal zu Gesicht zu bekommen, da sie heute wieder Spätschicht hat. Sie bietet an, mich zur Arbeit zu fahren, jedoch lehne ich dankend ab. Die frische Luft wird mir guttun und so habe ich etwas Zeit, meine Gedanken zu sammeln.

Auch wenn ich die ganze Fahrt über wie angewurzelt im Bus sitze und mit starrem Blick nach draußen schaue, hat mich die verschaffte Zeit einen Notplan schmieden lassen. Ich atme tief ein und aus und betrete das Institut, als hätte es den gestrigen Tag nicht gegeben.

Frau Biel wartet am Tresen und strahlt verschmitzt von der Seite, ihre Mimik kann alles bedeuten. Entweder lacht sie mich aus, weil ich erwischt wurde und mich gleich jemand ins Büro oder zur Polizei bringt oder sie hat absolut keine Ahnung und ist heute einfach nur gut drauf.

Ich habe Mühe, mein Gesicht zu kontrollieren. Während ich versuche, meine Lippen zu einem Lächeln zu verziehen, blinzele ich gleichzeitig das erste Tränchen weg. Emotional überfordert und körperlich angespannt ist mir definitiv lieber zum Weinen zumute.

„Guten Morgen, Clementine." Sie strahlt mich an. „Gute Nachrichten, heute wird..." Mein Kopf schwirrt. Bitte sag: ‚... ein langweiliger Tag, denn alle sind außer Haus'. Ich schiebe die Mittelüber die Zeigefinger und wünsche mir Glück. Doch mein Segensspruch wird nicht erhört.

„... Hoher Besuch erwartet und du hilfst mir bei den Vorbereitungen. Wir erwarten eine Lieferung von Dr. Reutinger und nach der Mittagspause bist du bei der Lehrunterweisung des vierten Semesters eingetragen." Mir klappt die Kinnlade runter. Das Karma hat zugeschlagen. Ich laufe ohne ein Wort in die Cafeteria und hole einen großen Cappuccino als Henkersgetränk. Mein Schicksal ist besiedelt – es straft nicht sofort, es lässt mich bluten. Tröpfchenweise, bis ich freiwillig aufgebe. Mit den Händen reibe ich über mein Gesicht und drücke sie auf meine Wangen, als könne mich in dem Moment keiner mehr sehen. Ich würde am liebsten im Erdboden versinken. Wie überstehe ich diesen Tag nur? Das ist doch alles verrückt.

„Clementine", spricht mich plötzlich eine dunkle Männerstimme an. Ich zucke erschrocken mit den Armen nach unten und hätte um ein Haar das Getränk auf den Boden befördert. Die heiße Flüssigkeit schwappt über meine Hand und mein Gesicht verzieht sich Schmerz leidend. Ich beiße die Zähne aufeinander und greife wie automatisiert nach einer kalten Dose im Kühlschrank, um sie mir auf die brennende Stelle zu drücken.

„Herr Dr. Reutinger, Sie haben mich erschreckt", werfe ich ihm schnellatmend entgegen.

„Das war nicht meine Absicht, junge Dame", entschuldigt er sich, mit den Händen hinter dem Rücken verschränkt und weist mich an, ihm zu folgen. Widerwillig stelle ich die Dose zurück und schiebe meinen Cappuccino in eine Ecke. Jetzt geht es ans Eingemachte. Ich gehorche ihm schweigend und fühle mich wie ein Schaf, das zur Schlachtbank gebracht wird. Wir treten durch die nächste Tür in den Lagerraum, wo Frau Biel die Lieferung entgegennimmt. Ich schaue mich verwundert um und bleibe an ihren

Füßen kleben. Dort steht ein Käfig mit einer kleinen Katze darin. Sie sieht Aria ähnlich und schaut mir unschuldig in die Augen.

„Was habt ihr mit ihr vor?", frage ich Herrn Reutinger lauter als gewollt. „Sie ist doch noch ein Baby", unterstreiche ich die Besorgnis und balle die Hände wütend zu Fäusten. Frau Biel greift mir von hinten an die Schultern und dreht mich zu sich. Sie hebt mein Kinn an und schaut mir direkt in die Augen.

„Junge Dame, was ist denn heute nur los mit dir? Darf ich vorstellen", freundlich zeigt sie dabei mit den Händen auf das kleine Fellknäuel und strahlt mich an. „Das ist Minky. Sie wurde letzte Woche als Findelkind zu Herrn Reutinger gebracht und ich habe sie adoptiert. Ist sie nicht süß?" Sie greift nach dem am Boden stehenden Käfig und hebt ihn an, damit ich einen Blick hineinwerfen kann. Zuckersüße Knopfaugen auf tapsigen vier Pfoten miauen mich an. Ebenso lächelnd stecke ich einen Finger durch die Gitterstäbe und streichele ihre kleine Schnute.

„Wenn das dann alles ist, die Damen", unterbricht uns der Tierarzt in kühlem Ton. „Dann würde ich mich jetzt verabschieden und wieder in die Praxis fahren." Die Euphorie wegen einer Katze ist nichts für ihn und er flüchtet regelrecht zurück zur Arbeit.

Frau Biel schließt das Rolltor und nimmt Minky in die Arme. Vollbeladen weist sie mich an, ihr die Türen zu öffnen, und ich bekomme beschämt kein Wort mehr heraus. Am Empfang bekommt die kleine Katze einen Platz im hinteren Bereich des Raumes. Frau Biel richtet ihr liebevoll und bequem den Käfig ein. Eine Kuscheldecke, ein Spielzeug und prallgefüllte Näpfe reichen für die nächsten Stunden. Minky drückt sie mir indessen in die Arme und ich entschuldige mich kleinlaut für meine Reaktion, dabei streichle ich die Öhrchen des winzigen Neuzugangs. Das leise Miauen erwärmt mein Herz und lässt es schmelzen. So hilflos und allein der derzeitige Anblick der kleinen Katze scheint. So dankbar bin ich

Frau Biel, dass sie ihr eine Chance bietet und ein warmes Zuhause schenkt.

„Geht es dir denn gut? Du scheinst heute nah am Wasser gebaut zu sein." Sie greift nach der Kleinen und setzt sie zurück in den schützenden Käfig.

„Ich habe kaum geschlafen und etwas Schlechtes geträumt. Tut mir leid. Das wird nicht wieder vorkommen." Ich hoffe, meine Überreaktion damit unter den Tisch zu kehren. Sie hat ein warmes Herz und zeigt Verständnis. Generell bin ich froh, bei ihr gelandet zu sein.

Wir wenden uns dem Tagesablauf zu und holen die benötigten Materialien aus der Cafeteria. Der kalte Cappuccino steht weiterhin einsam in der Ecke und ich schlürfe ihn schnell hinunter und räume unbefriedigt die Tasse weg. Das Tablett wird mit Geschirr, Besteck und Gläsern befüllt, um den Konferenztisch damit zu bestücken. Das Gespräch wird heute länger dauern, so bereiten wir einen weiteren Tisch für warme Speisen vor, die die Köche im Anschluss in Thermotöpfen parat stellen. Um was es sich bei der Konferenz handelt, bekomme ich aus Frau Biel nicht heraus.

Sie möchte schnell wieder zu ihrer kleinen Katze und ich arbeite so effektiv wie möglich, um ihr ihren Wunsch zu erfüllen. Die nach und nach eintrudelnden Gäste sind mir allesamt fremd und auch Frau Biel scheint sie nicht näher zu kennen. Ich übernehme ein paar Tagespunkte für sie um sie weiterhin milde zu stimmen. Das Sortieren der Post braucht sie nicht mehr beaufsichtigen und widmet sich, auf dem Boden sitzend, einer ausgiebigen Spieleinheit.

Bis zur Mittagspause ereilen mich keine weiteren Unannehmlich keiten und meine Seele hat sich von dem morgendlichen Aufruhr etwas erholt. Die ersten Stunden des Tages und die damit einhergehenden Herausforderungen, habe ich hinter mich gebracht.

Sie bittet mich einen Blick zum Hausmeister zu werfen, um nachzufragen, was ansteht und ob er Hilfe benötigt. Dieser sitzt mit einer Lupe an kleinen Einzelteilen und baut diese hochkonzentriert zusammen. Zu meinem Glück verneint er kopfschüttelnd meine Anfrage und schickt mich wieder weg.

Am Tresen starre ich Löcher in die Luft, bis sie mich endlich in die Pause entlässt. Ich hoffe, meinen zweiten Cappuccino warm trinken zu können und eile mit dem Essen auf dem Tablett zum Tisch. Das vierte Semester lässt nicht lange auf sich warten und die Cafeteria wird laut und voll. Christian setzt sich, wie gewohnt, zu mir, doch Marc ist nicht dabei. Ungewohnt versetzt mir die Erkenntnis einen Stich ins Herz, aber er wird seine Gründe dafür haben.

„Hi. Du wolltest mir deine Adresse schicken", erinnert mich Christian, allerdings rede ich mich heraus.

„Mein Handy ist kaputt, aber da ich nachher bei dir im Kurs bin, werde ich sie dir da aufschreiben." Er winkt ab und quatscht redselig belanglose Dinge vor sich hin, für die ich heute kein offenes Ohr habe, deshalb nippe ich still und geistesabwesend an meinem Getränk. Bevor seine Pause vorbei ist, hole ich meinen Rucksack und Jacke vom Empfang und laufe gemeinsam mit ihm in den Unterweisungsraum. Aria ist nicht zu sehen und die Kette liegt am Boden. Marc wird seine Pause mit ihr draußen verbringen und ich schwöre mir, ihn zu ignorieren, wenn er den Raum betritt.

Es ist nur ein Stuhl hinter uns frei. Dort nimmt Marc tonlos Platz, als würden wir uns nicht kennen. Mein Herz drückt. Carlos hatte recht. Wir brauchen ihn nicht. Ich schnappe mir Christians Block und einen Stift und notiere meine Adresse darauf. Wir sprechen kurz über die Uhrzeit, zu der er mich abholt und konzentrieren uns wieder auf die Unterweisung. Er führt die Proben durch und ich schreibe das Protokoll. Wir sind heute ein eingespieltes Team und es bedarf wenig Kommunikation. Das Ende der Lehrstunde bedeutet für uns gleichzeitig Feierabend und ich verabschiede mich dankend von ihm. Prüfend laufe ich bei Aria vorbei, die sich ruhend in ihrem Käfig verkriecht, und sage Frau Biel schnell ‚auf Wiedersehen'.

Froh den Tag unbeschadet überstanden zu haben, fahre ich nach Hause und sehe von der Auffahrt aus Carlos an der Efeutute schaukeln. Erleichtert erzähle ich von meinem Tag und lache hysterisch drüber, wie viel Glück man haben kann. Ich fordere es auf jeden Fall heraus und lege keinen Wert drauf, dies weiterhin zu tun. Ich verspreche dem Kleinen mich auf der Versammlung umzuhören und dort auf Aria aufzupassen. Ich habe leider nicht mehr über sie zu erzählen. Es ist besser, uns von ihr fernzuhalten, um das Vorhaben zu schützen, doch Augen und Ohren habe ich überall.

Nach einem kleinen Snack schauen wir zusammen Fernsehen, bis es Zeit wird, mich umzuziehen. Christian wird jeden Moment mit dem Auto vorfahren und ich bin lieber pünktlich und zuverlässig. Mit einer innigen Umarmung verabschiede ich mich von Carlos, die er gar nicht mehr lösen mag. Ich küsse ihn bestätigend auf die Schnute und entwende mich lächelnd seinem Griff.

Mir wird erst im Auto bewusst, dass ich freiwillig zurück in die Höhle der Löwen fahre und hoffe, nicht großartig an Gesprächen teilnehmen zu müssen. Den ganzen Abend hefte ich mich an Christian und stoße nur hin und wieder Fragen in den Raum. Ein Mitglied erzählt, dass sich der Verdacht auf ein zweites Objekt leider nicht bestätigt hat. Andere Länder werden aufgrund der fehlenden Beweise unruhig oder haben die Spenden eingestellt.

Herr Biel lässt sich kaum sehen und allgemein sind heute wenige Anhänger vertreten. Aria wird kurz vor Schluss in der grässlichen Glasbox vorgeführt und von allen Seiten beglotzt. Sie liegt eingerollt in einer Ecke, aber ihrem Blick entgeht nichts. Ich nicke ihr kurz zu, um ihr meine Anwesenheit zu signalisieren, da wird sie schon wieder abtransportiert.

Unter den Gästen wird getuschelt, sie sei doch nur ein normaler Hund und dass Herrn Biels Euphorie nicht lange anhält. Christian steht hinter ihm und betont vehement, dass es nur mehr Zeit bedarf. Er lädt die Skeptiker in das Institut ein, um sich selbst ein Bild zu machen, doch nach einigen Schlagabtauschen bringt er den Einwänden nichts mehr entgegen. Erschöpft schaut er mich an. Ich gestehe, dass ich seine Intension dahinter verstehe, er jedoch nicht das ganze Ausmaß bedenkt.

„Sag Bescheid, wenn wir fahren. Du musst nicht hierbleiben", erinnere ich ihn daran, dass der Besuch freiwillig ist. Er hat sein Bestes gegeben und bestätigt mit einem Nicken, dass es Zeit wird.

„Hast du Lust, essen zu gehen? Als Dankeschön für deine Begleitung?", lädt er mich ein und bringt uns in die Innenstadt. Bei einem indischen Restaurant finden wir einen freien Tisch und bestellen einen gemischten Teller für zwei. Er redet über das Studium und gibt mir liebgemeinte Tipps, welche Fachrichtungen er mir empfiehlt. Außerdem solle ich ihm schreiben, sobald mein Handy repariert ist. Das Beisammensein empfinde ich als entspannt – er ist nett und zuvorkommend. Ich habe nicht mit so einer gelassenen Stimmung gerechnet und schraube meine Vorurteile etwas herunter. Doch den ersten Eindruck behalte ich stets im Hinterkopf. Christian lässt sich das Bezahlen des Essens nicht nehmen.

„Ich habe dich eingeladen. Danke für deine Zeit. Morgen Mittag gibst du mir einen Kaffee aus", scherzt er ungewohnt und zwinkert mir zu. Obwohl ich die letzte Stunde genossen habe, bin ich froh, dass er den Abend nicht unnötig in die Länge zieht. Er fährt mich ohne Umwege nach Hause und verabschiedet sich neutral und zuvorkommend.

Meine Gedanken schweifen hin und wieder zu Marc und ich bin mir nicht sicher, was das zu bedeuten hat. Ich habe den Kontakt nur wegen Carlos abgebrochen und aus irgendeinem Grund wurmt mich das. Ich vergesse nicht, dass ich ihn überhaupt erst, durch den Kleinen kennenlernte.

Im Haus ist es stockdunkel, es scheint niemand da zu sein. Ich laufe durch die Räume und suche nach Carlos. Er ist sicher unterwegs, um im Schutz der Dunkelheit unerkannt zu bleiben. Genüsslich lege ich mich auf die Couch und genieße die Ruhe. Als Kind fand ich es unheimlich, allein im Haus zu sein, reagierte auf jedes Knacken und bildete mir Schatten ein, die sich bewegten. Doch je älter ich werde, desto mehr lerne ich die Stille zu schätzen. Unbeteiligt zappe ich durch das Programm. Der verfilmte Roman, der im Fernsehen läuft, wird von melodischer Musik begleitet, die meine Augenlider schwer werden lässt. Ich erwache erst, als ich höre, wie die Haustür ins Schloss fällt und Mama mich überrascht anschaut.

„Na, hattest du wieder einen anstrengenden Tag oder war der Film so langweilig, dass schlafen die bessere Alternative war?" Sie lacht über ihren eigenen Scherz und läuft in die Küche, um uns einen Tee zu kochen.

„Sagen wir eine Mischung aus beidem. Und wie war es bei dir?" Ich laufe ihr nach und schalte den Wasserkocher an. Wir plaudern eine Weile über die Ereignisse des Tages und ich lasse, so wie sie, die unschönen Sachen schützend aus. Mama sehnt sich dem Wochenende entgegen, denn Sonntag hat sie frei und kann sich verdient entspannen. Wir nehmen uns vor, dem mühselig angelegten Beet mehr Aufmerksamkeit zu schenken, und wieder regelmäßiger auf die Pflege zu achten. Sie hatte einen langen Tag, drückt mir einen lauten Schmatzer auf die Stirn und verabschiedet sich müde ins Bett.

Ich koche zwei weitere Tees, die ich mit in mein Zimmer nehme und hoffe auf Carlos' Rückkehr, doch stehe in einem dunklen und leeren Raum. Ich bin fest davon ausgegangen, dass der Kleine mittlerweile im Haus ist. Es ist merkwürdig, dass er so spät noch unterwegs ist. Das Fenster kippe ich und die Zimmertür bleibt angelehnt. Er wird sicher bald zurückkommen und sich dann neben mich ins Bett kuscheln. Das Licht dimme ich auf die dunkelste Stufe und lese zur Ablenkung ein paar Seiten in meinem neuen Buch.

Die Ungewissheit macht sich breit, denn so spät war er bisher nicht unterwegs. Warum hat er keine Notiz für mich hinterlegt, dann würde mir seine Abwesenheit nicht solche Sorgen bereiten. Wenn ihm draußen etwas zustößt, liegt das außerhalb meiner Handlungsfähigkeit. Wie immer bleibt mir nichts anderes übrig, als seinen Worten zu folgen und ihm zu vertrauen. Für heute genügt mir das.

Den Film habe ich gänzlich verschlafen und bin wieder wach. Doch mehr als lesen und weiterschlafen wird mir nicht gelingen. Das Buch in der Hand, der Tee griffbereit auf dem Tisch, widme ich mich ausgiebig der neuen Geschichte. Das vertraute Gefühl der Buchseiten zwischen meinen Fingern erleichtert das Durchatmen und fördert die Konzentration. Abgelenkt von der bevorstehenden Handlung huscht mein Blick über die Zeilen und ich versinke willkommen in eine andere Zeit.

ZWEIUNDZWANZIG

Ich schaffe es, vor dem Weckerklingeln aufzuwachen, das verrät mir der verschlafene Blick auf die Uhr. Wie gewöhnlich taste ich nach Carlos und schaue mich um, doch finde nur das aufgeschlagene Buch neben mir. Der Tee steht kalt und unberührt auf dem Nachttisch, die Tür und das Fenster sind noch angelehnt von gestern. Er ist nicht nach Hause gekommen. *Warum hat er mir keine Nachricht hinterlassen und wo ist er?* Zwischen Angst und Verzweiflung stelle ich mein Zimmer auf den Kopf und schleiche suchend durch das ganze Haus. Nicht in der Küche, nicht an der Efeutute und nicht im Badezimmer.

Deprimiert laufe ich zurück zum Schreibtisch und öffne die Schublade mit dem Handy, um Marc zu schreiben, allerdings ist das sinnlos. Wir haben die Nummer gelöscht und wie hilft er mir schon? Ich bin ratlos und weiß nicht, wohin mit mir. Das Chaos in meinem Zimmer irritiert mich, ich versuche aufzuräumen und hoffe auf einen Hinweis oder eine Notiz. Die Situation habe ich falsch eingeschätzt und jetzt haben wir den Salat. Enttäuscht von meiner Naivität, hätte ich gestern Abend bereits nach ihm suchen sollen. Carlos hat immer gesagt, ich solle ihm vertrauen, doch das Einzige an was ich denke, ist ihn auf Arbeit neben Aria in einem Käfig zu finden. Ich habe Angst davor, aber fahre so schnell wie möglich in das Institut. Auf dem Weg dorthin breitet sich eine schier unendliche Verzweiflung in mir aus. Den Kopf in die Handflächen gestützt, verstecke ich mich vor der Realität. Ich bin den Tränen nahe, doch schlucke diese tapfer herunter. Ich versuche, meinen hämmernden Puls zu beruhigen und nicht gleich vom Schlimmsten auszugehen.

Kaum auf dem Parkplatz angekommen, sehe ich Polizeifahrzeuge dort parken und mein Herz rast. Beim Anblick der Autos bleibe ich verdutzt stehen und mir sträuben sich die Nackenhaare. *Wir sind aufgeflogen! Sie wissen es. Die sind hier, um mich festzunehmen.* Ich friere und habe am ganzen Körper Gänsehaut. Kurz ziehe ich in Erwägung wegzulaufen, doch die Kameras haben mich im Visier. Es ist zwecklos. In kleinen Schritten tippele ich zögernd zum Eingang und starre auf die Tür. Zu meiner Überraschung steht nirgends ein Securitymitarbeiter. Der Empfang ist unbeaufsichtigt und dort liegt keine Notiz für mich. *Hier stimmt was nicht.*

Stimmen drängen aus dem Nebenraum. Ich lausche dem Gesagtem und stelle vorsichtig meine Utensilien hinter dem Tresen ab. Um der Sache auf den Grund zu gehen, begebe ich mich in die Cafeteria. Die komplette Belegschaft, samt Studenten ist dort versammelt und tuschelt wild durcheinander.

Christian unterhält sich mit seinen Kurspartnern und wirkt angespannt. Ich drängele mich entschuldigend durch die Leute, um zu ihm zu gelangen.

„Was ist passiert?" Ich schaue nervös in die ratlosen Gesichter, doch keiner weiß etwas Genaues. Ungeduldig verweilen die Mitarbeiter an den Tischen und tuscheln über potentielles Geschehen.

„Wir wissen es nicht. Ich vermutete einen Probealarm. Wir gelangten gar nicht erst in die Lehrräume, sondern wurden direkt am Eingang gestoppt. Dann kam die Polizei. Marc betrat hastig das Institut, obwohl er freitags frei hat. Sie brachten ihn in die Halle und verschwanden informationslos hinter den Türen. Womöglich hat es etwas mit der Hündin zu tun." Ich versuche, eins und eins zusammenzuzählen, doch das ergibt alles keinen Sinn.

Sie befragen jeden einzeln in den Büros hinter dem Empfang. Da Frau Biel nicht anwesend ist, halte ich die Stellung und versuche die Studenten, die sie abfertigten, auszufragen.

Christian bestätigt mir nach seinem Verhör den Verdacht und erzählt Einzelheiten über die Befragung.

„Sie wollten wissen, wo ich gestern Abend war. Bei der Versammlung hat uns jeder gesehen und das Essen hinterher erwähnte ich ebenso. Das reichte ihnen und sie schickten mich weg." Er wendet sich schulterzuckend zum Gehen. „Melde dich bei mir, wenn du was brauchst."

Ich laufe gefrustet auf und ab und reibe mir nervös die Hände. *Was hat das alles zu bedeuten. Und wo ist Carlos?* Es dringen keinerlei Informationen an mich heran.

„Clementine, gut dass du da bist. Danke für deinen Einsatz. Du bist dann als Nächste dran." Frau Biel ließ eine halbe Stunde auf sich warten und wuselt nun verwirrt umher. Planlos und überfordert schiebt sie ihre Notizen über den Tisch und klammert sich daran fest. Sie weist mir eilig den Weg und ich höre das Knistern ihrer Anspannung förmlich im Raum.

Fremde Hände schieben mich in den dort provisorisch eingerichteten Befragungsraum. Vier Personen verweilen geschäftig vor Ort, zwei davon sind Polizisten und die anderen beiden Mitarbeiter des Institutes.

„Guten Tag. Was ist denn passiert?" Ich nehme verwirrt auf dem Stuhl gegenüber Platz. Sie vergleichen meine Personalien und stellen mir die gleichen Fragen wie Christian. Wahrheitsgemäß beantworte ich alles, was sie wissen wollen, und erhalte im Gegenzug rein gar nichts. Ohne auch nur eine winzige Information durchblitzen zu lassen, schicken sie mich wieder weg. An der Tür wartet ein Laborant und bittet mich, ihm zu folgen. Ich trotte ihm ebenso nichtsahnend hinterher und sehe Dr. Biel vor dem Glasfenster stehen. Sein Blick ist nach innen gerichtet und die Arme verweilen auf dem Rücken verschränkt. Ich schaue unaufgefordert hinterher, doch auf dem ersten Blick scheint alles wie immer, so scanne ich die Räumlichkeit suchend ab.

Da, unten am Boden sehe ich Blut und mein Atem stockt. Die

Leine liegt bewegungslos im Käfig, panisch klopfe ich gegen die Scheibe und weine.

„Was habt ihr ihr angetan?", schreie ich Dr. Biel entgegen und rüttele an seinem Arm, die Tränen laufen sturzbachartig an meinen Wangen hinunter. Meine Hände legen sich verzweifelt an das Fenster und starren auf den Käfig. „Was habt ihr bloß getan?" Dr. Biel nickt dem Laboranten kaum merklich zu, daraufhin greift dieser nach meinem Ärmel. Er schiebt mich mit Nachdruck in die große Halle zu einem Behandlungsraum, während ich mir die Tränen mit den Ärmeln wegwische und verzweifelt schniefe.

Dort ist ein weiterer Mann in Uniform positioniert und schreibt akribisch Notizen in einen Block. Innen erkenne ich die zwei Mitarbeiter, die gestern Aria auf die Bühne brachten und Marc, der seinen Hinterkopf abwartend an der Wand ablegt. Er steht reflexartig auf, als er mich sieht und begutachtet misstrauisch meine Tränen.

„Was haben sie mit ihr gemacht?", hoffe ich auf eine simple Antwort, doch weine erneut. Marc reicht mir mitfühlend ein Taschentuch, hält dabei einen gewissen Abstand und weist mit der Hand auf einen Mitarbeiter. Dieser hat einen dicken Verband am Arm und starrt wütend zu Boden.

„Das ist sein Blut", sagt Marc drohend, als würde das alles erklären und funkelt den Mann finster an.

„Und die Hündin?", schniefe ich, mit einem dicken Kloß im Hals und habe erstmals wieder Hoffnung. Ihr Käfig war leer und von Carlos ist keine Spur zu sehen. Die Stimmung ist betrübt und es ist etwas Unerfreuliches passiert. Ich hoffe, dass die zwei nichts damit zu tun haben. Abschätzend begutachte ich die vermeintliche Wunde an seinem Arm.

„Das Biest hat sich in Luft aufgelöst", bellt der verletzte Mitarbeiter mich an und hält sich Schmerz erleidend den Arm. „Ich hab es schon tausendmal gesagt. Die hat zugebissen, als ich ihr das Halsband umlegte und lief selbstständig in ihren Käfig. Ich hab mich sogar noch mal umgedreht und nach ihr geschaut, weil es so dunkel war. Das sieht man auf dem Video genau. Dann bin ich gegangen und fertig. Ich hab damit nichts zu tun." Ich schaue Marc an, um mir die Aussage bestätigen zu lassen. Er hat das Video gesehen und bringt dem nichts entgegen. Ich werde dennoch das Gefühl nicht los, dass hier etwas nicht stimmt und folge gespannt seiner Erklärung.

„Sie riefen mich an und ich sprang direkt in mein Auto. Sie brachten mich zu ihrem Raum an die Glasscheibe und da sah ich den mit Blutspritzern bedeckten Boden. Ich ging rein, rief sie und griff in den Käfig, doch da war nichts. Er war leer. Ich durchsuchte den ganzen Raum, doch fand sie nicht. Die Tür nach außen war verschlossen, und der Türgriff innen wies keinerlei Schäden auf."

„Aber wie kann das sein?", rutscht es ungläubig aus mir heraus und ich erschrecke, als hinter mir ein anderer antwortet.

„Dem geht die Polizei nach. Alle umliegenden Kameras werden kontrolliert, das Gelände abgesucht und diese beiden Herren fahren gleich mit auf das Revier. Ihr zwei geht nach Hause, aber bleibt bei euren Telefonen, falls wir weitere Fragen haben. Marc, dich sehe ich morgen." Dr. Biel macht einen Schritt zur Seite und schenkt uns einen drohenden Blick, der keinen Widerspruch duldet.

Froh die Räume zu verlassen, laufe ich, ohne mich von meinen Praktikumskollegen zu verabschieden, voraus und eile zum Empfang. *Wo ist Carlos?*

„Tut mir leid, dass das Praktikum so endet. Ich schicke dir die Beurteilung nach Hause. Vielen Dank für deine Hilfe und wer weiß, vielleicht sehe ich dich als Studentin hier wieder." Frau Biel verabschiedet sich sichtlich zerstreut, doch stets freundlich und mit einer liebevollen Umarmung. Sie wird mich definitiv hier nicht wiedersehen, trotzdem gestehe ich mir ein, dass ich keine bessere Praktikumsleitung hätte finden können und bin ihr daher zu Dank verpflichtet.

Marc wartet nicht auf mich, sondern steigt direkt in sein Auto. So nehme ich den nächsten nach Hause, verharre dort am Telefon und hoffe auf einen Anruf. Während der Stunden des Wartens durchsuche ich unsere Räume auf Hinweise, laufe um das Gebäude herum und die Auffahrt auf und ab, in der Hoffnung etwas zu finden. Das Fenster in meinem Zimmer bleibt fast dauerhaft offen, falls der gefiederte Freund eintrifft. Doch er kommt nicht. Keine Anrufe und kein Brief. Die ganze nächste Woche nicht. Von niemanden!

Die innere Anspannung legt sich von Tag zu Tag mehr und weicht sprunghaft unerträglicher Traurigkeit. Die Ungewissheit, was passiert ist, lässt mich nachts nicht schlafen und zerrt mich tagsüber in die wildesten Träume. Still und müde findet Mama meine Wenigkeit, fast jeden Nachmittag wie ein Häufchen Elend schlafend auf der Couch. Sie denkt, ich sei einfach nur erschöpft von den letzten Wochen und den vielen Eindrücken oder habe Liebeskummer – sie weiß es eben nicht besser. Vor ihr spiele ich die Starke, doch kaum verlässt sie das Haus, verkrümle ich mich in mein Bett unter die Decke und will von der restlichen Welt nichts mehr wissen.

Ich fühle mich im Stich gelassen, von allen. Was ich im Praktikum geleistet habe, spielt keine Rolle. Dass ich mich für die Sache strafbar machte, war einzig und allein meine Schuld und mein Problem. Dass ich hier in Selbstmitleid versinke, hat mir Carlos eingebrockt und ich suche einen Schuldigen. Wäre er nicht aufgetaucht, hätte ich entspannte Ferien genossen. Wütend wünsche ich mir, ich wäre ihm nie begegnet. Wenn ich mir das nur fest genug einrede, hilft es, meine Einsamkeit zu überspielen.

Ich hatte einen Gefährten und der hat mich sitzengelassen. Ich weiß selbst nicht, was ich mir erhoffte. Der Plan ist zwar anders abgelaufen als gewünscht, aber hat doch zum eigentlichen Ziel geführt. Ich freue mich für die zwei, das rede ich mir zumindest ein und flehe, dass sie heil zurück in ihre Heimat finden. Sie sind endlich wieder vereint und haben dafür alles riskiert, zumindest hoffe ich das. Ich bin mir der Zeitspanne der Rettungsaktion nicht bewusst, da ich nur wenige Wochen involviert war. Doch kam es mir vor wie eine Ewigkeit.

Meine Schuldzuweisung landet immer wieder bei der Hündin und nach ein paar Tagen gestehe ich mir ein, dass ich eifersüchtig bin. Aria lebt jetzt an meiner Stelle mit Carlos zusammen und sie teilen, die von mir erhofften Unternehmungen. Sie hat ihn mir weggenommen und das verzeihe ich ihr nie. Ich bin verzweifelt und versuche, mich besser zu fühlen, indem ich ihr die Schuld an meinem Verlust anhänge. Dabei war Carlos von Anfang an auf der Suche nach ihr und nicht mein Haustier. Ich verhalte mich wie ein bockiges Kind. Ich mache sie zu meinem Wutventil, weil ich nicht weiß, wohin mit meinen Gefühlen. Für mich stellt sich Carlos Verschwinden als ein erneuter Verlust dar. Genau das ist der Grund, warum es mir so schwerfällt, Menschen in mein Leben zu lassen und ich dachte, bei ihm wird es anders. Ich habe mich so sehr an den Wunsch geklammert, ihn als Freund zu haben, dass ich mir selbst etwas vorgemacht habe und letztendlich bin ich eigentlich nur sauer auf mich selbst. Ich mochte ihn so sehr.

Die Welt, die er mir zeigte, fand bei mir großen Anklang. Er erlebte Abenteuer, die ich nur aus Büchern kannte. Er motivierte mich, über den Tellerrand zu schauen. Seine Geschichten waren voller Leidenschaft und großem Respekt. Er öffnete mir die Augen und ich gewann so viel an Reife. Zuneigung, Freundschaft und Mut. Verbundenheit, die mich aus meinem Zimmer holte.

Unendliche Bücher später erlangte ich durch die vielen gelesenen Seiten auch keine weitere Erkenntnis, wie ich mit all dem umgehen soll.

Die Tage vergehen und ich zwinge mich zu einem neuen Rhythmus. Das eigentliche Problem liegt darin, allein weiterzuleben. In meinem Kopf schaffte ich all die Aufgaben nur, weil er an meiner Seite war. Ich hatte ein Ziel und den Weg bestritten wir gemeinsam. Er war die helfende Hand, stärkte mir den Rücken und seine bloße Anwesenheit wirkte wie ein Medikament. Ich brauchte lange, um zu verstehen. Dabei sagte er es mir bereits.

Bis hierhin schafftest du es allein. Um weiter zu wachsen, brauchst du mich nicht. Es fühlt sich an, wie eine Erkenntnis, die er mir in den Kopf pflanzte. Dabei hatte er recht. Es gibt kein Problem, mir fehlt nur der Mut. Warum nicht was Neues anfangen. Warum sollte ich nicht einen neuen Weg einschlagen. Warum sollte ich nicht selbst ein Ziel haben?

Ich stehe auf und betrachte mein Spiegelbild.

„Auf was hast du heute Lust?", frage ich laut und denke eine Weile darüber nach. Es sind Ferien. Welchen besseren Zeitpunkt soll es geben? Die gewonnene Lust führt mich ins Badezimmer, um etwas Bequemes anzuziehen. Ich nehme mir einen Moment für mein Äußeres und tusche mir die Wimpern. Mich nun lebendiger fühlend entscheide ich mich für einen Spaziergang, denn nach einer Woche wird es Zeit, mal wieder die Bibliothek zu besuchen.

Schlendernd laufe ich dreißig Minuten in die Innenstadt und atme die frische Luft ein. Es ist Freitagnachmittag und die Stadt erscheint mir wuselig. Durch die Schaufenster sieht man die Besitzer arbeiten und ich beobachte den einen oder anderen Plausch unter Kunden. Die Ferien sind halb vorbei und viele Familien aus dem Urlaub zurück.

Die Bibliothekarin empfängt mich mit einem gestressten Lächeln und hat allerhand zu tun. Vollbeladen mit Büchern läuft sie durch die Reihen, das Telefon klingelt Sturm und die Kasse wird immer voller. Sie drückt mir unerwartet einen großen Stapel in den Arm und bittet mich, ihn kurz zu halten. Die Last auf dem Unterarm werde ich nicht lange tragen können, so räume ich die Schätze pfleglich zurück an ihren Platz. Durch das jahrelange und vor allem regelmäßige Besuchen dieser Räumlichkeit, wurde es nicht nur zu einem Rückzugsort, sondern zu einer Fertigkeit. Ich kenne mich gut aus und helfe anderen hin und wieder bei ihrer Suche nach einem Autor oder Titel.

Das letzte Buch ist speziell und ich ordne es keinem direkten Genre zu, also landet es in der Abteilung ,sonstiges'. Diese befindet sich in der hintersten Ecke und mein Blick sucht automatisch das oberste Regal ab. Ich war so mit mir und meinem Selbstmitleid beschäftigt, dass ich alles andere um mich herum ausblendete.

Die Mappe mit den Notizen von Herrn Biel ist nicht mehr zwischen den zwei Büchern, bei denen ich sie versteckte und liegt auch nicht daneben. Ich durchsuche hektisch das ganze Regal, doch entscheide, dass es die Mühe nicht wert ist. Was habe ich denn nach einer Woche erwartet? Am liebsten wäre es mir, wenn der Hefter weggeschmissen wurde und nie wieder auftaucht. Ich werde es mir verkneifen danach zu fragen. Je weniger erhalten wurde und zurückbleibt, desto besser.

Die Mitarbeiterin erscheint erneut und sucht die geparkten Bücher in meinen Armen. Mit einem säubernden Klatschen der Hände symbolisiere ich ihr, dass ich das Wegräumen für sie erledigte und laufe lächelnd zu den Neuerscheinungen. In der letzten Woche sind sicher einige dazugekommen und es kribbelt in meinen Händen. Ein vertrautes wohliges Gefühl kommt zurück und zaubert mir ein Lächeln auf die Lippen. Mir fällt direkt ein Buch auf, namens ,die

Gefährten'. Ein schwarzer Einband mit gold – glizernder Schrift und als Wink des Schicksals nehme ich es mit. Zudem gebe ich die letzten geliehenen DVDs wieder zurück.

Beim Verlassen des Raumes drehe ich mich erneut um und lasse den Blick über die Regale schweifen. Hier fühle ich mich aufgehoben und bin immer willkommen. Egal, was einmal war oder sein wird, die Bücher behalten es für sich.

Der Tag ist sonnig und da ich bereits unterwegs bin, wird mir eine Runde um den See guttun. Bei der nächsten freien Bank kann ich direkt einen Blick in die Geschichte werfen. Die Sonne wärmt angenehm und erhellt mein Gemüt. Gedankenverloren blättere ich durch das Buch und versinke in den Zeilen. Entfernte Stimmen und Vogelgezwitscher begleiten mich monoton. Dieser Ort hat etwas Magisches an sich, als nähre er sich von negativen Gedanken und saugt diese auf. Keiner verlässt den See traurig oder bedrückt. So verwandeln sich wenige Minuten in Stunden der Sorglosigkeit.

DREIUNDZWANZIG

Ein unerwartetes Räuspern lässt meine Augen nach oben schnellen und das Schicksal nimmt seinen Lauf. Es ist Marc. Er setzt sich wortlos neben mich und ich vermag nichts zu sagen. Die Blicke starr auf den See gerichtet, hüllen wir uns in schüchternes Schweigen. Ich habe Not, meine Verwirrung zu bewahren und kämpfe mit den Gefühlen. *Bin ich froh, ihn zu sehen? Oder bin ich sauer auf ihn?* Nach einer Woche des absoluten Chaos bin ich nicht bereit, nur irgendeinem Menschen wieder die Möglichkeit zu bieten, mich derart zu ghosten oder gar zu verletzen. Geschweige denn einen Gedanken an Probleme anderer zu verschwenden. Wenn die Lösung ist, dass das niemals endet, dann will ich mein vorheriges Problem zurück.

Marc greift in seine Hosentasche und zieht sein Mobiltelefon hervor. Er tippt auf die Tasten und reicht es mir. Schielend luge ich auf das Display und lese. Er hat das Telefonbuch geöffnet und dort steht mein Name samt Handynummer. Perplex ziehe ich die Augenbrauen kraus. Er hat sie nicht gelöscht. Das war fahrlässig und verwirrt mich gänzlich.

„Ich wusste nicht, wann der richtige Zeitpunkt ist, um dir zu schreiben, und du hast dich nicht gemeldet", schwenkt er zwischen Erklärung und Rechtfertigung hin und her. Abschätzend steckt er sein Handy wieder in die Tasche. Die Situation ist ihm sichtlich unangenehm, doch mir geht es nicht besser.

„Ich habe deine Nummer, wie besprochen, gelöscht. Und die Folgen abgewartet", flüstere ich ihm leise zu. Was hat er denn erwartet, genau das haben wir doch vereinbart.

„Konsequenzen? Du hattest doch nichts mit dem Verschwinden zu tun." Bereit zu beichten, richte ich den Oberkörper auf. Doch erst muss ich etwas wissen.

„Hast DU sie da herausgeholt?", stelle ich die Frage, die mich die ganze Woche beschäftigte und förmlich quälte. Er schaut sich, auf Nummer sichergehend, um und vergewissert sich, dass uns niemand hört. Abwägend, ob er mir weiterhin vertraut, senkt er seine Stimme und sieht mir tief in die Augen.

„Nein. Ich überlegte mir einen Plan, doch sie führte ihn aus. Ob es klappte, erfuhr ich erst an dem Morgen vor einer Woche. Sie riefen mich an, ich solle sofort kommen." Er hält seine Hände beschwichtigend vor sich. „Ich stieg besorgt ins Auto und raste los. Als ich das Blut sah, brach ich fast zusammen, stürzte in ihren Raum und suchte alles ab. Doch dort im Käfig lagen nur ihre Leine und das Halsband. Ich befürchtete dasselbe wie du. Der Biel brachte mich in sein Büro und zeigte mir die Videoaufnahmen. Es war genau, wie der Mitarbeiter berichtete." Ich hänge gespannt an seinen Lippen.

„Sie trugen den Käfig zu ihrem Raum und einer griff sich die Leine. Er befestigte den Karabiner an ihrem Hals und sie biss augenblicklich zu. Er schaffte es nicht, straff genug zu ziehen und um das zu vertuschen, lief sie selbstständig in den Käfig. Der Mann sprang vor Schmerz auf und hielt sich die Hand. An der Tür drehte er sich noch mal um und schaute ihr nach. Der andere hob in dem Moment den Käfig an und bekam von alledem wenig mit.

Aria entschlüpfte dem Halsband und wartete auf ihre Chance. Der Mitarbeiter ergriff den Türknauf und die Hündin sprang unbemerkt an die Unterseite seines Rucksacks. Sie erzählte mir beiläufig vor ein paar Wochen, dass sie auf dem Kamerabild kurzzeitig verschwindet, wenn sie will. Sie nutzte den Moment, wurde durchsichtig und klammerte sich an die Unterseite. Da der Rucksack schwarz war und sie ebenso, hat das keiner bemerkt. Du weißt, wie leicht sie sind. Am Gewicht hatte sich für ihn nichts verändert. Sie ließ sich einfach vom Mitarbeiter bis zum Parkplatz tragen. Für die anderen sah es so aus, als legte sie sich selbst in ihren Schlafkäfig und blieb da." Ich starre ungläubig in sein Gesicht. Das klingt wie ausgedacht und der Biel hat das unmöglich geglaubt. In bin mir sicher, dass sie das Video unendlich oft anschauten und analysierten, bis an keiner Sekunde mehr zu zweifeln war.

Wie gering war ihre Chance das zu schaffen? Wie verzweifelt ist man, um sich an so einen dünnen Strohhalm zu klammern? Wie aufgeregt und angstvoll ist sie gewesen? Eine derart große Last auf einer winzig kleinen Schulter.

„Und jetzt lass mich raten: An dem Tag hat sich Carlos verabschiedet, oder?", fragt er, als hätte ich von dem Vorhaben gewusst. Meine Augen werden glasig und ich schaue traurig zu Boden. Das hat gesessen. Ein erneuter Stich ins Herz, der eben erst verheilt ist.

„Leider nein. Er hat mir nichts erzählt und ist spurlos verschwunden." Nicht gänzlich unbemerkt, wische ich mir eine Träne aus dem Augenwinkel und versperre weiteren blinzelnd den Weg. „Ich habe den ganzen Donnerstagabend gewartet und das Fenster offengelassen. Am nächsten Morgen hatte ich solche Angst, dass sie ihn erwischt haben." Ich atme tief ein und denke automatisch an den Kleinen. Marc rutscht etwas näher heran, um mich zu trösten. Er hörte mir aufmerksam zu und es wird ihm bewusst, was der Verlust für mich bedeutet.

„Es tut mir so leid, Clementine, hätte ich gewusst, dass du von alledem nichts ahntest und weiterhin nach ihm Ausschau hältst, ..." Er legt mitfühlend eine Hand auf meine Schulter, doch zieht sie dann verunsichert wieder weg.

„Das war ein Missverständnis, schon in Ordnung. Ich hoffe, die zwei finden ihren Weg und kommen heil in ihrer Heimat an. Doch es schmerzt mich, ihn nie wiederzusehen und ich denke andauernd daran", kleinlaut gestehe ich meinen Schmerz und fühle erneut einen Kloß im Hals.

„Geht mir genauso. Ich hätte sie gern näher kennengelernt. Ich war schon ein bisschen eifersüchtig, als ich die Bindung zwischen dir und Carlos sah. Ich wünschte mir ebenso, privat Zeit mit Aria zu verbringen und sie in ihrer natürlichen Umgebung kennenzulernen." Er schaut niedergeschlagen zu Boden und ringt sich ein Lächeln ab. „Wir müssten uns freuen. Sie haben das Ziel erreicht. Es ist alles gutgegangen und keiner wurde verletzt. Beide wollen nicht, dass wir ihnen hinterhertrauern, da bin ich mir sicher." Voller Zuneigung ergreift er meine Hand und legt sie zärtlich in seine. Eine Geste, die ich willkommen heiße, obwohl sie mich überrascht.

„Es wird nie aufhören, oder?" Ich blicke ihm direkt in die Augen. „Es geht immer so weiter, solange es den Orden gibt. Sie haben bereits einen Seelenhund gefunden, sie werden erneut einen suchen." Ich male geknickt imaginäre Kreise mit dem Fuß und scanne den Boden ab. Er streichelt mit seinem Daumen sanft über meinen Handrücken, schüttelt ungläubig den Kopf und lacht.

„Clementine, hast du es denn nicht gehört? Es gibt den Orden nicht mehr." Mit gekräuselten Augenbrauen blickt er mich fassungslos an. „Es existiert keine Buchkopie und die Versammlungen finden nicht mehr statt." Er ergreift euphorisch erneut meine Hand. „Du hast wirklich nichts gehört, oder? Ich bin davon ausgegangen, dass Christian sich bei dir gemeldet hat. Wo warst du die ganze letzte Woche?" Sein Oberkörper zu mir geneigt und nach oben zeigende Handflächen unterstreichen seine Verzweiflung. Woher bekomme ich derartige Informationen, wenn nicht von den beiden Jungs? Und überhaupt bezweifle ich die Wahrheit hinter seiner Geschichte. Selbst wenn es stimmt. Was erhofft er sich von mir?

„Wieso bist du hier?", will ich von ihm wissen und starre direkt in sein Gesicht. Die Frage ist ihm unangenehm, das erkenne ich an seiner Haltung. Verlegen räuspert er sich und sucht nach einer Erklärung.

„Ich war die letzten Tage jeden einzelnen davon hier, in der Hoffnung, dich zufällig zu treffen." Seine Wangen werden unerwartet rot. Mir war nicht bewusst, dass ihn diese Frage in Verlegenheit bringt. Er kennt unseren Wohnort, und hatte weiterhin meine Handynummer, wie ich nun weiß. Wieso nicht auf diesem Wege? Meine Mimik abschätzend, rutscht er unruhig auf der Bank herum. „Ich war mir nicht sicher, ob du mich wiedersehen willst", gesteht er seine Befürchtung und holt tief Luft. Nun bin ich diejenige, die seine Hand ergreift, um ihn zu beruhigen. Wie kommt er nur auf solche Gedanken?

„Warum sollte ich das nicht wollen? Nach alledem?" Ich versuche, seine Bedenken zu verstehen.

„Ich hab dich mit dem Verlust und der Ungewissheit allein gelassen. Ich bin meinem Alltag gefolgt, als hätte sich nichts verändert und habe gar nicht daran gedacht, dass du keinen mehr hast." Und damit hatte er recht. Weder Carlos hatte sich gemeldet, noch hatte ich eine neue Aufgabe. Doch daran arbeite ich und deswegen bin ich hier.

Wir sitzen eine Weile schweigend nebeneinander und wirken unbeholfen in unserer Situation. Froh darüber uns wiederzusehen, sind wir dennoch überfordert mit der Kommunikation. Seine Hand habe ich bei seiner Entschuldigung losgelassen und fummele aufgeregt an meiner Jacke herum. Ich bin mir nicht sicher, wie lange wir hier schon sitzen, doch langsam ziehen sich die Wolken zu. Ein kühler Wind macht sich breit und sorgt für Unbehagen und Gänsehaut. Die Kälte rüttelt mich kurz auf und ich schließe die Jacke enger um meinen Bauch. Marc ist die Reaktion nicht entgangen und daher wagt er einen Versuch.

„Wollen wir woanders hin? In ein Café, in dem es wärmer ist und dort weiterreden?" Ich bin erleichtert über seinen Vorschlag und den Standortwechsel und habe da direkt eine Idee. Breit grinsend stehe ich auf und reiche ihm die Hand. Jetzt ist er derjenige, der ungläubig darauf starrt und einen Moment zögert. Er erhebt sich, sein Blick wirkt gespannt. Schützend umgreift seine warme Innenfläche meine Finger. Mein Herz schlägt mir bis zum Hals und die

Wangen glühen. Ich laufe verlegen neben ihm her und versuche, die unbekannten Gefühle zu kontrollieren und vor allem nicht zu blockieren. Ich nehme die Situation offen an und freue mich über den wiederbelebten Kontakt.

„Wo geht es hin?", fragt er aufgeschlossen und öffnet mir die Beifahrertür, bevor er selbst einsteigt.

„Ich bin da vor kurzem auf ein Café gestoßen, das wird dir gefallen. Ist nicht weit von hier, ich zeige dir den Weg." Ich erinnere mich an das süße, pflanzenreiche Arbeitscafé und bin gespannt auf seine Reaktion.

Basslastige Chillout-Musik dröhnt aus dem Radio und passt perfekt zu unserer Situation. Laut und sanft, dunkel und warm, lautlos und doch voller Zuneigung. Es fühlt sich jetzt verändert in seiner Gegenwart an. Ein Kennenlernen, unabhängig von weiteren Personen oder Tieren und nicht an irgendwelche Auflagen gebunden. Die Priorität ist jetzt eine andere und zwar ich selbst. Ich denke, dass es ihm ähnlich ergeht.

Durch das Schaufenster des Cafés erspähe ich zwei freie Plätze im hinteren Bereich und betrete freudig den Eingang. Marc folgt mir gespannt und schaut sich voller Neugier im Raum um. Ich hoffte, dass ihm die ganzen Pflanzen und das Ambiente gefallen. Ein breites Grinsen thront in seinem Gesicht und staunend begutachtet er die Dekoration. Ihn so unbeschwert zu sehen, zaubert mir ebenfalls ein Lächeln auf die Lippen.

Die Bedienung begrüßt uns freundlich und wir folgen ihr zu dem freien Platz. In der Ecke haben wir den Eingang im Blick und können ungestört reden. Ich studiere aufmerksam die Speisekarte und wähle eine Kleinigkeit aus.

„Um was geht es in deinem Buch?", holt er mich aus meinen Gedanken. Doch ich bin kurzzeitig irritiert und kann ihm nicht folgen. „Das, was du vorhin am See gelesen hast. Um was geht es darin?", wiederholt er seine Worte und starrt mich an.

„Ach, das." Ich wedele unbedeutend mit der Hand ab und erkläre kurzerhand den Inhalt. „Die Gefährten handelt von einer befreundeten Gruppe, die mehr als einmal die Welt vor dem Untergang retteten. Und dann kamst du", beende ich meine Erzählung und werfe ihm ein schelmisches Lächeln zu. „Aber wenn wir schon einmal bei dem Thema sind...", hake ich skeptisch nach und flüstere ihm die Frage verunsichert zu. „Du erwähntest vorhin, dass es das besagte Buch nicht mehr gibt?" Sein Aufrichten bedeutet nichts Gutes. Er überlegt angestrengt, wie er mit der Geschichte beginnt, da kommt ihm die Kellnerin unbewusst zu Hilfe.

Sie bringt unsere Bestellung und verschafft ihm etwas Zeit, sich zu sortieren. Ungeduldig nippe ich an dem heißen Tee und verspeise das Sandwich. Hinauszögernd tut er es mir gleich und starrt provozierend in meine Augen. Den Moment des stillen Genießens gönnen wir uns widerwillig und nehmen uns Zeit zum Stärken. Doch mit seinem letzten Bissen ist meine Geduld am Ende. „Jetzt erzähl schon, was es mit dem Buch auf sich hat."

„Das Buch und seine Abschrift. Das ist durchaus eine unglaubwürdige Geschichte", beginnt er strahlend und lehnt sich zurück. „Was ich dir jetzt erzähle, ist keine Lüge. Niemand weiß wie, aber beides wurde zerstört. Pass auf. Letzten Freitag waren alle auf Aria fixiert, du hast es selbst erlebt. Es ging drunter und drüber und man hat sich auf die Arbeit der Polizisten konzentriert. An dem Tag zuvor drehte sich alles um die Versammlung und die Chefetage war mit dem Treffen und den Konferenzteilnehmern beschäftigt. Der Biel hat beides tagelang nicht beachtet und keine Veränderung daran wahrgenommen. Niemand von uns hat nur einen Gedanken an das Manuskript verschwendet." Er nimmt einen großen Schluck Kaffee, um seine Zunge zu benetzen. Ich hänge gespannt an seinen Lippen und vergesse selbst, etwas zu trinken.

„Als ich Samstag aus Gewohnheit zur Arbeit fuhr, war wieder die Polizei da oder immer noch, ich konnte es nicht deuten. Der Empfang war leer, die Cafeteria geschlossen. Dr. Biel stand schreiend in seinem Büro und seine Schwester versuchte, ihn zu beruhigen. Ich sah, wie die Polizisten einen Sicherheitsabstand hielten und beschwichtigend auf ihn einredeten. Er warf Akten durch den Raum und suchte etwas in den Schubläden. Er schrie, man habe ihn bestohlen und er wird den Täter zur Rechenschaft ziehen. Keiner verstand, was er meint, bis er selbst mit der Sprache rausrückte. Die Abschrift lagerte in einer Schublade des Schreibtisches und erhielt vor kurzem ein Vorhängeschloss. Der Hausmeister hatte als einziger Zutritt und wurde beschuldigt, doch man wies ihm nichts nach. Er und der Biel stritten sich vor der ganzen Belegschaft und die Polizisten stoppten die Auseinandersetzung, bevor etwas passierte. Ich beobachtete alles aus sicherer Entfernung, doch kapierte selbst nicht, was geschah." Mein Blick hängt an seinen Lippen und ich laufe knallrot an. Der arme Hausmeister, ich hatte es befürchtet und dennoch war es mir egal. Ich hatte nur an meinen eigenen Arsch gedacht und nicht daran, seinen zu retten. Ich spüre, wie meine Wangen erröten, und schaue ertappt weg.

„Clementine? Hast du was damit zu tun?", mahnt mich sein Unterton und fordert eine Antwort. Ich werde immer kleiner auf dem Stuhl und versinke gedanklich im Erdboden.

„Naaa jaaaaaa", ziehe ich die Worte unnötig in die Länge, als würde es mir hilfreiche Zeit verschaffen.

„Um ehrlich zu sein, ist es meine Schuld", gestehe ich endlich die Tat und halte mir die Hände vor das Gesicht. Marc starrt mich mit offenem Mund an und wird lauter. „Wann und wie?" Die Gäste drehen sich erschrocken zu uns um, doch widmen sich gelangweilt wieder ihrer Tätigkeit.

„Wann?", flüstert er leise und beugt sich näher zu mir heran. Nun bin ich diejenige, die sich hastig nach unerwünschten Ohren umblickt und anschließend fortfährt.

„Der Hausmeister brauchte Hilfe mit dem Drucker in Biels Büro.

Ich half ihm, das Gerät hin und herzutragen und erfuhr durch Zufall von Christian, dass das Manuskript im Schreibtisch liegt." Erhobene Augenbrauen starren mich erstaunt an. „Und wie?"

„Ich hatte nur die eine Chance und griff es mir. Ich ersetzte es durch eine andere Mappe, bevor die Schublade mit einem Schloss verriegelt wurde", beichte ich meine unüberlegte Handlung wie ein gescholtenes Kind. „Alles ging so schnell. Carlos hat verlangt, dass ich das Manuskript finde. Ich hab nicht darüber nachgedacht und einfach zugegriffen." Ich hebe entschuldigend die Hände. Eine Woche lang quälten mich die Schuld und Ungewissheit. Jetzt, wo es raus ist, fühle ich mich keinen Deut besser. Seine Hand greift tröstend nach meiner. Ich sehe ihm die Verzweiflung an.

„Oh man, Clemi, das war so riskant. Du hattest echt Glück. Carlos hätte das nicht von dir verlangen dürfen." Einerseits ist er froh darüber, doch der Gefahr war er sich von Anfang an bewusst. Er hatte mir klar und deutlich gesagt, dass ich mich von solchen Aktionen besser fernhalte. Wir wissen, dass das Entwenden genauso wichtig war, wie der Fluchtplan der beiden. Wir hatten vereinbart, uns alles mitzuteilen und am Ende hat doch jeder seinen eigenen Plan verfolgt. Das ist keine gute Voraussetzung, um sich zu vertrauen.

„Wo hast du die Mappe versteckt?", fragt er besorgt. „Bitte sag mir, dass du sie hast."

VIERUNDZWANZIG

„Ich habe sie in der Bibliothek versteckt. Aber sie ist weg. Ich war vorhin erst dort", beichte ich meinen Fehler und befürchte, dass sich alles wiederholen könnte.

„Ich denke, das macht nichts." Seine Hand liegt beruhigend auf meiner Schulter. „Die Notizen haben nicht ausgereicht, um den Orden des Animalus zu halten. Nachdem bestätigt wurde, dass das Buch zerstört ist, hat sich der Orden aufgelöst. Die Sponsoren sind sofort abgesprungen, als die Nachricht die Runde machte. Die Telefone liefen heiß", erzählt er hoffnungsvoll und nimmt mir die Angst. Seine Augen glänzen und strotzen von Zuversicht. *Wo ist er nur die ganze letzte Woche gewesen?*

„Was ist mit dem Buch?", versuche ich, die restlichen Lücken zu füllen und eins und eins zusammenzuzählen.

„Das Buch wurde zum Opfer einer Schnecke." Er hebt abwartend seine Hände. „Erklär mich nicht für verrückt, aber so ist es gewesen. Es stand verschlossen in der Vitrine, darauf saß eine kleine Schnecke in ihrem Häuschen. Sie hatte unbemerkt tagelang Zeit, die Seiten des Buches mit Schleim zu durchtränken, und nahm genüsslich hier und da einen Bissen." Ich schüttele ungläubig meinen Kopf. „Der einzige Hinweis war eine Feder, die ebenfalls in dem Glaskasten eingeschlossen war, der schenkte aber keiner Beachtung. Dr. Biel flog sogar einen Spezialisten ein, der den Befall einschätzte, doch das Buch ließ sich nicht einmal mehr öffnen. Es war ein reiner, in Feuchtigkeit getunkter Block. Dr. Biel tobte und kam die ganze Woche nicht aus seinem Büro heraus. Er durchsuchte tagelang die Videoaufnahmen, bis ihn die Wut übermannte und er seinen Raum kurz und klein schlug. Seit gestern haben wir ihn nicht mehr gesehen.

Frau Biel erklärte, er nimmt sich eine Auszeit, doch Christians Vater hat ihn in einer Klinik besucht. Den werden wir so schnell nicht mehr wiedersehen." Marcs Lippen formen sich zu einem Lächeln, seine Augen starren mich abschätzend an.

Ich lache laut auf und kann meinen Hintern kaum auf dem Stuhl halten. Ich umgreife meinen Bauch und kichere herzhaft, dabei schüttele ich ungläubig den Kopf und wiederhole seine Worte. „Eine Schnecke?" Die Mundwinkel hängen an meinen Ohren, ich pruste lauthals und kann nicht mehr vor Lachen. Marc schüttelt gekränkt den Kopf.

„Ich..."

„Ich habe...", versuche ich, ihm lachend den Grund für meinen Ausbruch zu erklären. „Ich habe, als ich das Manuskript stahl, dafür gesorgt, dass der Hausmeister die Fenster und Türen zum Lüften öffnet. Ich tat so, als ob es unangenehm roch, und erwähnte Schimmel. Carlos sagte, dass sie einen Plan haben und einen Helfer. War die Feder zufällig orange? Du erinnerst dich doch an Carlos gefiederten Freund", helfe ich ihm auf die Sprünge. Marc schaut mich mit hochgezogenen Augenbrauen und einem offenstehenden Mund an. Es dauert eine Weile, bis es bei ihm klick macht.

„Du willst mir sagen, dass der kleine Vogel die Schnecke in den Raum und in die Vitrine geflogen hat?" Und beginnt selbst herzhaft zu kichern. „Ein Vogel", wiederholt er und klopft sich vor Lachen auf den Oberschenkel. „Eine Schnecke und ein Vogel haben einen ganzen Orden vernichtet", prustet er los und steckt mich mit seinem lauten, freundlichen Lachen erneut an. Ich halte mich ebenso kaum und strebe nicht an, zu wissen, was die anderen Gäste von uns denken. Ihm kullern vor lauter Lachen Tränen aus den Augen und wir stacheln uns ungewollt gegenseitig an. Es dauert ein paar Minuten, bis wir uns wieder beruhigen und greifen uns erschöpft an die Bäuche. Tief ein- und ausatmend, jeder in seinem eigenen Rhythmus, versuchen wir, uns zu entspannen.

Das tat gut. Es fühlt sich an, als wären alle negativen Gedanken durch das Schütteln aus dem Kopf gepurzelt. Ich bin erleichtert und genieße diesen ausgelassenen Moment. Mein Blick verweilt auf dem Tisch. Der Druck fällt ab, die Geschehnisse ergeben einen Sinn und ich kann endlich einen Schlussstrich ziehen.

EPILOG

Wochen und Monate vergingen. Ich treffe mich jetzt regelmäßiger mit Marc, doch wir versuchen, das vergangene Abenteuer nicht mehr zu erwähnen.

Marc hat seine Lehreinheit am ‚BPI' erfolgreich und ohne Zwischenfälle beendet und wird sein Studium weiterführen.

Ich habe mich in den letzten Monaten zwar wieder in meine Bücher gestürzt, doch nicht mehr meine ganze Freizeit in meinem Zimmer verbracht.

Der kleine bepflanzte Garten erinnert mich an Carlos, er hat mir eine andere Sichtweise zu Pflanzen gegenüber eröffnet. Ich habe nun Spaß daran, mich um das Beet von Mama zu kümmern und mehr Zeit an der frischen Luft zu verbringen.

Meine Begeisterung für Bücher und die regelmäßigen Besuche in der Bibliothek haben mir tatsächlich einen Wochenendjob dort verschafft. Ich wurde durch Zufall, genau an meinem 18. Geburtstag, von der Besitzerin angesprochen, ob ich nicht Interesse hätte, eine Ausbildung dort zu absolvieren. Eine Idee, die mir beim Arbeiten selbst nach einigen Wochen gekommen ist. Jetzt verstand ich endlich, was Mama meinte, als sie sagte, ich soll lieber etwas erlernen, das mich wachsen lässt.

Mama ist stolz, dass auch ich meine Berufung gefunden habe. Die letzten Wochen haben ihr die Augen geöffnet und sie hat sich dazu entschlossen, ab dem nächsten Jahr weniger Stunden zu arbeiten, um wieder mehr Zeit für sich zu haben. Wir steuern beide unseren Teil Zuhause bei und haben jetzt mehr voneinander.

Von Carlos und Aria haben wir beide nichts mehr gehört, doch der kleine gefiederte Freund lässt sich hin und wieder unerwartet blicken. Allein durch seine Anwesenheit sind wir uns sicher, dass es den Seelenhunden gut geht und sie ihre Reise fortführen konnten. Wir haben weder etwas vom Orden gehört, noch wurde die Muschelinsel entdeckt. Es scheint, als hätten wir alle unseren Auftrag erfüllt und unseren Partner gefunden.

Das Band so fest,
ein jemand vertraut.
Ins Leben ihn lässt
und Mauern aufbaut.
Was einst verbindet,
für immer bewahrt.
Es nie verschwindet,
auch noch so zart.

Ende

DANKSAGUNG

Ein Buch zu schreiben, ist nicht nur ein Traum – es ist ein Prozess, welcher aus Kreativität, Zeit und Ausdauer besteht. Bei allen drei Punkten hatte ich meine Liebsten an meiner Seite und ich danke euch vielmals für eure Unterstützung.

Tobi – Danke für dein offenes Ohr, deinen Beistand und Kritik, mit der du mich liebevoll durch die ganze Entstehung begleitet hast. Wenn hier jemand Ausdauer bewiesen hat, dann du.

Rico C. Luer – Dein Mindset ist Gold wert und ich danke dir dafür, dass du es mit deinen Mitmenschen teilst. Bleib so, wie du bist!

Anja, Sylvia, Johanna und Rico – das Probelesen eines Buchbabys bedarf nicht nur Vertrauen, sondern ebenso Zeit und Optimismus. Eure Unterstützung und jahrelange Freundschaft, bedeutet mir unheimlich viel.

Anna, Christine, Nadine und Juliana – ich hätte mir kein besseres Team vorstellen können. Danke für eure Professionalität und die herzliche Kommunikation.

Über die Autorin

Reni Weller, geboren im Mai 1987, wuchs in einer idyllischen Kleinstadt im Vogtland auf. Die Faszination für Bücher hat sie von ihrem Vater, der als Drucker viele Werke entstehen ließ und ihr die ersten Bücher schenkte. Nach der Ausbildung, zog es die damals 20-jährige in die Hauptstadt und bis heute liebt sie den Trubel und die Menschen vor Ort. Ihren Debütroman möchte sie ihrem Vater widmen und so Teil des heimischen Buchregals werden.